ZEVEN SOORTEN HONGER

Renate Dorrestein

ZEVEN SOORTEN HONGER

Uitgeverij Podium
Amsterdam

Voor Dirk H.

Omslagontwerp Rob Westendorp
Typografie Sander Pinkse Boekproductie
Foto auteur Ruud Pos

ISBN 978 90 5759 801 2

Verspreiding voor België: Elkedag Boeken, Antwerpen

www.renatedorrestein.nl
www.uitgeverijpodium.nl

Maandag

Een

Door het open raam van haar werkkamer ziet Nadine haar man met zulke grote stappen over de oprijlaan naar het hek lopen dat zijn blauwe stropdas over zijn schouder fladdert. Binnen een paar tellen zal hij op de parkeerplaats zijn, zwetend van ongeduld. Hun bezoekster is natuurlijk verlaat vanwege files hier en files daar, en je kunt het iemand niet persoonlijk kwalijk nemen dat er in dit land onvoldoende asfalt is, maar Derek denkt natuurlijk: vertrek dan verdomme gewoon bijtijds.

Ze hoort een autoportier dichtslaan. Kalm aan, Derek, laat onze gast eerst even op adem komen zodat ze rustig de enorme villa in zich kan opnemen, met het statige bordes dat wordt geflankeerd door twee serres. Ook de tuin is een en al weelde: de magnolia is van de week als een ontploffende bom tot bloei gekomen, de narcissen zijn niet te tellen, de krentenboompjes staan bijna in bruidstooi en de merels zingen zich de longen uit het lijf. Heerlijke maand, april. De maand van nieuw leven, nieuwe hoop.

Nadine kijkt nogmaals uit het raam. Daar komen ze aan over het knisperende schelpenpad, Derek voorop, dampend van zelfbeheersing. Haar hart gaat naar hem uit. Ze hebben zich allebei de hele ochtend moeten haasten voor deze afspraak. En nu maar duimen dat die verder ongestoord zal verlopen. Het is hun beleid dat iedereen die hier in huis verblijft elk moment aanspraak kan maken op hun tijd, en al hebben ze momenteel maar zestien gasten, die hebben op de gekste ogenblikken behoefte aan ondersteuning. Mensen voelen zich nu eenmaal het prettigst bij veel persoonlijke aandacht.

Nadine verschikt wat aan haar haar en kijkt nog een keer

in haar agenda. Kristel heet hun bezoekster, die ze nu samen met Derek het huis hoort binnenkomen. Ze merkt dat ze met haar tanden knarst en dwingt haar lippen snel tot een glimlach. Al zie je nog zo tegen iets op, je weet ook: over een paar uur is het alweer voorbij.

Of hadden ze deze Kristel toch moeten afpoeieren, zoals ze altijd met journalisten hebben gedaan, omdat discretie bij hen nu eenmaal hoog in het vaandel staat? Maar nood breekt wet wanneer de boekingen wat teruglopen. En beschaafde publiciteit in een nette krant met het juiste lezersprofiel is de goedkoopste vorm van acquisitie.

Op de mahoniehouten vergadertafel ligt de glanzende brochure van het William Banting Instituut al klaar. De omslagfoto laat achter de villa een glinsterende reep zee zien. In werkelijkheid is het strand bijna twee kilometer verderop, maar niettemin is de nabijheid van de kust goed in de atmosfeer voelbaar. Als Nadine 's ochtends wakker wordt in hun privé-appartement op de tweede etage, kan ze de branding ruiken.

Derek gooit de deur open en beent naar binnen. Alsof je een paard in huis hebt, denkt ze vaak, het is werkelijk net alsof je een paard in huis hebt.

'Haasje,' zegt hij afgemat.

Energiek steekt zij haar hand uit naar de jonge journaliste. 'Dag Kristel. Ik ben Nadine.'

'Hallo,' zegt Kristel. Ze heeft een gave huid, halflang blond haar en bijna lichtgevende tanden: een geslaagde representante van haar generatie.

'Ga zitten. Koffie?'

'Kristel was na de file ook nog een beetje verdwaald,' zegt haar man toonloos terwijl hij zijn lange lichaam op een stoel laat zakken.

'Ja, mijn tomtom wilde me aan de andere kant van de snelweg hebben?' Het meisje spreekt als een teenager in een Amerikaanse campusfilm, met zo'n overbodig ingebouwd vraagteken. Ook dat nog.

'En je moet altijd doen wat je tomtom zegt, hè,' veronderstelt Derek.

Nadine legt haar hand op zijn schouder en knijpt er even in. De meeste mensen die hier voor het eerst komen, zijn zo beleefd iets aardigs over het huis te zeggen. Maar misschien heeft dat kind dat net al gedaan, in de imposante hal die wordt gedomineerd door een olieverfportret van William Banting, de Britse grondlegger van hun methode. Wat niet wegneemt dat ze nu best ook nog bewonderend commentaar zou kunnen leveren op het vertrek waarin ze wordt ontvangen. De hoge ramen, de rozetten van stucwerk, de royale open haard.

'En toen kwam ik op een T-splitsing...' zegt Kristel.

'Zei je dat er koffie is?' onderbreekt Derek haar.

Nadine pakt de thermoskan van tafel. 'Laat ik maar even verse halen.'

Haar man zegt tegen het plafond: 'Ja, deze staat hier natuurlijk al een half uur.'

'Voor mij geen koffie, hoor,' zegt Kristel. 'Een glas water, misschien?'

Nadine gaat zitten, slaat haar benen over elkaar en schuift de brochure over het tafelblad.

Het meisje gaat nu eindelijk ook zitten. Ze haalt een blocnote en een telefoon uit haar tas. 'U hebt er geen bezwaar tegen dat ik het gesprek opneem?'

'Zullen we elkaar tutoyeren?' vraagt Derek op een toon die verraadt dat hij dat al eerder heeft voorgesteld.

Nadine denkt: we worden oud, schat. We worden samen oud. Derek heeft betere botten dan zij: gezichten met zijn soort kin en jukbeenderen blijven altijd iets knaps en jongs houden, al is iemand bijna zestig. Zelf moet zij daar meer moeite voor doen.

'Dus u hebt er geen bezwaar tegen dat ik het gesprek opneem?'

Nadine wuift met haar hand.

Kristel werpt een turende blik op haar telefoon, drukt op een knop, brengt het toestel naar haar mond en zegt: 'Even testen of hij het doet. Test, twee, drie, vier?'

Derek buigt zich voorover. 'Werk je al lang in de journalistiek?' Hij spreekt het woord uit alsof het om prostitutie gaat.

'Wacht even,' zegt Kristel. Ze drukt weer ergens op. Glashelder klinkt uit de telefoon: 'Even testen of hij het doet. Test, twee, drie, vier?' Ze legt het toestel terug op tafel. 'Dit is mijn eerste stageplek? Ik zit nog op de School voor Journalistiek.'

'Maar dat is al heel wat,' zegt Nadine lukraak, om te voorkomen dat Derek gepikeerd gaat zitten doen omdat ze zijn afgescheept met een stagiaire. Praten ze een keer met de pers, krijgen ze dit.

'Horen jullie dat er niet bij te zeggen als je opbelt voor een interview?' wil Derek weten. Hij begint aan zijn linkeroorlel te trekken.

'Zullen we maar gewoon beginnen?' stelt Nadine snel voor.

'Dat zou ik aan mijn stagebegeleider moeten vragen,' zegt Kristel tegen Derek.

'Door de telefoon zei je,' herneemt Nadine, 'wat zei je ook alweer? Je wilde naar aanleiding van ons vijfentwintigjarige jubileum komen praten over het geheim achter het succes van het William Banting Instituut.' Vragen naar een geheim. Daardoor had ze meteen kunnen weten wat voor vlees ze in de kuip had. Resoluut zegt ze: 'Dat geheim is snel onthuld, Kristel. Toen ik elf was hield mijn moeder namelijk op met koken.'

Derek heeft zijn oor losgelaten. Half geamuseerd, half vertederd kijkt hij haar aan.

Kristel fronst haar gebeeldhouwde wenkbrauwtjes. Dan zegt ze gretig: 'De feiten zet ik wel in een kader met bullets, dan heb ik meer ruimte voor uw persoonlijke verhaal. Maar wat bedoelde u nou met wat u over uw moeder zei?'

'Zullen we elkaar toch maar tutoyeren?' vraagt Derek met samengeknepen ogen.

'O, dat had je soms met vrouwen van die generatie,' vervolgt Nadine. 'Die konden er zó gruwelijk de pest over in krijgen dat er altijd maar voetstoots en zonder enig blijk van waardering werd aangenomen dat zij voor hun gezin zorgden! En dan gingen ze in staking.'

'Arm Haasje,' zegt Derek.

'Ach, het heeft me ook een hoop gebracht. Want weet je, Kristel, wat ik ontdekte toen mijn moeder ophield met koken? Als je niets te eten krijgt, val je heel snel af.'

'Niet!' roept Kristel uitbundig. 'Dat verhaal verzint u gewoon!'

Derek geeft vier vinnige tikken op het tafelblad. Tu-toy-e-ren. Als hij zich eenmaal in iets vastbijt, ben je nog niet van hem af.

Of was dat signaal soms voor haarzelf bestemd? Want wat zei ze nou net? Had ze het heus over afvallen? Dat is geen term die hier in huis gebruikt wordt. Te plat, te eenduidig. Volgens hun brochure draait het in het William Banting om 'verandering van leefstijl'. Dat klinkt voor alle betrokkenen prettiger en beschaafder. Vlug zegt ze: 'Voor een totaalbeeld van onze werkwijze zal Derek je zo wel even rondleiden. Onze fitnessruimte is net gerenoveerd en we hebben een nieuwe waterval in het saunalandschap.' We hebben ons recentelijk het schompes geïnvesteerd, Kristel. Neem daar nota van.

'Maar toen u elf was, wist u toch nog niet dat u later hier...'

'Toen Nadine elf was, kende ze mij nog niet,' verklaart Derek.

'Dus het was uw idee om...'

'Het was jouw idee. Jóúw idee.'

Kristel kijkt van de een naar de ander.

Nadine onderdrukt een zucht. 'Derek bedoelt dat je je en jij tegen ons kunt zeggen.'

'Dat is niet professioneel,' zegt Kristel boos.

Er valt een korte stilte waarin Derek licht snuivend zijn vingers een voor een laat knakken. Nadine schenkt hem en zichzelf een kopje van de oude koffie in. Dan knikt ze naar de brochure: 'Daar staat het allemaal in. De ontstaansgeschiedenis van ons instituut, de historie van de villa, de filosofie van William Banting.'

Kristel slaat de folder niet open. Ze vraagt: 'Hoeveel patiënten...'

'Cliënten!' schreeuwt Derek bijna. 'Geen patiënten! Zij zijn niet ziek en wij zijn geen medici. Nadine heeft een achtergrond bij de Bilderberg-hotels en ik ben van huis uit moleculair bioloog. Wij hebben niet de pretentie arts te zijn. Wel hebben we een staf van gecertificeerde trainers, diëtisten, enzoverder, enzoverder.' Hij is steeds sneller gaan praten.

'Cliënten, dan,' zegt Kristel met een wegwerpend gebaar. 'Hoeveel hebt u er in huis?'

'We hebben ruimte voor vijfentwintig gasten,' zegt Nadine. Automatisch denkt ze even aan hun laatste nieuwkomer, de heer Sand. Hopelijk begint hij zich al thuis te voelen. Het is haar eer te na als iemand er hier ontheemd bij loopt.

'Kan ik straks met een paar cliënten praten?'

'Nou, ze zijn allemaal met hun programma bezig. De behandeling hier is niet goedkoop, en het verblijf ook niet, dus de mensen zouden gek zijn als ze maar wat liepen te lanterfanten. Iedere minuut wordt benut om het gewenste resultaat zo snel mogelijk te bereiken. De tarieven staan trouwens vermeld op pagina 23 van de brochure. Op basis daarvan kan iedereen zijn eigen programma samenstellen.'

'Maar ik hoor ook graag hún kant van het verhaal,' zegt Kristel. 'Hun ervaringen en zo?'

'Ik dacht dat ik je dit aan de telefoon al had uitgelegd. Ons privacybeleid is heel strikt. Onze gasten zijn doorgaans afkomstig uit het hogere segment van het bedrijfsleven, denk aan CEO's, bestuursvoorzitters en andere eindbeslissingsbevoegden, en uit de media en entertainmentindustrie. Dat zijn geen mensen die hun verblijf hier aan de grote klok willen hangen.'

Kristel leunt voorover. 'Bedoelt u dat ze zich daarvoor schámen?'

Ingehouden zegt Derek: 'Mijn vrouw bedoelt dat wij hun identiteit afschermen, conform de overeenkomst die we met hen sluiten.'

'Kristel,' zegt Nadine, 'je kunt in je artikel vermelden dat anonimiteit hier gewaarborgd is. Wil je de nieuwe waterval nog zien?' Ze kijkt op haar horloge. 'Over een kwartier is de sauna leeg, dan kun je daar op je gemak rondkijken.'

Kristel raadpleegt de notities op haar blocnote. 'Komen hier ook mensen van adel of van het Koninklijk Huis?'

'Nee,' zegt Nadine. Als je het over de adel hebt, dan praat je over geslachten die eeuwenlang gedrild zijn om zich van alles te ontzeggen, want zo blijven de rijken rijk. Matigheid wordt hun met de paplepel ingegoten. En van matigheid moet het William Banting Instituut het niet hebben.

Kristel kijkt om zich heen alsof ze vermoedt dat er achter de zijden gordijnen een baron verstopt kan zitten. Maar kennelijk besluit ze het onderwerp te laten varen. 'Op uw website staat dat u succes garandéért?'

'Jazeker,' zegt Derek.

'Maar u kunt toch nooit garanderen dat iedereen...'

'Kwestie van de juiste motivatie aanboren.'

Nadine licht toe: 'Een beroep op louter zelfbeheersing is uit de tijd, vind je niet, in een wereld waarin consumeren de belangrijkste dagelijkse activiteit is? Daarom laten wij onze gasten bij aanvang van de behandeling een borgsom betalen. Een bedrag ter grootte van één nettojaarinkomen. Dat geld krijgen ze alleen terug als ze binnen de tijd die ze zichzelf daarvoor hadden gesteld hun doel hebben bereikt, en dat doel bepalen ze ook zelf.'

Kristel ademt sissend in. Haar neusvleugels beginnen zichtbaar te trillen.

Nadine tikt op de brochure. 'Pagina 12.'

'O. En als ze hun doel niet bereiken, of niet op tijd?'

'Dat is in al die vijfentwintig jaar nog nooit voorgekomen.'

Ze gaat rechtop zitten. Het is hun grootste wapenfeit dat ze vanaf het begin aan iedere gast zijn borgsom hebben gerestitueerd. Het is een ingebouwde garantie geworden, en precies daaraan dankt het William Banting Instituut zijn goede naam. Wie hier komt kuren, zal niet falen. Want hier werken vakmensen. Welwillend zegt ze: 'We hebben het over een groep particulieren die gewend is hun geld voor zich te laten werken. Onze boeteclausule is precies het soort externe motivering waarmee ze het meest gediend zijn.'

'Maar hoopt u dan niet eigenlijk...'

Derek schiet weer overeind. 'Dat zou niet erg ethisch zijn. Het zou zelfs het einde van ons instituut kunnen betekenen. Wij kunnen ons geen opspraak veroorloven.'

Zonder overgang voelt Nadine haar slapen bonzen. Scherp zegt ze: 'Verder nog vragen, Kristel?'

Derek trekt een wenkbrauw op. Oplettend kijkt hij haar aan.

Ze had hem haar misstap meteen moeten opbiechten. Ze had diezelfde nacht nog open kaart met hem moeten spelen.

Of anders tenminste de volgende ochtend, toen ze scheel van de koppijn wakker werd. Maar als je moeder ophoudt met voor je te koken als je elf bent, blijf je je levenslang op onbewaakte momenten afvragen of je wel aanspraak op iemands liefde mag maken, zelfs bij je eigen man. In die ongeluksnacht was het zweet haar uitgebroken bij de gedachte aan hoe kwaad Derek terecht op haar zou kunnen zijn, en nu, na weken zwijgen, lijkt het te laat voor een bekentenis.

Omstandig schraapt ze haar keel. 'Als we nog langer blijven zitten kletsen, is de sauna zo meteen weer bezet. Het leven verloopt hier nu eenmaal volgens een strak schema. En bovendien moet mijn man vanmiddag op reis. Dus als we kunnen afronden...'

Derek staat al. Met zijn vlakke hand klopt hij op zijn dij. 'Juist,' zegt hij. 'Juist.'

Twee

Ze kan nog snel wat klusjes wegwerken voordat ze Derek naar Schiphol moet brengen. Het avondprogramma voor volgende week is nog niet rond; er is een spreker uitgevallen. Ter vervanging twijfelt Nadine tussen weer eens een pianorecital of die man die zo inspirerend over Rembrandt kan vertellen, hem hebben ze al een hele tijd niet gehad. Een avond zonder inhoudelijke invulling is geen optie: de brochure van het instituut belooft de gasten nu eenmaal dagelijks een portie voedsel voor de geest.

Ze stuurt de Rembrandtman een hoffelijke e-mail.

Daarna heeft ze kort overleg met het hoofd van de huishoudelijke dienst, de nurkse maar efficiënte Myriam, die ditmaal klachten heeft over de staat waarin het linnengoed van de wasserij terugkomt. Het is haar beleid om Myriam altijd gelijk te geven. De huishoudster is weliswaar een kop kleiner dan zij, maar zonder er een woord aan vuil te maken kan ze Nadine vanonder haar kaarsrechte pony het gevoel bezorgen dat ze er verstandig aan zou doen haar hele leven anders in te richten.

Ze telefoneert met het hoveniersbedrijf dat hun tuin in onderhoud heeft, ze corrigeert de presentatie die Derek morgen in Reykjavik moet geven, ze bedingt korting op een bulkbestelling quinoa, en dan is het alweer kwart voor vier. Tijd voor de thee.

Ze werpt een vlugge blik in de spiegel. De lijntjes rond haar ogen vallen in het niet bij de mentale winst van het ouder worden. Dat je ooit zo zeker van jezelf zult zijn, daar kun je als je jonger bent alleen maar van dromen. Ervaring, het komt allemaal neer op ervaring. Met vaste hand werkt ze haar lippen bij. Verzorgd, charmant, vrouwelijk. Het is haar tweede natuur geworden sinds Derek en zij Derek en Nadine heten. Cachet, stijl en distinctie zijn kernwaarden van het William Banting, en dat moet je uiteraard tot in alle details en op alle niveaus waarmaken. Daarin kun je niet ver genoeg gaan.

In de salon zit geen mens in de fraaie fauteuils met het fleur-de-lisdessin op thee te wachten. Vanwege het mooie weer is iedereen naar buiten getrokken. Op het zacht glooiende, pasgemaaide gazon zijn zelfs al een paar parasols opengeklapt. Eronder zitten de gasten, uitgeteld na hun laatste rondje cardio, fitness of krachttraining, op het eerste gezicht niet van elkaar te onderscheiden in hun gedistingeerde donkerblauwe badjassen. Met een glimlach legt Nadine haar hand op badstoffen schouders, prijst de vorderingen, spreekt moed in, maakt grapjes. Iedereen wil zich gekend weten, zo zit de mens in elkaar. En in het William Banting geldt dat eens te meer, omdat men hier als een drenkeling op een onbekende kust is gesmeten, ontdaan van maatpak en alle vertrouwde geneugten.

Nadine drukt hun nieuwe gast een glas kruidenthee in de hand en vraagt hartelijk: 'Zo meneer Sand, begint u al een beetje te settelen?'

'Ik doe mijn best, mevrouw Ravendorp.' Zijn vlezige wangen trillen.

'De eerste dagen zijn het moeilijkst. Maar we slepen u er wel doorheen.'

De heer Sand kijkt naar het glas verveine dat hij op het bergmassief van zijn maag laat rusten. Hij mompelt: 'Dat ik het zover heb laten komen.'

Ze merkt dat ze bloost van ongemak. Jarenlang heeft ze de verontschuldigingen voor onmatigheid en gebrek aan zelfbeheersing discreet weggewimpeld terwijl ze er ondertussen soms het hare van dacht. Nu zegt ze met oprechte compassie: 'Het kan de beste overkomen. Heus.' Ze voelt haar eigen schaamte weer opvlammen.

Hij werpt haar een schuw, dankbaar lachje toe. Je zou het niet zeggen als je hem hier zo ongelukkig in zijn XXXL-badjas ziet zitten, maar deze Sand is een van de grootste aannemers van Midden-Nederland. Langs iedere snelweg kom je de naam van zijn bedrijf tegen op borden bij nieuwe woonwijken in aanbouw. Nadine weet dat ze niet partijdig mag zijn, maar in de grond van haar hart is ze dol op aannemers, constructeurs, projectontwikkelaars. Op baggeraars en reders trouwens ook. Mannen die decennia van zakenlunches achter de knopen hebben, mannen die een dozijn bitterballen in hun holle kies steken terwijl ze op een bierviltje een deal van een paar miljoen sluiten.

Zwaarlijvige, uitgekookte mannen.

Harde werkers ook, natuurlijk. Ouderwetse nouveaux riches, afkomstig uit een lange lijn van plaggenhuttenbewoners die zich tegen de keer in noest hebben opgewerkt tot breugeliaans geschrans, gezellige dikkerds voor wie hun lichaamsgewicht altijd een blijk van welstand was, in plaats van de bron van schaamte die het tegenwoordig is. Dik is het nieuwe arm. De jonge rijken blijven dun.

Als het artikel van die journaliste blijkt mee te vallen, zal Nadine een paar exemplaren van de krant in de salon laten rondslingeren. Heeft Derek er trouwens wel aan gedacht om haar de ontspanningsruimte te laten zien, die de gasten onderling de *man cave* noemen? Het is iets tussen een wigwam, een bar en een sjamanistische zweethut in; het is een vertrek waar de gasten zichzelf en elkaar onbespied kunnen beklagen. Lotgenotencontact is heel belangrijk, daar kunnen geen honderd professionele peptalks tegenop.

'U gaat hier grandioos slagen,' zegt ze tegen de heer Sand.

'No guts, no glory,' antwoordt hij. Hij geeft haar een

knipoog die verraadt dat hij niet alleen in culinair opzicht een gezonde appetijt heeft.

'En daar is ieder woord van waar.'

'Meneer Sand!' Daar is Derek, met molenwiekende armen. 'Mag ik mijn vrouw éven van u lenen?'

'Schatje,' sust Nadine.

'Natuurlijk,' zegt de heer Sand afgemeten.

'Nadine.' Haar man pakt haar bij de schouder. 'Heb je...'

'Ja, heb ik gedaan. En ik heb je presentatie ook alvast voor je op een USB-stick gezet.'

'Haasje van me. Wat zijn wij toch een goed team.'

'Heb je al ingepakt?'

Hij tikt aan een denkbeeldige pet. 'Het was even proppen, maar zonder anorak durf ik het toch niet aan. Meneer Sand! Kent u IJsland? Bent u er in april weleens geweest? Wat neemt een mens dan mee?'

'Kijkt u even op Weeronline,' zegt hun gast.

'Voortreffelijk advies!' roept Derek. 'Mijn dank is groot! Let u tijdens mijn afwezigheid goed op mijn vrouw?'

Ietsje minder, Derek.

'Bon,' zegt hij. 'Ik weet genoeg.' Hij zet het op een hollen, waarbij hij nog net geen graskluiten om zich heen opwerpt.

Nadine wendt zich weer tot de aannemer. 'Misschien moeten we uw parasol inklappen. De wind begint aan te trekken.' Uit haar ooghoek ziet ze Joey en Johnny soepel komen aanlopen, de personal trainers uit Californië. Come on, people, lang genoeg geluierd, let's move! We hebben nog twee uur voor het diner!

Links en rechts komen de gasten uit hun ligstoelen omhoog, sjorrend aan hun badjassen. Een wolk verschaald zweet stijgt op, vermengd met iets waarvan Nadine altijd vermoedt dat het testosteron is. Volgens Derek wakkert die geur een gezond gevoel van competitie aan. Hemel, zijn vlucht vertrekt al over drie uur. Ze moet hem naar Schiphol gaan brengen. Ze zijn geen van tweeën doorgewinterde reizigers, en het doel van deze trip is idioot, maar daar zal ze verder geen woord meer aan vuilmaken.

De heer Sand ziet alle plotselinge activiteit gealarmeerd aan.

'Neemt u anders nog een sauna,' suggereert ze, 'dat brengt u óók dichter bij uw doel. Of u gaat een uurtje rusten op uw kamer. Dat is het privilege van nieuwe gasten, morgen krijgt u die kans niet meer. U hebt toch de Admiraalsuite? Daar is het uitzicht zo mooi.'

Onverwachts wendt hij haar zijn gezicht toe, dat uit een kraag van onderkinnen oprijst. Zijn ogen glijden langs haar lichaam. 'Blijft uw man lang weg, mevrouw Ravendorp?'

Haar zelfvertrouwen mag dan in de loop der jaren zijn toegenomen, het haalt het niet bij dat van een aannemer met tientallen kilo's overgewicht. Hoe kan het toch dat sommige mannen die hun eigen tenen niet eens meer kunnen zien, zich nog altijd onweerstaanbaar wanen? Als vrouw zou je je huis niet uit durven als je er zo bij liep.

'Als u zich eenzaam gaat voelen, weet u waar u me kunt vinden,' zegt hij.

'Nou en of, in de Landdrostsuite,' antwoordt ze uitgestreken.

Blatend begint hij te lachen, terwijl hij een hand om haar pols klampt. Hij heeft vingers als hotdogbroodjes. Ergens onder het overbloezende vlees moet de kerf van zijn trouwring zich bevinden. Mannen op dit niveau zijn altijd getrouwd, de homo's onder hen tegenwoordig ook. Allemaal hebben ze thuis een partner in crime, die niet kijkt op een pakje roomboter meer of minder, maar goed, in ieder huwelijk ben je elkaars partner in crime.

'Kom,' zegt ze, 'ik moet gaan, helaas. Ik zie u in elk geval vanavond bij het culturele programma. We hebben een heel interessante presentatie over de doeken van Maria Magdalena.'

Terwijl ze even later op kantoor op Derek wacht en ondertussen vlug nog even een paar e-mails beantwoordt, verschijnt de nieuwe diëtiste onaangekondigd aan haar bureau, een overijverige jonge vrouw die verzot lijkt op het doen van suggesties om beproefde procedures te veranderen. 'Mevrouw Ravendorp? Ik heb nagedacht over het weegprotocol.' Ze heeft slotjes op haar tanden, waardoor ze een beetje slist. 'Kunnen we niet eens experimenteren met vaker dan één keer per week wegen?'

'Frequenter wegen ondermijnt het proces, Sandra,' waarschuwt Nadine. 'We willen onze gasten niet ten onrechte het gevoel bezorgen dat ze geen resultaat boeken. Ze zijn niet gewend om in cijfers achter de komma te denken, dat doen mensen in dit echelon nooit.' Ze vraagt zich af, en niet voor het eerst, of Sandra wel voldoende voeling met hun doelgroep heeft. Nog een dag of tien en haar proeftijd is afgelopen. Nu kunnen ze nog zonder soesa van haar af. Maar iemand met meer ervaring is meteen een stuk duurder. Vandaar dat ze de aquajoggingtrainer ook nog niet hebben kunnen vervangen.

Derek steekt zijn hoofd om de hoek van de deur. 'Ben je klaar hier?'

'Ja,' zegt ze, wat natuurlijk niet waar is. Klaar ben je in het William Banting nooit. Dat is precies waarom ze zo van haar werk houdt. Iedereen heeft haar hier voortdurend nodig.

Drie

Het is druk op de A9, de avondspits is al in volle gang. Nadine werpt een vlugge blik opzij. 'Zeg, je hebt toch wel tegen die journaliste gezegd dat we het artikel vooraf willen lezen? Straks gebruikt ze nog woorden als *obesitaskliniek*. Daar krijgen we geen nieuwe boekingen op binnen.'

'Zeker,' zegt Derek. 'Dat kind lijkt me een geboren strontzoeker. Het is maar goed dat we niets te verbergen hebben.'

Dat hebben ze wel. Hij weet het alleen nog niet. Dit is natuurlijk het moment voor haar bekentenis. Ze moet haar schaamte overwinnen en deze kans grijpen voordat hij naar Reykjavik vliegt. Ze knijpt in het stuur terwijl ze diep inademt. 'Derek, er is wél iets.'

'Ja, we zitten wat krap in de reserveringen,' zegt hij geërgerd, 'maar dat is niet voor het eerst. Maak jij je nou maar geen zorgen.' Hij geeft een ruk aan zijn gordel en laat die met een doffe klap tegen zijn borst terugspringen. Dan reikt hij langs haar en trekt haar zonneklep naar beneden. 'Wil je je zonnebril?'

Na al die jaren is zijn zorgzaamheid voor haar nog altijd een weldaad. Des te erger is het dat zij een geheim voor hem heeft, ondraaglijk bijna. Ze is vooral zo beducht voor zijn reactie omdat hij volkomen gelijk heeft: het William Banting kan zich geen enkele vorm van opspraak veroorloven. Als de pers hier lucht van krijgt, is het gedaan met hun reputatie. Haar hartslag neemt toe. Je hoeft alleen maar te denken aan wat ze over Atkins schreven. Of over Montignac. En dat waren nog evidente leugens ook. Zó graag zien ze je vallen. Zó graag betrappen ze je op gedrag dat niet strookt met wat je predikt. Alle vuilspuiterij en leedvermaak op Twitter, blogs, internetfora. Derek zal haar met recht en reden verwijten dat ze het voortbestaan van het William Banting in gevaar heeft gebracht.

'Zit de kleine Haas te mokken omdat ze alleen thuis moet blijven?'

Ze antwoordt niet.

'Of heb je er nou nog steeds de pest over in dat ik naar die conferentie ga? Nadine, wat is er?'

Ineens is ze bang dat ze zal gaan huilen.

'Het zijn maar drie nachten. Ik ben terug voordat je me kunt missen.'

Na de Schipholtunnel is het stapvoets rijden voorbij. Naast haar begint Derek zichzelf links en rechts te bekloppen. Paspoort. Instapkaart. Hotelvoucher. Hij stampt ritmisch met zijn voeten, alsof hij zich opwarmt. Behalve zij is er niemand anders die weet hoe rustig en bedaard hij ook kan zijn. Alleen haar vertrouwt hij genoeg om zich te kunnen ontspannen.

'Bel je me als je in je hotel bent?' vraagt ze, terwijl ze voor de vertrekhal naar een plekje speurt om even te parkeren. Achter haar wordt al getoeterd.

'Ja, direct. Zet me hier maar af. En niet piekeren, jij.' Hij pakt haar bij haar kin en kust haar haastig. Dan springt hij de auto uit, grist zijn koffer van de achterbank, slaat met de portieren, zwaait nog even en beent de vertrekhal in.

'Klotetoestand,' zegt ze hardop. Ze wil net wegrijden als ze hem ineens weer aan ziet komen hollen. Zijn telefoon, natuurlijk. Ze graait onder de passagiersstoel.

Hij steekt zijn hoofd naar binnen.

'Hij ligt hier niet. Heb je 'm...'

'Ik vergat nog te zeggen dat ik van je hou.'

'Schatje. Dat weet ik toch.'

'Ik zal een ijsbeer voor je meenemen. Voorzichtig rijden, hè?'

Ze kijkt hem na. Zomaar ineens denkt ze: wat heb ik toch een knappe man. Als je hem in z'n eentje in een hotellobby zou zien zitten, zou je beslist op bepaalde gedachten komen. Maar waarom zei hij nou zo expliciet dat ze voorzichtig moest rijden? Dat zegt hij anders ook nooit. O god, heeft hij haar dagvaarding gevonden? Misschien denkt hij al weken: als je het me niet zelf opbiecht, Nadine, dan weet ik dat ik je nooit meer kan vertrouwen. Hebben alle dagen dat ze haar kiezen op elkaar heeft gehouden zich tegen haar gekeerd, als een bewijs van haar achterbaksheid?

Je denkt dat je elkaar kent. Maar je vergist je. Nou ja, ergens weet je dat ook al.

Ze schakelt en trekt behoedzaam op.

Op die ongeluksavond hadden Marise en zij het er tijdens hun maandelijkse etentje nota bene over gehad, over die raadselachtige intimiteit van het huwelijk: het gevoel elkaar van haver tot gort te kennen, en toch zo vaak niet te weten waar je met elkaar aan toe bent. 'We zijn meer dan dertig jaar samen, maar dat betekent nog steeds niet dat ik altijd snap wat Derek beweegt,' had ze tegen haar vriendin gezegd.

Ze zaten op de Grote Markt, onder het standbeeld van Laurens Janszoon Coster. Twee vrouwen aan een cafétafeltje die het leven doornemen. Bijkletsen, een hapje eten, glas wijn erbij. Nadine was een half uur later dan normaal gearriveerd. Derek had 's middags uren met Reykjavik over allerlei futiliteiten zitten mailen, terwijl zij ondertussen in haar eentje een ruzie tussen de trainers Joey en Johnny moest zien te bezweren. Dat had haar zoveel tijd gekost dat ze te laat was geweest voor de bus die ze altijd nam als ze met Marise ging eten. Om haar niet nog langer te laten wachten, was ze in de auto gestapt.

Ze was bozer dan ze zelf besefte, ze kon er tegenover haar vriendin nauwelijks over ophouden. 'Derek zit al z'n tijd te verdoen aan dat congres. Volgens mij is geen mens daar geïnteresseerd in die franchiseplannen van hem. Hij denkt dat hij weet wat goed is voor het William Banting, maar hij dagdroomt maar wat. We kunnen onze energie beter in andere dingen steken. We moeten onze werving weer eens opfrissen, onze site updaten en een nieuwe brochure maken. Ja, doe mij nog maar een pinot grigio.'

Het was wel lekker om even stoom af te kunnen blazen. Steak au pistou besteld. Fles rood erbij. Marise liet zich maar een half glas inschenken, die had geen zin om straks van haar fiets te lazeren, dat waren dingen waarmee je op hun leeftijd rekening begon te houden.

Zo ging het gesprek dan eindelijk toch nog een andere kant op. Nadine besefte dat de wetten van de wederkerigheid in acht genomen moesten worden, een karweitje waarvan ze zich steeds zorgvuldiger articulerend kweet, totdat haar vriendin zei: 'Ik moet ervandoor, ik heb morgenochtend al om half negen een afspraak.'

Ze rekenden af. Buiten fietste Marise zo strak als een speer de Grote Markt af, en op dat moment herinnerde Nadine zich dat ze met de auto was gekomen, wat bewees dat ze beslist nog fris genoeg was om te rijden, want pas als je was vergeten dat je met de auto was, moest je serieus overwegen om niet achter het stuur te kruipen.

Het was trouwens maar een kippeneindje. Binnen een kwartier zou ze thuis zijn, waar Derek waarschijnlijk allang sliep. Hij zou niet eens wakker worden als ze naast hem in bed glipte. Hij was in staat om door een aardbeving heen te slapen.

Amper vijf minuten later reed ze in een politiefuik. Blazen. Mee naar het bureau. Nog een keer blazen. Officier van justitie erbij. Foute boel. Ernstig foute vrouw ook, die officier. Moest zo nodig benadrukken dat mevrouw Ravendorp door haar onmatige gedrag een gevaar op de weg had gevormd. Haar onmatige gedrag, ze zei het drie keer.

Bij de herinnering krijgt Nadine het opnieuw warm. Ze zet de autoradio aan en zet hem weer uit. Half zeven. Op het instituut zit iedereen nu aan de courgettesoep met shiitakes. En over anderhalf uur komt Johan, de man van de doeken van Maria Magdalena.

Als ze niet zo pissig op Derek was geweest, had ze die avond nooit zoveel gezopen. Ze is helemaal geen grote innemer. En als hij haar had geholpen toen Joey en Johnny elkaar in de haren vlogen, was ze op tijd geweest om net zoals anders met de bus naar de stad te gaan, om met een gerust hart twee glazen wijn te kunnen drinken. Dat moet hij eerst maar eens tot zich laten doordringen voordat hij haar verwijten maakt.

Haar handen zweten als ze de afslag neemt. In de berm bloeit het eerste koolzaad al, geler dan geel, en de bomen zijn gehuld in een aprilgroen waasje. Nog maar een paar weken geleden werd het om deze tijd al donker. Normaal gesproken zou ze haar hart ophalen aan de extra uren daglicht.

Bij de spoorwegovergang gaat de slagboom net dicht. Ze laat haar hoofd op het stuur zakken. Straks is ze een vrouw met een strafblad. Als ze maar niet ook nog naar zo'n antialcoholcursus voor dronkenlappen moet. Dat kan niet in haar positie, dat kan eenvoudig niet.

Het belgerinkel stopt. Voor de open slagboom wacht ze tot het rode licht gedoofd is. 'Met uw promillage had u wel een ongeluk kunnen veroorzaken,' had die vreselijke officier op het politiebureau gezegd. Dat is precies wat Derek meteen te berde zou brengen: stel dat een van de oprichters van het William Banting Instituut iemand in dronkenschap had aangereden.

Hij kan nog niet op de hoogte zijn, want dan was hij zeker al zes keer uit zijn vel gesprongen. Ze haalt zich spoken in het hoofd. Hij weet van niets. Maar zodra hij weer thuis is, zal ze hem alles moeten vertellen. Uit komt het toch. Ze drukt het gaspedaal in.

Het gebeurt vlak voor de rotonde en het gebeurt zo onverwachts dat ze het later nauwelijks zal kunnen reconstrueren. Vanachter een geparkeerde bestelbus duikt plotseling een voetganger op. Haar auto slipt door de kracht waarmee ze remt, de banden gieren. En dan een doffe bons. De hele wereld verdwijnt achter het lichaam dat langs haar voorruit over de motorkap schiet.

Even denkt ze dat ze het zich maar inbeeldt: dit is wat er die nacht had kúnnen gebeuren. Dan gooit ze het portier open. Half struikelend, met dienst weigerende benen, werkt ze zich naar buiten. Op het wegdek zit een man in een haveloos grijs pak. Hij kijkt lodderig om zich heen. 'Bent u in orde?' roept ze onmachtig uit. 'Kunt u...'

Hij reageert niet.

Ze moet een ambulance bellen. Bebouwde kom, flitst het door haar heen: ze mocht hier niet harder dan dertig. In een tweede flits ziet ze voor zich hoe ze in haar auto springt en ervandoor scheurt. Doorrijden na een ongeval, als je nog terecht moet staan wegens rijden onder invloed?

'Lekker is dit,' zegt de man opeens. 'Loop ik geen vlieg kwaad te doen, word ik door een blinde vink overhoopgereden.'

Ze wringt haar handen. 'Hebt u ergens pijn? Kan ik iets voor u doen?'

Stram richt hij zich op en zet een paar wankele passen. Hij heeft een baard van minstens een week, zijn dunne haar sliert vettig om zijn hoofd. Omstandig begint hij zijn kleren af te kloppen.

'Ik zal de stomerijkosten natuurlijk vergoeden,' stottert ze. Ze kan bijna niet geloven dat de man nog levend voor haar staat. De opluchting, zo pal na de schrik, doet haar duizelen. Dan valt haar in dat ze geen contant geld bij zich heeft. 'Ik ga uw gegevens noteren. Ik zal...'

'Zie ik eruit alsof ik een vast adres heb, dame?' Hij ontbloot een gehavend gebit.

Elk moment kan er iemand passeren die door haar slachtoffer tot ooggetuige van de aanrijding zal worden gebombardeerd. Straks heeft ze een tweede proces-verbaal aan haar broek. Ze moeten zo snel mogelijk van de openbare weg af. 'Ik woon hier vlakbij. Rijdt u even met me mee naar huis. Daar kunt u bijkomen van de schrik.' Ze wil hem bij zijn arm pakken, maar deinst achteruit als ze zijn kegel ruikt. Ze ziet nu pas dat zijn ogen rood doorlopen zijn.

Is zij zelf zo nuchter als een lam, krijgt ze een dronkenlap voor haar wielen. Al moet het noodlot er de rollen voor omkeren, er valt blijkbaar zelfs niet te ontsnappen aan wat je had kunnen aanrichten.

'Christus in een badkuip, ik had mijn ribben wel kunnen breken,' klaagt de man. 'Fraaie deuk heb je daar. En je kentekenplaat hangt helemaal los. 27-jan-lul-buiten-dienst. Zo onthou ik die dingen.'

Haar maag krimpt ineen. Ze stamelt: 'En dan schenk ik u thuis een lekkere borrel in.'

Hij kijkt zuinig. 'Nou, met eentje valt dit niet te repareren, dame. Heb je wel iets behoorlijks onder de kurk?'

De gasten van het William Banting krijgen één glas bourgogne per dag. Sterkedrank is er niet in huis. Derek en zij zijn geen drinkers. Misschien is dat nog wel de grootste ironie.

'O, sta je je alweer te bedenken? Me eerst gouden bergen beloven en dan...'

'Welnee. Stapt u maar in.'

Hij schuifelt om de auto heen. Het zitvlak van zijn broek is gescheurd, de stof hangt in een rafelige reep naar beneden. Op de huid eronder is een schaafwond zichtbaar. De hemel mag weten wat hij verder nog aan beschadigingen heeft opgelopen. Morgen zal hij in elk geval bont en blauw zijn. Bont en blauw.

Vier

In huis hangt nu de kribbige sfeer die iedere avond volgt op het diner, weet Nadine. Hoe fraai de maaltijd ook wordt opgediend, hij blijft calorisch gesproken ruimschoots achter bij de behoeftes die corpulentie met zich meebrengt. Alle gasten worden op dit moment overvallen door het vermurwende besef zelfs na de hoofdmaaltijd volstrekt niet verzadigd te zijn. Ach, er bestaan wel zeven soorten honger, zou ze hun troostend kunnen voorhouden, u strijdt tegen een veelkoppig monster, en dat valt nu eenmaal niet mee. Maar met zulke woorden moet ze spaarzaam zijn. Niemand wil horen dat hij zich hier voor een kapitaal aan verblijfs- en behandelkosten komt laten uithongeren, ook al gebeurt dat op verantwoorde wijze en onder professionele begeleiding.

Achter iedere deur liggen er nu klachten en verwijten op de loer. Derek en zij vertonen zich op dit tijdstip nooit in een van de openbare ruimtes. Pas als het avondprogramma begint, komt alle razernij weer tot bedaren. De beschavende werking van een onderhoudende lezing, een film of een muziekstuk valt nergens mee te evenaren. En wie daarna nog steeds iets af te reageren heeft, kan terecht in de *man cave*.

Het is een ernstige bedreiging van de perfecte maar fragiele machinerie van het William Banting om uitgerekend op dit moment een verfomfaaide zwerver naar binnen te smokkelen, maar Nadine heeft geen keuze. Ze neemt de buitentrap naar hun eigen appartement. Het is alsof haar zintuigen in een opperste staat van alertheid verkeren en ze zelfs kan horen hoe de golven twee kilometer verderop op het strand breken en er ergens in de duinrand een vos zijn prooi bespringt.

'Wat is dit? Een hotel?' vraagt de man eenmaal boven, onvast om zich heen kijkend. Net zoals zijn lijflucht de auto net vulde, walmt die nu royaal haar woonruimte in.

'Zoiets, ja,' zegt ze. Als hij al onder de indruk is van hun minimalistische interieur, dan is het maar goed dat hij de kroonluchter in de hal niet heeft gezien en het gelambriseerde trappenhuis met z'n blinkend opgewreven koperen leuningen. Hij zou denken dat Derek en zij miljonairs zijn. 'Gaat u even zitten, dan haal ik iets te drinken voor u.'

Hij krabt aan een kale plek op zijn hoofd. 'Doe er ook maar een paar pinda's bij.'

Ook dat is een woord dat in dit huis nooit hardop wordt uitgesproken. Het doet bijna pijn aan haar oren, als een steen die tegen een ruit wordt gekinkeld. 'Ik ben zo terug,' brengt ze uit.

Zegeningen tellen. Het is een klein wonder dat ze ongezien zijn binnengekomen. Al iets rustiger ademhalend daalt ze de buitentrap weer af. Ze zal de achteringang van de keuken nemen. Het personeel is al naar huis. Of wat daar momenteel van over is, nu het even een wat slappere periode is. Myriam werkt samen met een dagelijkse hulp in de huishouding, en de keuken wordt bemand door twee goedlachse stagiaires, onder aanvoering van Sandra, de diëtiste. Hopelijk hebben zij in de koeling het restant van de courgettesoep voor haar achtergelaten.

'Hey, Nadine!'

'Joey,' zegt ze geschrokken, halverwege de trap, met de lage zon in haar ogen. Wat loopt de trainer hier nog rond te schuimen? Ze haast zich de laatste treden af. 'Moet jij niet eens naar huis, gorgeous?'

Joey lacht gevleid terwijl hij wat aan het krappe T-shirt sjort dat aan zijn sixpack kleeft alsof het eraan vast is gesoldeerd. 'On my way, sweetheart. Dingetje met the pool is nu opgelost.'

'Fijn. Dank je.' Ze was zich er niet van bewust dat er een dingetje met het zwembad was.

'Was er een probleem met Derek's flight?'

'Nee. Hoezo?'

'O, ik dacht net ik zie jullie samen weer thuiskomen.'

'Nee, ja, hij is vertrokken.' Al haar hersencellen grijpen wanhopig om zich heen. 'Mijn neef Helmut, die heb ik net opgehaald.'

'Helmut?'

'Ja, uit Assen, weet je wel?' Daar woont hij onder een brug. Jan lul buiten dienst. 'Got to run, Joey. Het avondprogramma begint zo meteen.'

'You're such a dedicated lady,' zegt Joey. 'Zie je morgen.'

Ze zwenkt de keuken in. De afwasmachine snort vredig. Dankbaar leunt ze even tegen het fornuis waarop nog nooit één maaltijd is gekookt die tot uitbuiken heeft geleid. Zelf is ze nooit een grote eter geweest, in elk geval niet meer na haar elfde. Oefening baart kunst. Af en toe een hapje met Marise, en verder is ze meer dan tevreden met wat de pot van het William Banting schaft. Als ze denkt aan al die televisiekoks van tegenwoordig, aan al die kookgroepjes, blogs over voedsel en foodtrendwatchers, aan al die aandacht voor slowfood hier en lokale producten daar, aan de opmars van gastrocultuur en huiskamerrestaurants, dan heeft ze het gevoel dat de mensen massaal zijn gaan lijden aan nummer zeven van de zeven soorten honger, de honger die ieders grootste vijand is.

Maar nu moet ze voor neef Helmut drank en pinda's zien te vinden. Manisch zoekt ze in kasten en laden. Ze stuit op een nog niet aangebroken verpakking gojibessen, daar zal hij het mee moeten doen, en ze grijpt een fles van hun mooie bourgogne uit het rek. Gehaast stapt ze ermee naar buiten.

'Mevrouw Ravendorp.' Met over elkaar geslagen armen

staat aannemer Sand in de tuin. Hij is gekleed in het comfortabele grijze joggingpak dat aan alle gasten wordt verstrekt, samen met hun blauwe badjas. Het dragen van eigen kleding is in het William Banting niet toegestaan. Persoonlijke verzorgingsproducten dient men overigens wel zelf mee te nemen. Gasten kunnen specifieke problemen hebben op het gebied van huid, haar of gebit, of allergisch zijn voor bepaalde stoffen. Derek en zij zijn geen medici, daar gaan ze hun vingers niet aan branden.

'Meneer Sand. Wat kan ik voor u doen?'

'Ik heb een paar vragen.'

Nadine verbijt zich. Hoelang gaat neef Helmut het volhouden zonder drank? Zit hij nog braaf in hun appartement op de bank, of is hij bezig de atmosfeer in het hele William Banting met zijn lichaamsgeur te bederven? 'U hebt altijd recht op mijn aandacht, meneer Sand, maar op dit moment heb ik weinig tijd. Misschien later vanavond?'

Sand zet zich in postuur. 'Misschien word ik hier wel opgelicht. Ik betaal u geen goudgeld voor een miserabel kopje soep met een paar paddenstoelen erin.'

'U betaalt ons goudgeld om hier gezonder te leren leven.'

Onverwachts laat hij zijn blèrende lach horen. 'U bent niet voor de poes. Mooie fles hebt u daar trouwens. Ik hou wel van vrouwen die een goede wijn op waarde weten te schatten.'

In de hal gaat de bel.

'Daar is onze spreker al. U zult me moeten excuseren.' Zonder verdere plichtplegingen haast ze zich buitenom naar het bordes. Het stoort haar allang niet meer als iemand het woord oplichting in de mond neemt: veel nieuwe gasten gaan nu eenmaal door zo'n fase. Vooral degenen die zelf waarschijnlijk met de hoogte van hun borgsom zouden sjoemelen als Derek niet standaard ter controle om jaarcijfers en een accountantsverklaring vroeg. Het kan een hele sport zijn om met mannen van dit niveau zaken te doen, dat maakt iedere dag weer tot een avontuur.

'Ha Johan,' hijgt ze, terwijl ze het bordes op stapt.

'Dag Nadine.' De kunsthistoricus vertoont zijn zachtmoedige glimlach. Er gaat altijd zoiets evenwichtigs van hem uit. De voetnoten bij de lijkwade van Turijn, de halfwaardetijd van koolstof: zolang er nog Johans zijn, is de wereld een solide plek.

'Wat zie je er verhit uit.' Zijn blik dwaalt af naar de fles in haar hand. Zijn wenkbrauwen gaan een fractie omhoog.

'Ik dacht, ik geef jou eerst even een glas wijn, hier in die zalige avondzon, want ik ben nog niet aan koffiezetten toegekomen. Maar nu besef ik dat ik geen glas voor je heb meegenomen. Wat mankeert me vandaag? Enfin, heb je een goede reis gehad?'

'Ik had op weg hierheen bijna een ree voor mijn auto. Ik schrok me een ongeluk.'

'Ja, op dit tijdstip moet je voor ze uitkijken. Een opkikkertje?' Vragend houdt ze de fles omhoog.

'Nee, dank je, niet als ik nog moet spreken. Ik ga de beamer vast testen, ik weet de weg.'

Ze denkt: merci, Johan. Bij de garage zal morgen niemand vreemd opkijken als ze zegt dat er een ree vlak voor haar auto overstak. Of zou het aanrijden van wild een strafbaar feit zijn? Ze moest voor een ree uitwijken en is toen tegen een boom geknald, dat is een betere oplossing. Wat zijn het toch een ellendelingen, zal ze zeggen, en de monteurs zullen het met haar eens zijn. Alleen bleke stadsmensen doen sentimenteel over die schattige bambi's, zegt Derek altijd, terwijl ze in dit dorp niets dan overlast en ongelukken veroorzaken.

Enigszins gesterkt gaat ze weer naar boven.

Op de bank ligt neef Helmut gelijkmatig te ronken. Al is er in de hele kamer geen voorwerp verplaatst, het vertrek heeft toch een subtiele metamorfose ondergaan. Er lijkt een zweem van groezeligheid over alle dingen te liggen.

Op haar tenen sluipt ze naar het raam en gooit het zo wijd mogelijk open. Pas daarna zet ze de wijn uitnodigend klaar op de salontafel. Een glas en een kurkentrekker ernaast, en de gojibessen in een schaaltje.

Vlug trekt ze in de slaapkamer een andere bloes en een simpel getailleerd jasje aan. Een deel van haar kan eenvoudig niet geloven dat er op haar bank een compleet onbekende zijn roes ligt uit te slapen. Ze probeert zijn aanblik te vermijden wanneer ze even later het appartement verlaat, als een spiegel waarin ze niet wil kijken. Maar met de deurklink al in haar hand draait ze zich toch om. Een paar tellen stokt het gesnurk, alsof hij voelt dat haar ogen op hem rusten. Dan smakt hij wat, haalt slurpend zijn speeksel op en schurkt zich dieper in de roomwitte kussens. Eén hand met verhoornde nagels hangt over de rand.

Het is moeilijk vast te stellen hoe oud hij is, misschien wel zeventig. Het is voor haar gemakkelijker te raden wat hij zo ongeveer moet wegen: hij is veel te zwaar, op die papperige manier van alcoholisten en mensen die hoofdzakelijk op suikers en de verkeerde koolhydraten leven. Armoedevet heeft een andere structuur dan de spekkussentjes van de weldoorvoede rijken, het is slapper, moedelozer, het heeft het bij voorbaat al opgegeven.

Ze pakt zichzelf bij elkaar en gaat naar beneden.

Terwijl ze in de keuken wacht op het doorlopen van de koffie, drinkt ze haar courgettesoep zonder hem eerst op te warmen. Voor eten moet je de tijd nemen, je moet er rustig voor gaan zitten, je bewust zijn van iedere hap en slok. Daar moet je alleen wel de tijd voor hébben.

Klokslag acht rijdt ze de trolley met verfrissingen de salon in. In groepjes staan of zitten de gasten op gedempte toon met elkaar te praten. Ze ruiken naar badschuim en prijzige shampoos. Hun nagels zijn geknipt, hun neusharen ook. Ze hebben geen bruine tanden en evenmin een schurftige baard van een week. Welstand en savoir-faire dampen uit al hun poriën. Goedenavond, meneer Ramakers. Ach, meneer Gomperts, dank u, dat is aardig van u. Dat meent u niet, meneer Staffijn. Ze vindt hun gezelschap zo weldadig dat ze bij de koffie suiker en melk zou hebben geserveerd als die in huis voorhanden waren geweest. Bij deze mannen weet ze precies op welke knoppen ze moet drukken. Ze stellen haar zelden of nooit voor een verrassing.

'Denkt u eraan dat u morgen om half negen een afspraak met de diëtiste hebt?' vraagt ze aan de heer Peperkoorn, terwijl ze hem zijn koffie en een glas water aanreikt. Hij is filmproducent en meervoudig Gouden Kalf-winnaar met documentaires over maatschappelijk relevante onderwerpen. Hij draagt een bril met onmogelijk smalle glazen en een fluorescerend montuur dat de aandacht van zijn rossige haar lijkt te moeten afleiden. Hun eigen bril kunnen ze de gasten uiteraard niet ontzeggen.

'Hopelijk wordt dat de een-na-laatste keer,' antwoordt Peperkoorn met een veelzeggend klopje op zijn maag. 'Aanstaande donderdag is het alweer mijn weegdag, en volgens Sandra is de kans groot dat ik mijn doel dan heb bereikt. Met een beetje geluk ben ik hier deze week nog weg.'

'Geweldig!' zegt Nadine. 'Voor u dan, want wij zullen u missen.' Hij zal die onervaren Sandra toch niet hebben overgehaald hem voor zijn laatste kilo's op een crashdieet te zetten? Daar krijgen de mensen altijd spijt van, het is op geen enkele manier in hun eigen belang. Jojoën is verschrikkelijk ongezond en het William Banting kan zich niet veroorloven met zoiets geassocieerd te worden.

'Ja, ik zal natuurlijk een groot gat achterlaten, maar dat vult u wel weer,' zegt Peperkoorn leutig.

Ze doet er het zwijgen toe. Het kan niemand ontgaan dat

er minder gasten in huis zijn dan de vijfentwintig waarvoor er ruimte is, al weet norse Myriam, haar naam zij geprezen, de tafels listig zó te dekken dat er nauwelijks onbezette plaatsen lijken te zijn. U hebt geluk, meneer Van Zaanen, meneer Stumpel Schot, meneer Harkema, u boft maar dat u hier toevallig net een rustige periode treft.

Nog even en nieuwe gasten hebben de sauna met de net aangelegde waterval, de gerenoveerde fitnessruimte, de tennisbaan en het zwembad vrijwel voor zichzelf.

'Maar nu eerst,' zegt ze terwijl ze haar stem verheft om boven het geroezemoes uit te komen, 'de lezing van vanavond. Heren, mag ik uw aandacht voor de doeken van Maria Magdalena? U denkt nu misschien aan schilderijen. Maar het is veel fascinerender, en straks weet u alles over de wortels van de westerse cultuur. Ben jij zover, Johan? The floor is yours.'

Ze treedt wat terzijde en strengelt haar vingers in elkaar. Er lopen gelukkig nog een paar aanvragen die mogelijk in reserveringen zullen worden omgezet. In theorie kan het William Banting volgende week of anders volgende maand alweer zonder Myriams ingenieuze tafelschikking. Zo gaat het per slot van rekening al jaren. En straks verschijnt ook nog dat artikel in de krant. Goed dat ze het interview heeft doorgedrukt, al had Derek er weinig zin in.

In de zak van haar jasje trilt haar telefoon. Dat zal hem zijn.

Vijf

Het is half elf als ze Johan uitgeleide doet. Op de parkeerplaats talmt ze nog wat. Aan de heldere sterrenhemel te oordelen krijgt het binnenland straks met nachtvorst te maken. Pas als je de nachtegalen hoort zingen, weet je zeker dat de winter definitief voorbij is.

Zou het een idee zijn om wat meer natuurbeleving in het programma van het William Banting op te nemen? Groen, eco, het oerbos, blotevoetenwandelingen, het belang van een ongerepte zeereep. Meteen nóg een mooie aanleiding om hun brochure te vernieuwen, met een nadrukkelijker accent op de uitgelezen mogelijkheden die het instituut biedt om volop te bewegen in de vrije natuur. Het is maar een gedachte, Derek.

Is de kleine Haas wel goed bij haar hoofd?

Tja, hij heeft gelijk. Nóg meer fysieke inspanning, in de buitenlucht nog wel, werkt alleen maar contraproductief, daar wist William Banting zelf ook alles van. Je raakt er onvermijdelijk uitgerammeld van, je lichaam gaat schreeuwen om calorieën.

Ze kijkt nog een laatste keer omhoog. Er is hier amper sprake van licht- en luchtvervuiling. Bestaat er een mooiere plek om te wonen dan in een duindorp in Kennemerland, op de rand van het vasteland van Europa? Een heel continent eindigt twee kilometer van hun huis vandaan. Nou ja, hun huis, de villa is nog steeds deels van de bank, al hebben ze hem in een heel gunstige tijd gekocht. Niettemin denkt ze nog steeds met enig ontzag: dat we dat toen hebben aangedurfd! Wie en wat waren ze toen helemaal? Nog geen Derek en geen Nadine, in elk geval. Maar ze zijn bepaald niet over één nacht ijs gegaan. Jarenlang hebben ze zorgvuldig hun gezamenlijke kennis en kunde geïnventariseerd, opgeteld en vermenigvuldigd in afwachting van de juiste plek om die in praktijk te kunnen brengen: dit voorname landhuis. Hier is alles samengevallen. Hier zijn ze geworden wie ze zijn. Hier hebben ze met toewijding, beleid en vakmanschap al hun dromen gerealiseerd.

Haar blik glijdt langs de gevel. In hun appartement brandt licht. Achter het raam ziet ze iemand rondlopen. Ze verstart. Neef Helmut.

Met een beklemd gevoel gaat ze naar boven.

De woonkamer is leeg, de fles wijn op de salontafel ook. Ze hoort haar gast stommelen in de pantry, die een kleine koelkast met een nog kleiner vriesvakje bevat, een espressomachine en een magnetron. Meer heb je niet nodig als je een bedrijfskeuken in huis hebt.

Ze steekt haar hoofd om de hoek van de deur. 'Zoekt u iets?'

Hij staat ongericht maar met grote concentratie te sjorren aan de verpakking van een portie magnetronpoffertjes, een van Dereks geheime zonden. Het plastic scheurt en hij steekt er gretig zijn hand in.

'Ik kan ze ook even voor u opwarmen,' zegt ze automatisch.

Zwaaiend op zijn benen merkt hij met volle mond op: 'Je minibar is zowat leeg.'

'De koelkast, bedoelt u?'

Hij propt nog een hand poffertjes naar binnen. 'Alleen een stuk beschimmelde kaas en een halve beker ijs. In vuilnisbakken vind je beter spul.' Hij spreekt op nasale, zeurderige toon. Waggelend komt hij op haar af.

Sorry, zegt ze bijna, terwijl ze achteruitstapt.

Voor zo'n dronken lobbes is hij opmerkelijk snel. Zijn wijsvinger priemt al in haar borstkas. Hij brengt zijn hoofd naar voren en vraagt haar met malende kaken: 'Kun je de roomservice niet even bellen?'

Het treft haar dat hij weet heeft van het bestaan van minibars en roomservice, maar ze gelooft niet dat ze erg geïnteresseerd is in het verhaal van zijn leven. 'Ik pak mijn autosleutels even. Zegt u maar waar ik u heen kan brengen.' Ze staat inmiddels zowat tegen de muur gedrukt.

Hij brengt zijn gezicht nog dichter bij het hare. Het is een tamelijk plat, verweerd gezicht vol groeven waarin vettig vuil kleeft. In zijn mondhoeken hebben zich proppen poffertjesdeeg opgehoopt, met speeksel vermengd. 'Zegt u maar,' bauwt hij haar na, 'waar ik heen moet. Ja, zeg, het is zeker míjn schuld dat ik hier ben!'

'Nee,' zegt ze snel. Ze ademt door haar mond om hem zo min mogelijk te ruiken. Waar kan ze zo laat op de avond nog met hem naartoe? Zou er in Haarlem een vestiging van het Leger des Heils zijn?

Ineens stapt hij opzij, hij draait zich om en zwoegt snuivend terug de woonkamer in. Jezus, dit was de afspraak niet. Hoe bonjourt ze hem de deur uit? Als hij niet meewerkt, krijgt ze hem nooit heelhuids de trap af. Maar zelfs als ze hem wel naar haar auto weet te dirigeren, wat dan? Hem ergens in de duinen afzetten? Op wat voor instincten leeft iemand zoals hij? Herinnert hij zich morgen haar kenteken nog? Herinnert hij zich morgen überhaupt nog iets?

Paniekerig schiet ze achter hem aan, waarbij haar blik opnieuw op zijn kapotte broek en de schaafwond daaronder valt. Deernis en frustratie stapelen zich in gelijke delen in haar op. Die wond moet worden schoongemaakt. Die hele man moet worden schoongemaakt. 'Wilt u misschien eerst even in bad?' flapt ze eruit.

Hij grijnst het kerkhof van zijn gebit bloot. 'Welja, waarom niet?'

Tot haar schrik begint hij zijn voddige jasje al uit te trekken. Maar inderdaad: waarom ook niet? De situatie zal een stuk beheersbaarder worden als hij een beetje presentabel is. Iemand die je bijna doet kokhalzen haalt louter lage neigingen in je naar boven. Bevend loopt ze naar de badkamer. Voordat ze van gedachten kan veranderen, draait ze de badkraan open en giet een halve fles lavendelschuim in de kuip. Op de rand zet ze een flacon shampoo. Als Derek zijn scheerspullen niet had meegenomen, zou ze die er ook nog bij hebben gezet.

Ze test de temperatuur van het water. Als ze zich weer opricht, ruikt ze neef Helmut achter zich. Hij staat als een gedwee kind zijn trui over zijn hoofd te trekken. Eronder draagt hij niets. Zijn buik hangt in bleke plooien over zijn broeksband. Ze kan nog net voorkomen dat hij, half in de trui verstrikt, tegen de wastafel aan klapt.

'Ho ho,' giechelt hij, 'niet handtastelijk worden, dame.'

Hij kan zich in deze staat onmogelijk op eigen kracht uitkleden, laat staan in het bad stappen, hij zal uitglijden en alsnog iets breken. Met opeengeklemde tanden trekt ze zijn linkerarm over haar schouder en manoeuvreert hem naar de wc. Met een bons valt hij neer op het deksel van de pot. Ze hurkt naast hem en trekt de schoenen van zijn voeten. Doorzetten, sokken uit. Zijn voeten zijn klam, zijn tenen glimmen als dikke naaktslakken. Ze denkt: Maria Magdalena zalfde de voeten van Jezus van Nazareth en droogde ze af met haar haren en al haar zonden werden haar vergeven.

Ze kijkt naar hem op. 'Ik heet Nadine.'

Hij hikt even. 'Aangenaam.'

'En u?'

Breedsprakig zegt hij: 'Ik geef mijn gegevens nooit af, die zijn privé.'

Er is een tijd geweest dat ze het beslist niet bezwaarlijk vond om iemand zijn broek uit te trekken zonder zijn naam te kennen. Waarom komt haar dat dan nu als ongepast voor, in deze situatie nota bene? Ineens ongeduldig zegt ze: 'Ga even staan, Helmut, anders krijgen we je broek niet uit.'

'Helmut?' Zoekend beweegt hij zijn hoofd heen en weer.

'Ja, jij.'

Hij werkt zich overeind, steunend op haar schouder. 'Helmut. Suikergoed. Mij goed. Ik ben niet zo moeilijk.'

Zijn gevlekte gulp is op ooghoogte. Ze zit met haar gezicht bijna tegen zijn kruis gedrukt. 'Even stáán, zei ik!' Met gesloten ogen rukt ze zijn broek en onderbroek naar beneden, hoort hem op zijn blote billen weer op het wc-deksel neerkomen; het klinkt alsof hij een scheet laat. Ze stroopt het textiel van zijn benen, wurmt zijn vochtige voeten uit de broekspijpen en staat hijgend op.

Naakt zit hij wijdbeens op de pot. Ze moet aan een lekke voetbal denken.

'Stáán.'

'Dat zei je al, Evelien. Ik heb geen wc-papier in mijn oren.'

'Kom op dan.' Ze wringt haar handen onder zijn oksels. Moeizaam komt hij omhoog. Half dansend, twee passen heen en één terug, koersen ze op de badkuip af. Ze plant hem neer op de rand. 'Even een beetje draaien. Linkerbeen in het water.'

Ze ondersteunt Helmuts massa met haar heup, terwijl ze hem stevig aan zijn bovenarm vasthoudt. 'Nu je andere been. En laat je rustig zakken.'

Het water golft over de rand als hij gaat zitten. Vlokken lavendelschuim slaan haar in het gezicht. Maar hij gaat net niet kopje-onder. Terwijl hij zich met stroeve geluiden in zittende houding hijst, zegt hij waarderend: 'Kolere, goed team zijn wij.'

Zwijgend draait ze zich om en begint zijn kleren van de vloer te rapen. Nu ze de vodden in haar handen heeft, ziet ze pas hoe onherstelbaar zijn broek is beschadigd. De rest van zijn kleren is ook wel aan vervanging toe. Gelukkig ligt er genoeg gastenkleding in de linnenkamer. Myriam zal het zeker merken als er een joggingpak ontbreekt, maar daar zal ze, gezien haar klachten over de wasserij, niet eens van opkijken.

'Ik ben zo terug,' zegt ze. 'Niet in slaap vallen.'

Aan niets is te merken dat het Helmut verbaast in de badkuip van een wildvreemde te zitten. Hij heeft de shampoofles gevonden en kijkt er met een glimp van herkenning naar. Bepaalde rudimentaire kennis vergeet je blijkbaar nooit.

In de pantry pakt ze een vuilniszak, waar ze zijn kleren in propt. Dan sluipt ze als een dief in de nacht naar de container bij de keukendeur en begraaft de zak onder een laag groenteschillen.

De linnenkamer is op de eerste etage, waar ook enkele gasten verblijven die nu dromen van ganzenlever, glimmend van het vet, druipende baconsandwiches, bavarois waar je lepel rechtop in blijft staan, of gevulde snoekbaars op een bedje van in room gegratineerde aardappelen.

Op haar tenen gaat ze naar boven, in de zachte gloed van de nachtverlichting in het trappenhuis. Ze durft in de linnenkamer geen licht aan te doen en vindt op de tast ondergoed, sokken, een joggingpak. Een deken voor op de bank is ook een goed idee. De hoezen van de kussens zullen ongetwijfeld een beurt bij de stomerij nodig hebben. Ze kan ze morgen wegbrengen, als ze toch naar de garage gaat. Als Derek donderdag thuiskomt, zullen Helmuts sporen allang uitgewist zijn. Uit niets zal dan nog blijken dat die man hier ooit is geweest.

Dinsdag

Een

Met de telefoon tegen haar oor gedrukt wringt ze haar voeten in haar schoenen.

'Ik weet dat jij er weinig van verwacht,' komt Dereks stem van ver, 'maar ik beschouw mijn presentatie vanmiddag als een grote kans voor ons… Nadine?'

'Ik hoor je.' Ze is nog maar net aangekleed, in Reykjavik is het zelfs twee uur vroeger, maar Derek staat al in de hoogste stand, hij klinkt op van de zenuwen. Spreken in het openbaar is bepaald niet zijn sterkste kant, hij zal wel op zoek zijn naar een steuntje in zijn rug. Maar ze houdt haar mond. Het was zijn eigen plan om naar die conferentie te gaan, een onzalig plan wat haar betreft, en bovendien, als hij gewoon thuis was gebleven, zou zij Helmut gisteravond niet hebben aangereden. Het besef hoe onredelijk die gedachte is, maakt haar alleen maar narriger.

'Wat McDonald's wereldwijd kan, kunnen wij ook,' zegt hij, zo te horen om zichzelf moed in te spreken.

'Ik zou niet over een junkfoodketen beginnen op een congres over toekomststrategieën voor topkuuroorden.'

'Nee, allicht niet. Maar waar ik je ook over bel, ik kreeg net een bericht binnen van Voetemans, weet je nog, die laatst een offerte vroeg.'

'Wacht even. Die man uit de Eerste Kamer?'

'Nee, hij is een van de mensen achter die nieuwe televisiezender. Hij vraagt of we contact met hem kunnen opnemen.'

Ze gaat rechtop zitten. 'Die gaat boeken.'

'Die gaat zeker boeken. Bel je hem?'

Dwars door haar opwinding heen hoort ze in de woonkamer iets wat de ochtendhoest van Helmut moet zijn. 'Zeker. En jij succes vanmiddag, hè?'

'Haasje,' zegt hij blij.

'Ik spreek je later.' Ze drukt het gesprek weg.

In zijn grijze joggingpak zit Helmut op de bank met overgave te rochelen. Hij ziet eruit zoals iedereen die gewend is om in een doos in een plantsoen te slapen er wel zal uitzien na eindelijk eens een comfortabele nacht: hij lijkt tien jaar jonger. Dat hij schoongeboend is maakt ook een heel verschil. Ze denkt: op dertig graden wassen, liggend laten drogen.

Als hij haar in de deuropening ziet staan, slaat hij een paar keer met de vlakke hand tegen zijn borst en zegt dan raspend: 'Godsamme, mijn hele bast doet pijn.'

Ze kan de bons van zijn lichaam tegen haar auto nog horen. Maar als hij nuchter was geweest, had hij zich waarschijnlijk nog erger bezeerd. Dronken mensen zijn te slap om zich schrap te zetten tegen een val, daardoor blijft de schade beperkt. 'Ook goedemorgen,' zegt ze. 'Dat pak kun je aanhouden, hoor. Je eigen kleren waren niet meer in zo'n beste staat.'

Ongeïnteresseerd kijkt hij even naar zijn mouwen. 'Maakt mij niet uit. Maar een uitsmijtertje zou er wel in gaan.'

Beneden zitten de gasten nu aan het ontbijt. Levendig ziet ze voor zich hoe ze elkaar over de rand van hun fruitshake met trillende neusvleugels zullen aankijken: wát ruiken zij in huis? Gebakken eieren? Dat kan ze hun niet aandoen. Ze zegt: 'Ik geef het door aan de keuken.' Ze klapt haar telefoon weer open en geeft er in het wilde weg een paar tikken op. 'Een uitsmijter voor kamer 13.'

'Met spek,' stelt Helmut voor. 'Dat stabiliseert de maag. En een bloody mary, om het systeem weer een beetje op gang te krijgen.'

'Met spek,' herhaalt ze in het luchtledige. 'En een bloody mary, graag.'

Hij krabt aan zijn buik. 'Komen ze het brengen?'

'Nee. Ik ga het zo halen.' Wat moet ze hem in vredesnaam te eten geven? Er is in de keuken uiteraard zelfs geen brood.

'Je moet niet over je heen laten lopen, Evelien. Het is die lui hun baan.' Bekommerd kijkt hij haar met zijn waterige ogen aan. 'Een vrouwtje alleen, zoals jij, wordt altijd de dupe.'

'Mijn man is op zakenreis,' brengt ze uit, ineens op de rand van tranen. Derek gaat zich in Reykjavik belachelijk maken, haar wacht over twee weken een zitting bij de rechtbank met imagoschade voor het William Banting als gevolg, en de enige persoon op aarde die met haar begaan is, is een naamloze zwerver die zij zo snel mogelijk moet zien te lozen.

Hij gnuift. 'Op zakenreis? Dat zei mijn grootje ook toen haar vent er met iets jongers vandoor was gegaan. Ach, meid, wat kan het je schelen? Je bent soms stukken beter af zonder.'

'Ik ga even voor je naar de keuken,' hakkelt ze. Ziet zij eruit als iemand die door haar man is verlaten? Waarom denkt Helmut dat?

Ze had geen ongelukkiger moment kunnen uitkiezen om naar beneden te gaan: de gasten komen net de eetzaal uit. Goedemorgen, meneer Peperkoorn, meneer Sand.

'En, hoe is het vanochtend met de onbestorven weduwe?' vraagt Sand.

'U bent bijzonder rolvast, meneer Sand.'

Blaat, blaat. Maar de aannemer heeft nog meer voor haar in petto. 'We hadden het er aan tafel zojuist over dat voedsel eigenlijk een onmisbaar onderdeel van een uitgebalanceerd dieet is. Een goed dieet kan niet zonder.' Triomfantelijk kijkt hij haar aan.

Toom hem een beetje in, wil je, zou Derek tegen haar zeggen, hij zit hier niet bij de Weight Watchers. Leefstijl, leefstijl en nog eens leefstijl, dat is waar het William Banting Instituut voor staat. Wij helpen mensen om tot gezondere en actievere gedragspatronen te komen met behulp van de juiste voeding, gestructureerd sporten en bewegen, bewustwording van de eigen attitude en valkuilen, en het opbouwen van duurzaam persoonlijk vitaliteitsmanagement.

Druk zegt ze: 'Sorry, hoor ik de telefoon op kantoor?' en stapt snel de directiekamer binnen. Nu heeft ze zichzelf hier feitelijk opgesloten, want het duurt zeker nog een kwartier voordat iedereen aan zijn programma is begonnen. Wacht even. Voetemans, van die nieuwe zender.

Ze zet haar computer aan en gaat naar zijn dossier. Hij is geen spectaculair geval, hij wil dertig kilo kwijt, maar ook dat kan een heel karwei zijn. Ze toetst zijn nummer in. Binnen een halve minuut vloeit alle spanning uit haar weg. De heer Voetemans heeft hun offerte bestudeerd en zou graag nog van de week naar het William Banting komen, als er op zo korte termijn tenminste plaats is. De heer Voetemans treft het: ze kan nog wel een gaatje voor hem vinden. Zodra hij de borgsom en een aanbetaling voor zijn verblijfs- en behandelkosten heeft voldaan, is hij van harte welkom.

'Voetemans binnen,' bericht ze aan Derek. Ze had daarnet een beetje toeschietelijker tegen haar gestreste man moeten doen. Gek hoe zoiets werkt. Je raakt kortaangebonden omdat je weet dat je zelf tekortschiet. Dat zie je ook altijd bij echtscheidingen. Niemand zo hardvochtig en nors als de bedriegende partij.

Ze zal Dereks telefoontje vanmiddag niet afwachten, ze zal hem na zijn presentatie zelf bellen en zeggen dat ze hem mist. Ze kan zich niet heugen dat ze ooit een nacht apart hebben geslapen. Hij hoort hier, bij haar, zoals een mes bij een vork. Ze heeft altijd in hem geloofd. Misschien heeft hij het ook nu weer bij het rechte eind en valt de formule van het William Banting inderdaad internationaal te franchisen. Vooruit, ze wil iemand zijn die genereus haar ongelijk kan toegeven.

Als ze weer van haar bureau opkijkt, ziet ze buiten een gestalte op zijn gemak over het gazon slenteren. Wie van de gasten loopt er tijdens trainingstijd te lummelen? Dan valt haar blik op de versleten bruine schoenen onder de joggingbroek. Op hetzelfde moment doemt in haar andere ooghoek Joey op, die achter Helmut aan stevent, zijn hand al uitgestrekt om hem op de schouder te tikken.

Ze gooit het raam open. 'Joey! Joey!'

Hij zwaait. 'Good morning, Nadine.'

Ze leunt over de vensterbank. 'Joey, wat zei je gisteren nou dat er mis was met het zwembad?'

'De pomp.' Hij gebaart met zijn hoofd naar Helmut. Nee, Joey laat zich niet gauw afleiden of zich door smoesjes inpakken, daarom zijn Derek en zij ook zo tevreden over hem. 'Nieuwe gast?' vraagt hij. 'Not on my list for today. Is hij voor Johnny?'

'Nee, nee, dat heb ik je toch verteld, mijn neef...'

'Nice to meet you, Helmut!' roept Joey.

Helmut draait zich om. Belangstellend komt hij over het gras naderbij.

'Ik dacht al dat hij hier kwam kuren, want jullie krijgen zelden zomaar bezoek,' zegt Joey. 'Well, he definitely can use it. We krijgen hem wel weer in vorm, honey. Dat heb ik Derek gisteren ook laten weten.'

'Derek? Hoe bedoel je?' Ineens is ze beducht voor zo'n soort wending waarvan je je later het onnozelste detail nog herinnert, zelfs wat je op dat moment aanhad. Net zoals toen ze in die politiefuik reed. Toen droeg ze de oorbellen die Derek haar gaf na haar tweede miskraam.

'Hij appte me gisteravond dat ik hem in Iceland altijd kan

storen als er iets is. Typically Derek.' Over zijn schouder kijkt hij naar Helmut, die zichtbaar moeite heeft met de glooiing in het gazon. 'Not to worry, heb ik hem teruggeschreven, Nadines neef Helmut is hier net gearriveerd, and if he needs help, we will gloriously shape him up.'

'O nee,' zegt Nadine geschrokken.

Joey haalt een hand door zijn goudblonde haar. 'Hey, ik begrijp dat het pijnlijk voor jullie is om zo iemand in your own family te hebben. But Derek and you can trust me, Nadine. My lips are sealed. Zal ik je neef een rondleiding geven?'

Twee

Achter haar bureau belt ze Derek. Deze kwestie moet de wereld uit voordat hij vanmiddag zijn presentatie verpest omdat hij wordt afgeleid door de vraag wat er tijdens zijn afwezigheid onder zijn dak gaande is. Ze heeft immers helemaal geen neven en nichten.

Zijn toestel gaat over, en dan hoort ze de klik van de voicemail. Ze aarzelt even. Het hele verhaal inspreken? Zeg, schatje, ik kreeg gisteren op de terugweg van Schiphol een vent voor mijn wielen. Ik heb hem mee naar huis genomen om hem even bij te laten komen, want ik voelde me er toch lullig over. En toen zei ik in een opwelling tegen Joey dat hij mijn neef Helmut uit Assen was, ja, hoe verzín je zoiets, maar ik wilde geloof ik niet dat het personeel wist dat ik iemand had aangereden...

Nee, hier moet ze even goed over nadenken.

Het klopt allemaal, maar toch heeft dit verslag een lek, zoals iedere halve waarheid: waarom zou je het je echtgenoot niet meteen vertellen wanneer je zo'n enerverend avontuur achter de rug hebt? Een paar uur nadat ze Helmut gisteravond van de weg schepte, had ze Derek al aan de telefoon. En vanochtend heeft ze hem weer gesproken en toen heeft ze weer haar mond gehouden. Alleen maar om niet te hoeven bekennen dat ze bang was opnieuw met de politie in aanraking te komen, zo kort na haar verzwegen dronken rit.

Nou ja, ze was toch al van plan Derek bij gelegenheid op te biechten dat ze met een slok op achter het stuur heeft gezeten. Al is het wel een slechte timing om dat op dit moment te doen: niemand schiet er iets mee op als hij uitgerekend nu van slag raakt. En nog even iets anders. Had hij haar zelf ook niet allang om opheldering kunnen vragen, na Joeys app over Helmuts veilige aankomst? Waarom heeft hij niet gezegd: 'Zeg Nadine, sinds wanneer heb jij een neef?'

Een zweterige onrust neemt bezit van haar, ze voelt haar haarwortels prikken. Is hij er dan toch op uit om haar te betrappen op het achterhouden van de waarheid? Zit hij met een soort grimmige rechtschapenheid te wachten tot ze door het ijs van haar eigen gedraai heen zakt?

Ze kijkt op haar horloge. Het symposium is nog lang niet begonnen. Waarschijnlijk zit Derek op dit moment in de ontbijtzaal van zijn hotel, te midden van internationale collega's die hij gisteren bij het inchecken heeft ontmoet. Daarvoor ga je immers ook naar zo'n conferentie, om te netwerken en waardevolle contacten te leggen. Om bewondering te oogsten voor je visionaire plannen. Om mensen te ontmoeten die daar wél belangstelling voor tonen. Stel dat Derek gisteravond al een leuke, geïnteresseerde vrouwelijke collega tegen het lijf is gelopen. Heeft hij toen tijdens hun inspirerende gesprek in de hotellobby wijselijk besloten om maar niet moeilijk te doen over die onbekende man in zijn huis over wie Joey hem berichtte?

Maar zo berekenend is Derek helemaal niet. Bovendien is hij er beslist de man niet naar om zich zomaar aan een wildvreemde vrouw uit te leveren, bij het idee alleen al raakt hij buiten zichzelf van nervositeit.

'Hier is hij weer,' zegt Joey in de deuropening. 'I've got to go now, Nadine.'

Helmut wandelt naar binnen en gaat onuitgenodigd aan de vergadertafel zitten. 'Even over die uitsmijter,' begint hij. 'Ik denk dat je bestelling niet is doorgekomen. Hoelang kan het bakken van een paar eieren duren?'

Geïrriteerd draait ze zich naar hem toe. Het blijft verbazingwekkend hoe geobsedeerd sommige mensen raken als ze een beetje trek krijgen. Ze zouden het niet eens meer opmerken als er een olifant voorbijstampte. Helmut lijkt er ook geenszins van op te kijken dat zij hier in de evidente directiekamer achter een bureau zit. Hij heeft nog maar één doel: maag vullen. Er bestaan zeven soorten honger, Helmut, maar er is er slechts één die daadwerkelijk met overleven te maken heeft.

In een ingeving zegt ze: 'Ik geef je alvast iets om op te knabbelen.' Derek hamstert overal noodvoorraden voor als hij zich appelig voelt. Hij verbruikt nu eenmaal bovenmatig veel energie. Ze loopt naar zijn bureau en trekt de bovenste lade open. Een pak kaasstengels, wat doosjes rozijnen, twee Marsen, een rol biscuits en een zak winegums. Plus een pakje tandenstokers en een ademverfrisser.

Ze krijgt amper de kans wat lekkernijen op tafel uit te stallen, zo snel valt Helmut erop aan. Nog voordat hij de eerste kaasstengel kan hebben doorgeslikt, gooit hij er al een doosje rozijnen en een hand winegums achteraan. Haast zonder te kauwen vreet hij zich door een halve rol biscuits heen en mikt tussendoor nog een Mars naar binnen. Het is alsof ze een stoomgemaal in werking ziet.

De vakvrouw in haar is gefascineerd door zijn totale gebrek aan gêne. Schaamte, heeft ze ooit eens gelezen, is bij uitstek een sociale emotie, die zonder de regulerende blik van anderen niet eens zou bestaan. Toch zoeken mensen juist elkaars gezelschap op om zich in restaurants gezamenlijk te buiten te gaan aan het kreunend opslurpen van oesters, aan het openlijk kwijlen en knagen en kauwen, aan het bezweet en bijkans delirisch raken van genot. Die blik, alsof ze buiten hun eigen oevers treden, hebben ze anders vermoedelijk alleen als ze klaarkomen.

Onverhoeds verlangt ze zo naar Derek dat ze het tot in haar bekkenbodemspieren kan voelen. Vrijen komt er al een tijdje niet van. Hij is de laatste maanden zo... mat. Zou hij ertegen opzien om volgende week zestig te worden, zou dat het zijn?

'Hèhè, dat scheelt,' zegt Helmut. Netjes begint hij de lege verpakkingen glad te strijken.

Verbijsterd staart ze hem aan. 'En daar word jij niet misselijk van, denk je?'

'Je moet eten gewoon de kans geven het vanbinnen zelf uit te vechten. Dan heb je er nooit een centje last van.' Terwijl hij zijn handen over zijn maag vouwt, laat hij een boer.

Haar telefoon gaat. 'Moment,' zegt ze.

'Dag mevrouw Ravendorp,' zegt Voetemans van de nieuwe televisiezender. Hij klinkt kortademig, zoals veel zwaarlijvige mensen. 'Sorry, maar in ons telefoongesprek van zojuist zag ik helaas een kleinigheid over het hoofd.'

'Kleinigheden zijn er om opgelost te worden,' antwoordt ze. Als je jezelf tot een glimlach weet te dwingen, klinkt je stem vanzelf vriendelijk.

Tegenover haar grijnst Helmut gelukzalig terug. Hij zit erbij als een zelfvoldane boeddha.

Het gaat om zijn dochter, licht Voetemans toe. Zijn kleine meid, Hedwig. Normaal gesproken woont Hedwig bij haar moeder, maar nu blijkt dat de voormalige mevrouw Voetemans zonder overleg een reis naar Bali heeft geboekt en ervan uit is gegaan dat ze Hedwig vanaf morgen wel bij haar ex-man kan stallen.

Nadine verstijft. Hij zal zijn reservering willen verschuiven. En van uitstel komt afstel, dat is een wetmatigheid. Hun gasten laten zich doorgaans geheel door hun impulsen drijven, anders was hun gewicht ook nooit zo'n probleem geworden. Ze geven toe aan iedere opwelling, iedere aandrang, en zodra iets naar de achtergrond is verschoven, nemen nieuwe prikkels de overhand. 'Hoe kunnen we daar een mouw aan passen?' vraagt ze op neutrale toon.

'Kan ik haar meenemen?' vraagt hij.

Even is ze te verbluft om iets terug te zeggen. Is het de bedoeling dat het William Banting als crèche gaat fungeren? Huisdieren zijn hier niet eens toegestaan. Aan kinderen kunnen ze vanzelfsprekend helemaal niet beginnen.

'Hedwig heeft zelf ook een paar issues op het gebied van haar leefstijl,' vervolgt Voetemans. 'Dus eigenlijk treft het geweldig als ze mij kan vergezellen in de periode dat haar moeder op reis is. De vraag is alleen: hebt u tien dagen plaats voor haar?'

Een zekere gretigheid overvalt haar. 'Hoe oud is Hedwig precies?'

'Vijftien.'

'Aha. Maar moet ze dan niet naar school?'

'De meivakantie valt vroeg dit jaar.' Al was dat niet zo, de Voetemansen van deze wereld hebben hun maatschappelijke positie niet bereikt door zich aan de regels te houden.

'En wat beschouwt Hedwig precies als problematisch aan haar leefstijl?'

'Zestig kilo lijkt me gezonder, met haar lengte. En dan heb ik het over een kilo of twintig verschil.'

Zo, die is gewend man en paard te noemen. Tastend zegt ze: 'Maar dat zullen we in tien dagen nooit voor elkaar krijgen, meneer Voetemans. Als dat al kon, zou het heel slecht voor Hedwigs lichaam zijn. U zult hier zelf voor het bereiken van uw doel ook langdurig verblijven. Dus u begrijpt...'

'Ik begrijp u volkomen: hier kunt u niet garant voor staan. Ik ga u daarom niet vastspijkeren op het resultaat. Normaal leren eten zal op zich al een hele ervaring voor Hedwig zijn.'

'Onze gebruikelijke procedure...' Ze valt stil.

'...is een borgsom die geretourneerd wordt bij het tijdig behalen van het streefgewicht, ja. U vraagt zich natuurlijk af hoe we dat in Hedwigs geval moeten regelen.'

Ze zwijgt. Haar voorbehoud betreft iets heel anders. Het

is nooit officieel beleid van het William Banting geweest om uitsluitend mannelijke gasten toe te laten, dat staat ook nergens expliciet in de voorwaarden vermeld, het is organisch zo gegroeid. Als je in een instituut als dit ook maar een paar mannen over de vloer hebt, blijken de vrouwen vanzelf weg te blijven. Die lopen bij het andere geslacht niet graag te koop met hun zwakheden.

In de praktijk heeft het altijd aperte voordelen gehad om geen gemengd publiek te trekken. Het dient ieders concentratie en het voorkomt een hoop complicaties in de sauna, het zwembad en de *man cave*. Het zou gekkenwerk zijn om heel dat beproefde systeem voor één klant in de waagschaal te stellen. Derek zou het geen moment in overweging nemen.

'Maar daar heb ik al over nagedacht,' vervolgt Voetemans. Ze hoort zijn adem even piepen. 'Ik bied u wat mijn dochter betreft graag een nader overeen te komen bedrag voor iedere kilo verschil die u weet te bewerkstelligen.'

'Het is een ongewone situatie.' Maar ze voelt dat ze al begint te kapseizen. Derek kan wel zo veel vinden. Hij zit prinsheerlijk in Reykjavik, en zij moet maar zien hoe ze hier het ene probleem na het andere oplost. En zo'n Hedwig van vijftien is per slot van rekening geen volwassen vrouw, ze valt buiten alle categorieën. Al die obese kinderen van tegenwoordig trouwens... Ze heeft pas nog ergens gelezen dat de prevalentie van overgewicht onder jongeren de afgelopen kwarteeuw met vijftig procent is gestegen. Eén op de acht is veel te zwaar, met als gevolg orthopedische klachten, hoge bloeddruk, verhoogd risico op diabetes, plus een negatief zelfbeeld, pesterijen, depressieve symptomen en leerproblemen. Wie zegt, praktisch bekeken, eigenlijk niet dat dat een heel nieuwe doelgroep is? Sterker nog, wat zit ze te slapen, de jeugd heeft de toekomst die het William Banting momenteel enigszins lijkt te ontberen. Derek en zij moeten met hun tijd meegaan. In feite krijgen ze een enorme kans in de schoot geworpen.

'We worden het wel eens over de details,' zegt ze, opeens roekeloos. 'Hedwig is van harte welkom. We hebben momenteel geen leeftijdgenoten van haar in huis, maar onze personal trainers zijn jonge mannen, die vinden het vast geweldig om met haar aan het werk te gaan. En er is net een nieuwe waterval in het saunalandschap.'

'Dan mail ik u straks graag mijn financiële voorstel, mevrouw Ravendorp. Als u zo vriendelijk wilt zijn daar per ommegaand op te reageren, geef ik mijn bank vandaag nog opdracht om een en ander in orde te maken, en dan kunt u ons in de loop van de week verwachten.'

Dankbaar slaat ze de agenda open en zweeft al met een potlood boven de pagina's. 'Zal ik de huishoudelijke dienst vragen om één of twee suites klaar te maken?'

'Twee,' zegt hij prompt.

Ze zet een paar grote kruisen. De Matroos, onder de hanenbalken op zolder, gebruiken ze zelden, maar die kamer is geknipt voor zo'n jong ding, en verder van de *man cave* vandaan kan ze Hedwig niet parkeren. Voor Voetemans senior reserveert ze de statige Loodsman op de parterre, al is de parterre in drukkere periodes voorbehouden aan veel zwaardere gasten met traploopproblemen. 'U staat erin,' zegt ze.

'Mooi.'

Ze hoort in zijn stem nog een aarzeling die ze meteen herkent. Hoewel iedere denkbare vraag uitputtend wordt beantwoord in hun brochure en op hun website, hebben de meeste gasten toch behoefte om nog een paar details te verifiëren voordat ze de wereld die ze kennen tijdelijk achter zich laten. Daar zal ze nooit meesmuilend over doen. Het ongewisse is voor veel mensen een bijna onaanvaardbaar groot avontuur. 'Hebt u nog vragen?'

Voetemans schraapt zijn keel. 'Niks belangrijks. Alleen hoor je tegenwoordig vrij veel over klysma's...'

Ze leunt achterover. 'Ik begrijp uw zorg, en ik deel die. Klysma's verwoesten de darmflora, al wordt het tegendeel nog zo luid beweerd. Wij denken en handelen uitsluitend in termen van gezondheid, dus bij ons bent u gegarandeerd in een klysma-vrije omgeving.'

'Dat was ook precies wat mij zo aantrok in uw programma, mevrouw Ravendorp. U ziet ons zo snel mogelijk verschijnen.' Abrupt verbreekt hij de verbinding.

Ze strekt haar armen boven haar hoofd en mompelt: 'Yihaa!' Pas dan valt haar blik op Helmut. Slaperig zit hij om zich heen te kijken vanachter de vergadertafel.

'Helmut, ik was je zowat vergeten!'

Vredig zegt hij: 'Dat hoor ik wel vaker, Evelien.'

'Nog één moment.' Ze belt Derek weer, maar ze krijgt opnieuw zijn voicemail.

Drie

Er bestaan zeven soorten honger die de mens de hele dag door belagen en die zijn maag doen knorren, en het merendeel daarvan wordt in het William Banting met succes bewust niet opgewekt. Een prikkelloze omgeving is het halve werk.

Allereerst is er de honger die de kop opsteekt via het oog: de honger die ontstaat door de aanblik van voedsel of visuele verwijzingen daarnaar. Het mag een onnozel detail lijken, maar zelfs op de stillevens aan de muren in huis is geen eetbare waar te bespeuren. In de tuin staan geen gewassen die noten of bessen dragen. Televisie is er niet, dus de verleidingen van rookworst- en roomijscommercials blijven buitenshuis.

Er is de honger die via de neus ontstaat en die door middel van geuren het water in de mond doet lopen. Dat is iets om altijd alert op te zijn. Derek kan zich aan het strand geen haring permitteren, en als ze samen sinterklaasinkopen hebben gedaan, moeten ze de geur van speculaas eerst uit hun haren en kleren laten waaien alvorens het huis weer te betreden. En voor de huishouding geldt: luchtverfrissers met vanille-, pepermunt- of anijstonen moeten worden vermeden, evenals wasverzachters die met hun aroma van bloeiende weiden associaties met honing oproepen.

Er is de honger via het oor, die wordt opgewekt als je een zak chips hoort knisperen of iets in de boter hoort spetteren. Of als iemand likkebaardend over een gerecht vertelt. Dat laatste zal in de *man cave* zeker gebeuren, dat is menselijkerwijze niet te voorkomen. Maar verder is het een kwestie van je gezonde verstand gebruiken en het uitnodigende gerammel van serviesgoed en het gesis van koolzuurhoudende dranken beperken.

Er is de honger van de mond. De mond verlangt doorlopend naar verschillende sensaties en texturen. De mond wil bijten, kauwen, zuigen, sabbelen en slobberen. Om deze behoefte te laten afnemen, worden in het William Banting aan tafel met zorg gerechten vermeden die te veel activiteit van de mond vragen, terwijl ze toch zodanig zijn gekozen en bereid dat ze de gewenste variatie bieden.

Er is de honger van het hoofd. Hoofdhonger heeft alles te maken met conditioneringen, ingesleten gedrag en regels: het is half één, dús er moet iets worden gegeten. Het hoofd is een eigengereid onding, maar het valt uiteindelijk altijd te resetten. Daarom nodigt Nadine voor het avondprogramma regelmatig een wetenschapper uit die interessant kan vertellen over het inslijpen van nieuwe neurale paden in de prefrontale cortex.

Er is de honger van de maag. De maag is net zo'n druktemaker als het hoofd en even dol op het uitzenden van signalen: ik rammel, ik rammel! Ik ben leeg! Op cellulair niveau is daar volgens Derek weinig tegen in te brengen. Maar al weet iedereen die weleens drie dagen heeft gevast dat dat gevoel vanzelf verdwijnt, toch raken beginners soms in paniek wanneer ze zich door de daling van hun bloedsuikerspiegel tijdelijk wat slap voelen. Door de gasten tijdens de eerste week van hun verblijf chroomtabletten aan te bieden die de bloedsuikerspiegel doen stijgen, wordt dit probleem meestal effectief bestreden.

Tot slot is er de honger van het hart. Ja, het hart kan letterlijk hongeren naar vervulling, naar vervoering, of naar liefde en verbondenheid, en bij gebrek aan die emotionele voeding gaat de eigenaar ervan zich te buiten aan incidenteel of structureel gevreet, uit onvrede, verdriet, angst, eenzaamheid of woede, of om zich te verdoven. Harthongeraars eten om een gat in zichzelf te dichten. Nog een goede reden om mannelijke gasten te prefereren boven vrouwelijke: zij laten zich doorgaans minder snel door hun gevoelens op sleeptouw nemen.

Welke van de zeven soorten honger zouden Hedwig Voetemans en haar leeftijdgenoten het vaakst parten spelen? Nadine constateert dat ze deze onverwachte uitdaging beslist interessant begint te vinden. Ze denkt aan dat eigenaardige verschijnsel dat veel jonge mensen geen hap voedsel meer tot zich lijken te kunnen nemen zonder er eerst een foto van te maken voor op hun Facebookpagina. Met wat ze eten willen ze blijkbaar laten zien wie ze zijn of hopen te zijn. Al die borden pasta en paella zijn een soort selfies. Ze zeggen iets over de identiteit van de maker. Zo'n obsessie biedt perspectief voor het William Banting.

Er klinkt een klopje op de deur. Bijna meteen komt Myriam binnen.

Achter de vergadertafel veert Helmut op. 'Bent u van de keuken hier?'

'Ha, Myriam!' roept Nadine uit. 'Jou moest ik net hebben. Kunnen we de Matroossuite samen even inspecteren?'

De huishoudster kijkt met een lichte frons op haar voorhoofd naar Helmut alsof ze zich de naam van deze gast probeert te herinneren, maar Nadine loodst haar al voortvarend het vertrek uit. Gezamenlijk lopen ze de trap op. 'Ik krijg net twee boekingen binnen,' zegt ze.

'Dat werd ook wel weer eens tijd,' zegt Myriam. 'Zeg, wie is die...'

'Ach, het is hier altijd hollen of stilstaan. Leuk om de Matroos weer eens te gebruiken, vind je ook niet?'

De huishoudster schokschoudert. 'Je hebt vast een speciale reden om iemand helemaal op zolder op te bergen.'

'Het gaat in dit geval om een wat jongere gast, daar is die suite heel geschikt voor.' Het lijkt haar niet gepast om

Myriam opening van zaken te geven zolang Derek nog niet op de hoogte is. Ze wil eerst met hem praten. Even met hem overleggen, alsof er nog niets is beklonken en zijn mening doorslaggevend zal zijn. Per slot van rekening is het in strijd met al hun ongeschreven wetten om een jong meisje in huis te halen. Maar Nadine doet het ook niet voor haar eigen genoegen, ze doet het met het oog op de toekomst van hun gezamenlijke levenswerk.

Op zolder verraadt de atmosfeer dat hier al enige tijd geen mensen zijn geweest. Maar de suite is op zich in orde, ziet ze als ze hem naloopt op de efficiënte manier die ze lang geleden op de hotelschool leerde. Even luchten, stofzuigen en fris linnengoed neerleggen, meer is er niet nodig. Uit de badkamer roept Myriam dat de douchekop vervangen moet worden. Die haalt ze dan maar uit een badkamer die momenteel niet wordt gebruikt.

De huishoudster komt weer tevoorschijn. Klein van stuk als ze is slaagt ze er toch altijd in om meer ruimte in te nemen dan fysiek verklaarbaar is. Kritisch neemt ze Nadine op. 'Twee zwaluwen maken nog geen zomer,' zegt ze.

'Nee,' zegt Nadine. 'Dat klopt. Maar...'

'Ik ben over de vijftig. Als ik werkloos word, kom ik nergens meer aan de bak.'

'Jij gaat wel uit van een erg pessimistisch scenario, Myriam. Voorlopig...'

'Ik ben aan het solliciteren. Dat wilde ik je net komen vertellen.'

Nadine drukt een hand tegen haar keel.

'Ik blijf hier niet zitten afwachten totdat de boekingen opnieuw teruglopen. Sorry, hoor.'

'Maar we kunnen helemaal niet zonder jou,' brengt Nadine uit.

Myriam haalt haar schouders op.

Tja, wie koopt er wat voor complimenten? Een goede

werkgever drukt zijn waardering uit in opslag, bonussen, mooie secundaire arbeidsvoorwaarden. 'Joh,' pleit ze, 'het begint allemaal net weer wat aan te trekken. Derek komt waarschijnlijk met geweldig nieuws terug uit IJsland. En we hebben ook nog een alternatief plan. Om een wat andere markt aan te boren.'

Myriams blik zegt: Je boort maar.

'Jeetje, Myriam, ik weet gewoon niet wat ik moet zeggen.' Hoelang werken ze al samen? En dan nu ineens met de botte bijl gaan zwaaien? Maar Myriam is altijd bot geweest. Dat vinden Derek en zij nou juist zo prettig aan haar. Bij mensen die direct zijn, hoef je nooit in het duister te tasten over hun bedoelingen. Je denkt althans dat je ze leest als een open boek.

'Ik hou je uiteraard op de hoogte,' zegt Myriam zakelijk. 'Maar hé, wat zag ik nou toen ik hier vanochtend arriveerde? Je hebt een deuk in je auto.'

'Ik moest voor een ree uitwijken toen ik gisteren van Schiphol terugkwam.'

'Rotbeesten.'

'Ja. Ik ga zo gelijk even langs de garage.'

'Dat is niet zomaar even gefikst. Zo'n deuk moeten ze overspuiten.' Kijk, Nadine, jij kunt wel van alles willen, maar er is ook nog zoiets als de werkelijkheid.

'Ik zie je later,' zegt Nadine kortaf. Myriams gezelschap is haar ineens te veel. En als ze naar de garage gaat, kan ze Helmut mooi een lift naar het dorp geven, is dat meteen ook opgelost. Ze sprint de trappen af. Maar op kantoor blijkt Helmut niet langer aan de vergadertafel te zitten. Verrast kijkt ze nog even in het appartement. Hij is er niet. Hij zal het wachten op zijn uitsmijter beu zijn geworden of hebben ontdekt dat er in het hele huis geen gebakken spek of bloody mary te vinden is.

Er is maar één conclusie mogelijk. Hij is ervandoor. Wat

heeft iemand zoals hij hier ook te zoeken? Ze is van hem af.

Terwijl ze naar haar gehavende auto op de parkeerplaats loopt, worden haar gedachten alweer door Myriam in beslag genomen. Een huishoudster is maar een huishoudster. Maar Myriam heeft haar vijfentwintig jaar lang ontelbare zaken uit de handen genomen. Is ze jegens haar tekortgeschoten? Zo iemand wil ze helemaal niet zijn.

Bij de garage in het dorp wordt er tongklakkend om haar auto heen gelopen. Niet zo best, mevrouwtje.

Nee, maar ze moet toch even een paar boodschappen doen, dus ze komt straks wel terug. En weg is ze alweer.

In de winkelstraat besluit ze voor Dereks verjaardag een mooie lamswollen trui te kopen. Korenbloemblauw en maisgeel staan hem goed. Zelf is hij kleurenblind, al heeft hij de neiging dat over het hoofd te zien. Met vier truien in haar armen checkt ze haar telefoon. Hij heeft haar bericht over het binnenhalen van Voetemans nog steeds niet beantwoord en ook niet gereageerd op haar voicemailboodschap. Inmiddels zal hij allang in het congrescentrum zitten, op de eerste rij die voor de sprekers is gereserveerd. Toen hij nog als moleculair bioloog werkte, moest hij regelmatig voor een groot gezelschap onderzoeksresultaten presenteren. Drama's waren dat vaak. Flauw van haar dat ze zijn tekst voor IJsland niet even met hem heeft geoefend. Daar had ze tijd voor moeten maken, al heeft ze nooit ergens voldoende tijd voor. Vanochtend heeft ze niet eens ontbeten, en ook haar lunch dreigt er nu bij in te schieten. In het wilde weg rekent ze een trui af.

Buiten zijgt ze neer op een terras. Ze bestelt een tosti en een cappuccino, nu gaat ze het ervan nemen ook. Gewoon een half uurtje genieten in de voorjaarszon, dat zou ze vaker moeten doen. Terwijl ze het schuim van haar koffie hapt, pingelt haar telefoon. Een bericht van Kristel, de journaliste, met in de bijlage haar artikel over het William

Banting. Nadines ogen vliegen langs de regels. Niet slecht. Helemaal niet slecht. Dat zul je altijd zien, dat iets waarvan je niets verwachtte geweldig blijkt mee te vallen. Als dit stuk in de krant komt, kan dat niet zonder positieve gevolgen blijven. Myriam zal op haar besluit terugkomen, waarschijnlijk zonder er veel woorden aan te wijden. Eind goed, al goed. Al zou Derek vast tegenwerpen dat iemand die heeft besloten weg te gaan, in de geest allang een deur achter zich heeft dichtgetrokken. Tja, kleine Haas, wie is er hier in huis nou eigenlijk de realist?

Ze schudt even met haar hoofd en eet dan haar tosti op. Daarna wandelt ze met zijn nieuwe trui naar de garage.

Haar auto staat nog in de werkplaats. Voor uitdeuken zonder polijsten en spuiten is de lakschade te groot, krijgt ze te horen. De reparatie gaat een paar dagen kosten, en er hangt ook een pittig prijskaartje aan. Ze moesten al die reeën afschieten.

Vier

Het loopt al tegen vieren als ze met de bus thuiskomt, verhit en onvoldaan omdat ze helemaal vergeten is de hoezen van de bank mee te nemen naar het dorp. Op kantoor zijn de lege snoepverpakkingen van vanochtend verdwenen. Myriam zal wel gedacht hebben. Personeel denkt altijd meer dan je lief is, ze zien bovendien meestal ook veel meer.

Helmut zit nu ongetwijfeld ergens op een bankje met een collega-dakloze bier te drinken. Het komt haar bijna als benijdenswaardig voor. Ze hoopt maar dat ze met het bad, de overnachting en het joggingpak haar schuld aan hem heeft voldaan en dat hij haar verder geen kwaad hart toedraagt.

Gelukkig hebben Derek en zij vanaf dag één goed nagedacht over de uitstraling van het William Banting. Klassiek en ingetogen. Anders had Helmut nu met hun logo op zijn borst rondgelopen.

Marise zal zich slap lachen om het hele verhaal. Maar het gekke was, Marise, ik was niet eens opgelucht toen hij was verdwenen. Vraag me niet waarom, maar ik kon wel janken. Derek weg en al zowat de hele dag onbereikbaar, Myriam binnenkort weg, en nu ook Helmut nog. Alleen op de wereld, ja. Alleen op de wereld met zestien gasten die zich afvragen waar hun thee blijft.

Tien minuten later loopt ze met de trolley door de tuin. Goedemiddag meneer Pool, meneer Harkema, inderdaad, we boffen maar met het weer. Dag meneer Ramakers, wilt u er een parasol bij? 'Ah, Sandra? Jij ook hier?'

Hun nieuwe diëtiste heeft de gewoonte zich soms bij het gezelschap te voegen. Ze beweert dat ze de gasten op die manier onopgemerkt kan observeren, alsof het zeldzame pygmeeën zijn en zij antropoloog is. Het helpt haar hen te helpen, zegt ze. Als je ze alleen maar in de spreekkamer ziet, kom je bij lange na niet te weten wat er allemaal speelt en waar iedereen mee worstelt. Nou, Sandra, dat kan ik je wel vertellen: ze worstelen met zeven soorten honger. Maar mevrouw Ravendorp, dat moeten we dan toch ook zo benoemen? Nee, Sandra, nee. In dit instituut praten over honger terwijl een groot deel van de wereld gebrek lijdt, is obsceen, decadent en ongepast. Onze gasten kennen de geopolitieke context en hun eigen demografische voorrechten, zij zouden zich schamen om over hun honger te balken. Honger is sowieso een politiek incorrecte term geworden, wist je dat niet? 'Voedselonzekerheid' zeggen ze bij de Verenigde Naties tegenwoordig. 'Honger' klinkt te onoplosbaar en daardoor te gênant.

'Ik wou u even vertellen over meneer Peperkoorn,' zegt Sandra stralend. Behalve slotjes op haar tanden heeft ze halflang, onvoorstelbaar dun en steil haar, Mona Lisa stond het beter. 'Nog maar een kilo en hij heeft zijn streefgewicht bereikt. Super, toch?'

'Nog maar éven en hij heeft zijn dóél bereikt,' verbetert Nadine automatisch. Filmproducent Peperkoorn is de eerste gast die onder Sandra's leiding zover is gekomen, dus ze moet nu iets aardigs zeggen, haar waardering laten blijken, maar dan ondermijnt ze de mogelijkheden voor ontslag die Sandra's proeftijd biedt, en daarom merkt ze afgemeten op: 'Dat is anders wel erg snel gegaan.' Ze hoort zelf hoe kil haar stem klinkt. Ik ben een takkewijf.

Sandra's ogen worden groot. 'Ik dacht dat u blij zou zijn voor meneer Peperkoorn.'

'Ik ben ontzettend blij voor meneer Peperkoorn. Zullen we het hier morgenochtend verder over hebben?' Ze wendt zich af. 'Dag meneer Sand. En hoe is het u vandaag vergaan?'

De aannemer lijkt al veel van zijn bravoure te hebben verloren: hij hangt in zijn blauwe badjas als een terdoodveroordeelde aan de strop. Bij de meeste gasten dringt snel het besef door dat ze hun verzet beter kunnen staken. Er staat immers een nettojaarinkomen op het spel. Zoals de liefde door de maag heet te gaan, zo gaat zelfbehoud hier via de portemonnee.

'Mevrouw Ravendorp,' zegt Sand.

Ze geeft hem een kop moringa oleifera-thee.

'U bent waarschijnlijk een ervaren sm-dominatrice.'

Ze klopt hem op de arm. 'Zeker, zeker, meneer Sand. Houd goede moed. En vanavond hebben we weer een heel boeiend programma voor u, over Azteekse maskers. Briljante spreker, opgeleid in Berkeley.'

'Evelien!'

Ze draait zich om. Helmut is helemaal niet vertrokken. Hij zwikt naderbij op een paar saunaslippers, terwijl hij de panden van zijn badjas om zijn buik bij elkaar houdt. Naast hem loopt Joey, die glunderend zijn duim naar haar opsteekt, zichtbaar ingenomen met zijn eigen initiatief om zich over haar neef uit Assen te ontfermen.

'Christus te paard!' loeit Helmut. 'Ik heb uren op een fiets gezeten die nergens heen ging!'

Sand begint mekkerend te lachen.

In het nauw gedreven vraagt Nadine: 'Hebt u al kennisgemaakt? De heer Sand. En de heer... Helmut.'

'Helmut Helmut,' mijmert Helmut. 'Mijn ouders konden er blijkbaar geen genoeg van krijgen. Aangenaam. Nou, we hebben ondertussen wel een slok verdiend, vind je ook niet?'

'U bent hier zeker net gearriveerd,' concludeert Sand minzaam. 'Zwaar, zo'n eerste dag. Maar het went. Zo te zien hebt u trouwens een lelijke smak gemaakt.' Hij gebaart naar een blauwe plek op Helmuts borst.

'Ik ben aangereden,' verklaart Helmut plechtig. 'Op klaarlichte dag.'

Nadine weet zich uit haar verdoving los te rukken. Ze pakt hem bij zijn mouw. 'Loopt u even met me mee, meneer Helmut?'

'Ik ga zitten. Ik ben bekaf.' Helmut kijkt om zich heen, ziet een vrije ligstoel en laat zich er krakend op neer.

Net miste ze zijn aanwezigheid bijna. Nu kan ze nog maar één ding denken. Hij moet hier onmiddellijk weg. Het zal op de andere gasten een vreemde indruk maken als iemand al binnen één dag verdwijnt, maar dat zal ze voor lief moeten nemen. Ze verzint wel een smoes. Gespannen zegt ze tegen Joey: 'Ik wil na de thee even met hem praten. Ga jij zo meteen maar met iemand anders aan het werk.'

'Right,' zegt Joey. 'Roeimachine, meneer Sand? Of gaat u liever met Johnny hardlopen?'

Terwijl ze mechanisch met de andere gasten begint te keuvelen, houdt ze Helmut vanuit haar ooghoek in de gaten. Hij is in zijn stoel in slaap gevallen, snorrend als een kolossale kater. Ze praat en ze glimlacht totdat haar hele gezicht zeer doet. Inderdaad, meneer Staffijn, bij de Azteken stond de kunst in hoog aanzien, maar naast het vervaardigen van maskers waren ze ook actief in de bouw, met als specialismen de trappiramide en het aquaduct, dat komt vanavond zeker aan de orde.

'Okay, guys,' roept Joey. 'Let's move!'

Als iedereen zich eindelijk uit de voeten heeft gemaakt, port ze Helmut wakker. Voordat hij iets kan zeggen, bijt ze hem toe: 'Kom mee.'

Slaperig mompelt hij: 'Je moet je niet zo druk maken, Evelien. Neem een voorbeeld aan mij.'

'Mee.'

Geeuwend komt hij overeind. Ze marcheert voor hem uit naar het bordes en gaat de hal binnen. Onder het portret van William Banting slaat ze haar armen over elkaar. 'Zie je deze man? Ooit was hij zo dik dat hij zijn eigen schoenveters niet kon strikken. Hij moest een korset dragen omdat hij anders niet in zijn pak paste.'

'Zeker een bankier,' zegt Helmut. 'Of zo'n zakkenvuller van de vakbond. Die zijn vaak het ergst.'

'Dit is William Banting. Hij was in de negentiende eeuw begrafenisondernemer in Londen. Door z'n gewicht waren z'n knieën versleten, hij leed aan slapeloosheid en aan allerlei huidziektes. Dertig jaar lang probeerde hij tevergeefs de ene kuur na de andere uit, totdat hij, bij toeval eigenlijk, een arts ontmoette die hem leerde hoe hij gezond moest leven. Hij verloor tientallen kilo's. En daar was hij zo dankbaar voor dat hij een boek schreef over het regime dat zijn leven had veranderd. Dat boek, Helmut, is inmiddels meer dan honderdvijftig jaar oud. Het is een bron van inspiratie voor velen geweest, onder wie de legendarische dr. Atkins. En hier in huis is het onze bijbel.'

'Da's mooi,' zegt Helmut.

In iedere suite ligt voor de gasten een handgebonden facsimile-uitgave van Bantings *Letter on Corpulance* uit 1864 klaar. Derek en zij delen een passie voor de juiste accenten in huis. Samen hebben ze een universum geschapen dat tot in alle details klopt en waarin niets aan het toeval is overgelaten. Hoe heeft ze Helmut hier mee naartoe kunnen nemen?

Ze verplaatst haar gewicht van het ene been naar het andere en buigt zich voorover. Gedempt zegt ze: 'William Bantings boek is de basis van onze methode. Wij helpen mensen af te vallen.'

'In de winter ben je anders blij met een beetje spek op je botten.'

'Dus hier in huis vind je behalve geen bier ook geen suikers, geen vetten, geen...'

Hij graait in de zak van zijn badjas en haalt een aangebroken pak stroopwafels tevoorschijn dat hij haar toesteekt. 'Jij ook één?'

Ze grist het uit zijn hand. 'Die zijn van mijn man. Hij heeft een lage bloedsuikerspiegel. Het is een... medicinale toepassing.'

'O ja, je man.' Helmut grijnst.

Plompverloren zegt ze: 'Ik verzoek je te vertrekken.'

'Maar je kunt toch gewoon een pizza voor me bestellen als je niks behoorlijks in huis hebt?'

'Waarom zou ik?'

'Dat weet je best, Evelien. Ik had wel dood kunnen zijn. Ik moet even bijkomen van de klap, hoor. Daarvoor had je me toch ook meegenomen?' Hij heeft weer die dwingende, zeurderige ondertoon in zijn stem.

'Noem me geen Evelien!'

'Ja zeg, jij noemt me Helmut.'

'Omdat je mijn neef bent. Ik bedoel, omdat je je naam niet wilde zeggen. Ik heb wél gezegd hoe ik heet. Nadine.' Ze kan zich niet voorstellen dat ze dit gesprek werkelijk voert. 'Luister, je hebt hier verder niks te zoeken.'

'Nu ik er toch ben, kan ik net zo goed blijven. Lijkt me nogal logisch, eigenlijk, want ik word verder nergens verwacht.'

'Heb je enig idee wat mensen betalen om hier te verblijven?' Meteen kan ze haar tong wel afbijten.

Helmut voelt in zijn andere zak. Nu produceert hij een sleutel. 'Heb ik vanochtend van dat kleine pittige vrouwtje gekregen. Jij was ineens verdwenen, dus ik dacht: dan check ik in de keuken zelf wel even waar mijn uitsmijtertje blijft, maar daar was geen mens. Dus toen ging ik maar weer op jou zitten wachten en toen kwam dat vrouwtje stofzuigen en ze zei: "Hoe kan het nou dat u niet op mijn lijst stond? U krijgt meteen een kamer van me."'

Haar telefoon pingelt. Werktuiglijk zegt ze: 'Moment.'

'Moment, moment, moment,' verzucht Helmut. 'Ja, zo ben je gauw door je leven heen.'

Het is een bericht van hun nieuwe gast, Voetemans. Hij informeert of ze zijn borgsom en de aanbetaling voor zijn verblijf en dat van zijn dochter al heeft ontvangen. En om het ijzer maar te smeden nu het heet is: hij hoopt dat zijn kleine meid en hij morgen al in het William Banting terechtkunnen.

'We verheugen ons op uw komst,' sms't ze terug. De betaling controleert Derek van de week wel. Laat mij maar, Haasje, jij hebt al genoeg aan je hoofd. Derek ten voeten uit.

Helmut is in de hal op een traptrede gaan zitten, op de loper met art-decomotief. Hij knijpt in zijn kuiten. 'Die Amerikaan is ook een gave knakker. Toen ik hem vertelde dat ik rusteloze benen heb, wist hij daar meteen iets op. Ik heb me toch een eind gefietst, Evelien. En het mooie was, ik hoefde nergens heen. Ik kon gewoon eindelijk een keer blijven waar ik was.'

Vijf

Terwijl Nadine voor de aanvang van het avondprogramma nog even een bad neemt, wordt haar hoofd snel helder. Als ze tegen Derek meteen eerlijk was geweest over haar dronken rit, had Helmut nu niet met zijn glimmende dikke tenen diep in het hoogpolige tapijt van de Stuurmansuite gezeten. En dan moet ze de kwestie Hedwig Voetemans ook nog met haar man bespreken.

Licht hij voor het eerst in hun dertigjarige huwelijk even zijn hielen, breekt er aan het thuisfront meteen chaos uit. Ik dacht, Nadine, dat jij je er juist altijd op beroemt dat je alles zo strak in de hand hebt.

Ze laat zich wat dieper in het water zakken. Je weet bij een crisis van tevoren nooit of die uiteindelijk een volstrekt onbelangrijk onderdeel wordt van het weefsel dat je relatie vormt, een wissewasje waarover je later samen je schouders ophaalt: dat we ons daar toen zo druk om hebben gemaakt. Je hebt geen idee of het weefsel daarvoor taai genoeg is, of dat het zal scheuren.

Maar al is Derek opvliegend, wrokkig is hij niet. Bovendien is hij zelf de meest roekeloze van hun tweeën. Misschien waardeert hij het ergens wel dat ze er zo'n onkarakteristieke bende van heeft gemaakt. Zou het af en toe niet stomvervelend zijn om je leven te delen met iemand die nooit eens onderuitgaat, een soort moreel superieure schooljuf die altijd aan het pappen en nathouden is?

Ze stapt uit bad. Derek is toch nog wel gelukkig met haar? Wanneer heeft ze hem voor het laatst horen fluiten? In Reykjavik is het nu vier uur. Hij heeft zijn presentatie erop zitten, maar het congresprogramma is nog in volle gang en zijn telefoon zal dus vast nog wel uitstaan, als hij die niet in zijn hotel heeft laten liggen, sloddervos die hij is. Verdorie, zie je wel, ze heeft meteen haar oordeel over hem klaar.

In een handdoek gewikkeld gaat ze op het bed zitten waarin ze al decennialang samen slapen. Op het linker kussen is de afdruk van zijn hoofd nog vaag zichtbaar. Ze probeert de gedachte weg te duwen dat ze een echtpaar zijn geworden dat met hun hoofd boven de dekens naast elkaar ligt, in plaats van met dat hoofd iets sensationelers te doen. En ze hebben elkaar nog wel zó beloofd nooit een gezapig stel te worden.

Hoe wreed eigenlijk, om samen oud te worden met beelden op je netvlies die in het echt langzaam door verzakkend bindweefsel worden ingehaald. Wat ziet Derek als hij naar haar kijkt? Maar zoals Marise laatst zei: 'Bart heeft tegenwoordig haar op zijn rug en daar heb ik destijds ook niet op ingetekend, hoor.' Daar heb je een vriendin voor, om zulke nuchtere dingen tegen je te zeggen. Alleen zou het wel leuk zijn als Derek haar weer eens over zijn schouder de slaapkamer in sleurde.

Vooruit. Ze belt hem nog één keer. Hij heeft zijn presentatie immers achter de rug, dus als hij de telefoon beantwoordt, vertelt ze hem gewoon meteen hoe ze aangeschoten in die politiefuik is gereden. Schoon schip maken is altijd een goed idee, zeker wanneer je naar wat meer toenadering en intimiteit verlangt. Dan moeten er geen verzwegen feiten tussen jou en je man in staan.

Hij neemt meteen op. 'Hé, daar,' zegt hij. Er zit een echo op de lijn.

'O, Derek.' Ze hapt naar lucht. 'Ben je te storen? Heb je even?'

'Ik zag dat je al eerder had gebeld. Is er iets?'

'Ja. Ik moet je iets vervelends vertellen. Zit je?' Ze knijpt haar ogen dicht.

Als ze ze weer opent, is ze minutenlang ononderbroken aan het woord geweest.

Het blijft heel lang stil. Dan zegt Derek: 'En daar kom je nu pas mee?'

'Ik schaamde me zo.' Het lijkt ineens maar een mager excuus. Ze kijkt naar haar blote voeten. Ze heeft mooie, slanke voeten. 'Ik bedoel, in onze positie kunnen wij ons dit soort dingen niet permitteren.'

Derek zwijgt weer.

'Je mag me gerust uitschelden, hoor. Het was onvoorstelbaar stom van me.'

'Dat kun je wel zeggen, ja.'

'Het spijt me echt.' Echt, echt-echt, hoort ze.

'Maar ja, zo vaak spring jij nou ook weer niet uit de band, en dan loopt het zo onaangenaam voor je af.'

'Er is nog meer,' stottert ze. 'Toen ik jou naar Schiphol had gebracht heb ik een vent aangereden, dat was dus die neef Helmut waar Joey het over had, en...' Haar stem sterft weg. Zei hij nou dat het sneu voor haar was? Zoiets liefs en milds had ze niet van hem verwacht. Haar adem stokt. 'Hemel, schatje, maar ik vergeet helemaal te vragen hoe het met je presentatie ging!'

'Goed.'

'Goed?'

'Ja, prima.'

'Derek, is er wat? Je klinkt zo... Wat zeiden ze ervan? Hoe werd er gereageerd?'

'Heel goed. Maar jij zat midden in een verhaal over een aanrijding.'

'Ja, nee, je hoeft je over mij geen zorgen te maken, hoor. Ik ben alleen zo suf geweest om die man mee naar huis te nemen, hij is dakloos, en Myriam heeft hem eigenmachtig een kamer gegeven, die dacht blijkbaar... O, dat vergeet ik helemaal, Myriam kijkt uit naar een andere baan, vertelde ze me vanochtend. En Sandra heeft Peperkoorn, die filmproducent, je weet wel, met die artistieke bril, achter onze rug om op een crashdieet gezet. Zodra hij thuis is, valt hij natuurlijk binnen twee weken terug, dat kun je op je vingers natellen, en dat gaat dan ten koste van onze goede naam.'

Hoort ze Derek zuchten of is het een ruis in de verbinding? Hij zal zich wel afvragen wat hij hier allemaal mee moet, in Reykjavik. Ze voelt een vreemde spanning opkomen. 'Ik heb ook goed nieuws, hoor,' ratelt ze door. 'Het artikel van die Kristel is echt uitstekend geworden, ik heb het meteen geaccordeerd, en die Voetemans hebben we binnen, dat had ik je laten weten, hè? Maar hij wil ook zijn dochter meenemen, vijftien is ze. Hoe sta jij daartegenover? Ik snap dat je er nu niet helemaal met je hoofd bij bent, maar zo'n besluit kan ik niet in mijn eentje nemen en ze willen morgen al komen, Voetemans en zijn dochter. Ik zou het wel een kans willen geven, misschien kunnen we een programma voor obese jongeren ontwikkelen. Wat vind jij?'

'Nadine,' zegt hij, 'ik vertrouw volledig op jouw oordeel.'

'O. Dat is fijn. We doen er vast goed aan. Sorry trouwens dat ik niet wat meer vertrouwen had in jouw plannen. Vertel nou nog even over je presentatie. Heb je...'

'Daar gaat de bel. De volgende sessie begint zo.'

'O, nou ja, veel plezier dan maar, schatje. Derek?' Maar hij heeft de verbinding al verbroken.

Langzaam komt ze overeind en begint haar nek te masseren. Wat ging er nou mis in dit gesprek? Niets toch?

Nog maar twee nachten en hij komt alweer naar huis. Nu ze haar zonden heeft opgebiecht, zou ze opgelucht moeten zijn.

Verdikkeme, ze had zijn advies over Helmut willen vragen. Helmut met z'n onschuldige, waterige ogen. Als hij weigert goedschiks te vertrekken, kan ze niet eens dreigen met de politie, want hij hoeft zo'n smeris alleen maar zijn blauwe plekken te laten zien en na één blik in haar dossier zal het lijken of zij een recidivist is die tot nu toe louter het geluk had niet tegen de lamp te lopen. Achteraf valt niet meer te bewijzen dat ze gisteravond heus zonder een druppel achter het stuur zat.

Maak je geen zorgen, Haasje. Die linkmiegel probeert je uit te vreten, maar ik ben zó weer thuis en dan pak ik hem discreet bij kop en kont.

Zou dat Dereks reactie zijn geweest, als ze de kans had gehad het met hem te bespreken? Kan ze de situatie maar het beste op haar beloop laten totdat hij terug is?

Ze laat de vochtige handdoek van zich afglijden en loopt naar de garderobekast naast het bed. In de spiegel ziet ze een fronsende vrouw die denkt: maar zal Helmut niet gaan muiten als hij geen koolhydraten en alcohol krijgt? Zodra hij merkt dat het diner vanavond overwegend uit komkommer en camu camu bestaat, zal het de andere gasten duidelijk worden wat een vreemde zwerfkei er in het William Banting naar binnen is gerold. Een niet-betalende gast, dat is al een affront op zich, laat staan een niet-betalende gast die met zijn bestek op tafel slaat en de vullende kost eist waarnaar iedereen snakt die wekenlang op spirulina, lijnzaad en tarwegras heeft geleefd. In wat voor maskerade, zullen de gasten denken, hebben we ons laten meeslepen?

Maar het is helemaal geen maskerade. De methode van dit instituut is volkomen transparant en belonend voor alle betrokkenen. Iedereen verblijft hier onder welomschreven voorwaarden met een duidelijk, zelfgesteld doel. Als er al een beschuldigende vinger uitgestoken moeten worden, laat die dan wijzen naar een samenleving die geen maat meer kent: de helft van de bevolking van West-Europa is te zwaar. Of laat die vinger wijzen naar de voedselindustrie, die iedereen verslaafd heeft gemaakt aan suikers, zouten en vetten, net zoals de tabaksindustrie dat zestig jaar geleden met teer en nicotine heeft weten te doen. En vergeet de absurde situatie niet dat een familieverpakking chips goedkoper is dan een kilo aardappelen.

Wat zou één muitende dakloze daar ooit op kunnen afdingen?

En zelfs als hij het binnenshuis aan de grote klok hangt dat ze hem heeft aangereden, wat dan nog, eigenlijk? Ze voelt haar hartslag bedaren. Helmut weet helemaal niet wat er voor haar op het spel staat. Hij probeert alleen maar een slaatje uit de situatie te slaan. Laat hem die aanrijding maar rondbazuinen, als hij daar behoefte aan heeft. De andere gasten zullen het waarschijnlijk heel barmhartig van haar vinden dat zij zich over het arme slachtoffer heeft ontfermd en hem hier onderdak heeft geboden. En enkel om zíjn eer te redden heeft ze natuurlijk tegen Joey heeft gezegd dat hij haar neef is. Typisch Nadine: de vleesgeworden discretie, haar zul je met geweld moeten ontfutselen dat die man een ordinaire zwerver is, een leegloper, een nietsnut. Discretie is nu eenmaal een van de kernwaarden van het William Banting.

Overmorgen is Derek weer thuis. Samen vinden ze wel een oplossing voor deze farce. Haar grootste stommiteit is geweest dat ze hem tot daarnet overal buiten heeft gehouden.

Ze opent de kleerkast. Om vanavond de Azteekse maskers tot hun recht te laten komen, zou ze het beste iets neutraals kunnen dragen. Maar ze pakt zonder aarzelen de vuurrode, strak gesneden jurk waar Derek zo dol op is. Als oorbellen kiest ze weer het paar dat ze van hem heeft gekregen en dat ze altijd heeft gekoesterd als het bewijs van zijn liefde voor haar, ook na twee miskramen.

Vlug maakt ze nog even een selfie. Voordat ze de foto verzendt tikt ze eronder: 'Kom gauw veilig terug in mijn armen.'

Woensdag

Een

Direct na het ontbijt roept Nadine haar staf bijeen. Het dossier van hun nieuwe gast heeft ze al geprint. Ze deelt het rond, terwijl ze zich afvraagt hoe ze de komst van zijn dochter zal inleiden.

'Hebt u ook de stukken van meneer Helmut voor me?' vraagt Sandra, die de irritante gewoonte heeft aan haar wijsvinger te likken voordat ze een bladzijde omslaat. Als je er eenmaal op let, ben je verloren.

'Ik loop wat achter met het papierwerk,' zegt Nadine. 'Maar wat meneer Helmut betreft, hij vertelde me dat hij niets liever doet dan de hele dag spinnen. Dus Joey, jij hebt je handen vandaag vrij om onze nieuwe gast in te werken.'

Naast hem begint Johnny op zijn stoel heen en weer te schuiven, een gekwetste trek op zijn gebruinde gezicht. 'Zijn er soms complaints over mij, dat Joey alle nieuwe gasten krijgt?'

'Moment, Johnny. Ik verwacht meneer Voetemans in de loop van de ochtend. Is zijn kamer klaar, Myriam?'

De huishoudster knikt. 'Maar toch nog even over meneer Helmut, Nadine. Ik wist helemaal niet van zijn komst. Ik moest gisteren op het laatste nippertje maar zien hoe ik...'

'Je hebt het zoals altijd uitstekend opgelost,' zegt Nadine warm.

'Ik verwachtte hem óók niet,' zegt Sandra, zwiepend met haar sluike haar. 'En hij is nog stééds niet in mijn agenda ingeroosterd. Dat is toch in strijd met het protocol, mevrouw Ravendorp? Ik moet iedere nieuwe gast toch meteen zien? En de gelegenheid krijgen me van tevoren behoorlijk in te lezen?'

Nadine neemt een slok water. 'Het spijt me dat het me niet is gelukt om jullie allemaal bijtijds in te lichten over de komst van meneer Helmut.'

Toen ze vanochtend op kantoor kwam, stond de bovenste la van Dereks bureau open: bij gebrek aan volle vuilnisbakken is Helmut blijkbaar hier in alle vroegte komen foerageren. Laat hij zich vooral overgeven aan clandestien, verdovend gesnaai. Om hem gelukkig te houden zou ze zelfs nog even een fles wijn in die la kunnen planten. Helmut is een probleem dat al grotendeels achter haar ligt. Morgen maakt Derek korte metten met hem.

'Mijn excuses,' zegt ze nogmaals. 'Maar Johnny, jij krijgt vandaag ook een nieuwe gast. De heer Voetemans neemt zijn dochter mee. Jij kunt met haar aan de slag.'

Een perplexe stilte daalt neer.

Voor de vorm kijkt ze in haar papieren. 'Hedwig Voetemans. Vijftien jaar. Ik heb nog geen compleet dossier over haar, maar dat krijgen jullie zo snel mogelijk.'

'Alweer geen dossier?' Sandra klinkt ontzet.

'Nadine, are you seriously talking about a *girl*?' vraagt Johnny.

'Het William Banting heeft een hoop expertise. Wellicht kunnen we ook iets voor jongeren betekenen.'

'Belachelijk,' zegt Myriam. 'Dit is geen omgeving voor een meisje van die leeftijd.'

'Derek en ik hebben het uitvoerig besproken.'

'Ik had liever de gelegenheid gehad me hierop voor te bereiden, mevrouw Ravendorp,' merkt Sandra op.

'Ik ook. Maar je zou inmiddels moeten weten dat onze gasten nu eenmaal verwachten dat wij ze op hun wenken bedienen, Sandra.' Meteen veracht ze zichzelf. Het is niet haar gewoonte het personeel in elkaars bijzijn op de vingers te tikken. Het is stijlloos en niemand wordt er beter van. Zo vriendelijk mogelijk stelt ze voor: 'Zullen we aan het werk gaan, mensen? Of zijn er nog vragen?'

'Ja, wanneer vertrekt die filmproducent precies?' vraagt Myriam. 'Die is toch zo goed als klaar?'

Sandra geeft bijna licht, zo begint ze te stralen. 'Morgen, denk ik. Dan is het weegmoment van meneer Peperkoorn.'

'Gefeliciteerd,' zegt Myriam.

'Johnny en ik zijn echt trots op hem. Hè, Johnny?'

Johnny kijkt bescheiden omlaag.

Joey geeft hem een boks. 'Nice job.'

Nadine denkt: dit hebben ze zorgvuldig met elkaar ingestudeerd. Verward heft ze de zitting op en vergeet iedereen een prettige dag te wensen. Kennelijk is er opeens iets mis met haar stijl van leidinggeven: nog even en haar staf loopt over haar heen. Van Derek pikken ze alles, zijn buien, zijn kuren, zijn momenten van onredelijkheid. Het is gewoon niet fair. Wat kinderachtig, Nadine, om dat te denken.

Ze gaat achter haar bureau zitten en start haar computer. De Rembrandtman bericht dat hij de komende week tot zijn spijt geen avonden meer beschikbaar heeft. Hij beveelt een collega aan, die Vermeer doet. 'Van *Het meisje met de parel*,' schrijft hij erbij, alsof hij met een zwakzinnige te maken heeft. Laat maar zitten, ze last wel een filmavond in, dat is nog een stuk goedkoper ook, al valt het niet mee om films te vinden waarin de personages nooit iets uit een overvolle koelkast pakken, geen romantische restaurants bezoeken, niet tijdens het diner ruziën met hun familie, geen bruidsbanketten aanrichten, niet aan ijsjes likken, geen spaghetti bereiden of tijdens een etentje duistere zakendeals beklinken en niet in een haveloze *diner* in de Midwest eenzaam boven een hamburger zitten. Kijk een film en je ziet vroeg of laat iemand iets in zijn mond steken.

Voordat Peperkoorn vertrekt, moet ze hem eens vragen waarom eetscènes blijkbaar onmisbaar zijn. Al zal hij dan misschien antwoorden dat eten in het hele leven onmisbaar is, waarbij hij haar zelfs nog beschuldigend zou kunnen aankijken ook.

Ze heeft geleerd haar schouders op te halen over de neiging van sommige gasten om haar als de boosdoener te willen zien, u bent vast een ervaren sm-dominatrice, u hebt zeker in uw eigen leven ervaringen met voedsel opgedaan waarvoor u ons nu wilt straffen? Ze neemt nooit aanstoot aan hun verwijten en blijft met een glimlach luisteren naar hun theorieën, die altijd in hun voordeel zijn. Die zijn vast nog waar ook. Zoals bijna alles waar is, inclusief het tegendeel, zodra je daarvan kennisneemt.

Ze schrikt op als de verklikker van het hek piept. Het is nog maar elf uur, Voetemans laat er geen gras over groeien. Ze staat op, voelt gewoontegetrouw aan haar haar, trekt haar kraagje recht, plukt een pluis van haar rok. Dan gaat ze naar buiten. Er is nog steeds geen wolkje aan de hemel te bekennen. Langs het met narcissen omzoomde gazon, de krentenboompjes en de magnolia loopt ze over het schelpenpad naar de parkeerplaats.

Voetemans heeft een kleine grijze BMW met lichtgetinte ruiten. Hij is al bezig zich eruit te werken, een gedrongen man in een onberispelijk maatpak dat, als hij zich opricht, wonderen blijkt te doen voor zijn postuur. Dat pak zal hij nog gaan missen.

Nadine steekt haar hand naar hem uit. 'Welkom, meneer Voetemans. Wat een uitgelezen dag om aan uw nieuwe leven te beginnen.'

'Dag mevrouw Ravendorp.' Een doorploegd gezicht, een grauwe kleur: vermoedelijk een roker. De wallen onder zijn ogen verraden dat hij tevens goed met de fles overweg kan. Zijn handdruk is zweterig, maar stevig.

'Mijn man is op reis, dus ik neem vandaag in mijn eentje de honneurs waar. U zult hem morgen ontmoeten.'

'Fraai hutje hebt u hier.'

Hun gasten kennen de waarde van vastgoed, dat doet haar altijd genoegen. 'De kamers zullen u ook vast bevallen,' zegt ze. 'En tennist u toevallig? Een van onze andere gasten kijkt al weken uit naar een tennispartner.' De tennisbaan, vorig jaar aangelegd, is een van hun grootste vergissingen. Wie tientallen kilo's overgewicht torst, slaat zelden voor z'n lol een balletje. Derek, ik heb het nog zó gezegd, schatje.

Voetemans antwoordt niet. Hij buigt zich voorover de auto in en zegt: 'Kom eruit, Hedwig.'

Het andere portier gaat open. Nadine ziet een blonde kruin. Als het meisje zich opricht, blijkt ze een stuk langer dan haar vader. Ondanks het mooie weer draagt ze een dikke groene sweater met een capuchon. Nadine bedenkt dat ze vergeten is te kijken of er wel kleding in haar maat in huis is, maar dat zal met Hedwigs lengte geen probleem zijn. 'Hallo Hedwig, leuk je te ontmoeten.'

Houterig draait het meisje zich om en stapt met neergeslagen ogen op haar af. En nog voordat Nadine haar ijskoude hand vastpakt en de botjes bijna voelt kraken, beseft ze dat het William Banting op dit moment wordt ingehaald door zijn eigen eufemistisch geformuleerde missie. Zelfs door de dikke stof van haar sweater heen is te zien hoe ver de sleutelbeenderen van het meisje uitsteken. Vijfhonderd calorieën per dag en niet veel meer, schat Nadine, dat is wat Hedwig Voetemans in leven houdt.

Voetemans senior strijkt door zijn haar terwijl hij zijn gezicht afwendt.

Meteen is ze razend op hem, want hoe kan hij zo stupide zijn om te denken dat het hier in algemene termen om leefstijl draait? Is hij de eerste in vijfentwintig jaar die niet snapt dat dat louter een discreet rookgordijn is? Weleens overwogen wat er met de wereld zou gebeuren als iedereen voortdurend alleen maar de waarheid zou spreken, meneer Voetemans? Hoe doet u zelf zaken, bij die televisiezender van u?

'Ik wil niet met andere mensen aan tafel, hoor,' barst Hedwig uit. 'Ik kan er niet tegen om mensen te zien eten. Als dat moet...'

'Dat zal zeker niet gebeuren,' zegt Nadine ingehouden. 'Laten we naar binnen gaan en het programma bespreken. De bagage kan nog even in de auto blijven.'

Met stijve knieën van de spanning gaat ze haar gezelschap voor over de oprijlaan, het bordes op, de hal in. Ze opent de deur van het kantoor. 'Gaat u zitten, dan haal ik koffie.'

In de keuken zijn de stagiaires al bezig met de voorbereidingen voor de lunch, twee meisjes van wie ze nooit eerder bewust heeft opgemerkt hoe pront en mals ze zijn, hoe strak hun shirtjes om hun stevige borsten spannen, hoe verend ze in het vlees zitten. Zo horen meisjes eruit te zien.

Als ze met de koffiekan terugkomt, zit Voetemans senior aan de vergadertafel terwijl zijn dochter onrustig op haar broze benen heen en weer loopt. 'Waar is de wc hier?'

'Links in de hal.'

Nadines handen trillen bij het inschenken van de koffie. Dan gaat ook zij zitten. 'Meneer Voetemans...'

Hij kijkt haar strak aan. 'U schrok van Hedwig, hè?'

Nu moet ze direct doorpakken. 'Ja, eerlijk gezegd had ik...'

'Hebt u zelf kinderen?'

Een vuist sluit zich om haar hart. Derek had er wel vier gewild. Hoe meer kleine Hazen hoe beter. En toch is hij bij haar gebleven.

Ze voelt Voetemans' klamme hand op de hare. 'Het emotioneert u helemaal. Ik kan u niet zeggen hoe dankbaar ik u ben dat Hedwig hier welkom is. U zult begrijpen dat ik ten einde raad ben.' Hij veegt met een zakdoek langs zijn doorgroefde wangen.

Ze roert zinloos in haar koffie om zichzelf weer in bedwang te krijgen.

Zijn adem piept. 'Meisjes van Hedwigs leeftijd maken zich allemaal druk om hun gewicht. Ze willen op graatmagere fotomodellen lijken. Je zoekt er in het begin niets achter. En als het tot je doordringt dat je dochter de hele dag leeft op één appel die ze dwangmatig in zestien partjes heeft gesneden, is het te laat. We hebben gesmeekt, mijn ex en ik, we hebben gedreigd. Maar volgens Hedwig is er niets aan de hand, behalve dat ze te dik is. Te dik, ja, en ík heb natuurlijk helemaal geen enkel recht van spreken.'

'Anorexia is ons terrein niet,' zegt Nadine beheerst. 'Hedwig heeft zeer specialistische hulp nodig die het William Banting Instituut niet kan bieden. Als u meteen had gezegd...'

'Goed, ik ben uit pure wanhoop niet helemaal eerlijk tegen u geweest. Je voelt je als ouder zó falen, maar dat hoef ik u natuurlijk niet uit te leggen. Waarom denkt u dat ik hier zit? Volgens Hedwigs moeder ben ik een slecht voorbeeld. "Iedereen die jou ziet, wil ophouden met eten," zegt ze. Ik wil Hedwig tonen dat ik ook iemand anders kan zijn dan de vader voor wie zij zich schaamt.'

'Het lijkt me niet voor de hand liggen dat zij daardoor zelf weer normaal zal gaan eten.'

'Niets is voor de hand liggend bij deze aandoening, mevrouw Ravendorp. En u zult het met me eens zijn dat ik Hedwig niet in haar eentje thuis had kunnen laten, nu haar moeder op reis is. Ze heeft vierentwintig uur per dag supervisie nodig.'

'Er zijn speciale klinieken voor meisjes zoals zij.'

Hij is stil. Dan zegt hij: 'Zou u het toch niet willen proberen? Anders berooft u mij óók van de kans om mijn leven te beteren, want nogmaals, ik laat Hedwig niet alleen naar huis teruggaan.'

Hoort ze het goed? Hij zit haar de duimschroeven aan te draaien. Alsof hij doorheeft dat het William Banting momenteel onderbezet is en zij het zich eigenlijk niet kan veroorloven om hem te laten lopen. Als Peperkoorn morgen afzwaait, zijn er nog maar vijftien gasten. Onwillekeurig denkt ze aan de duizend calorieën die hun per dag geserveerd worden. Het valt niet te ontkennen dat dat regime voor iemand als Hedwig al een enorme verbetering zou zijn. 'We kunnen een poging wagen,' zegt ze gereserveerd. 'Maar ik beloof u beslist niets.'

'Dat begrijp ik.' Hij haalt een bundel papieren uit zijn binnenzak. 'In verband met deze ongewone situatie heb ik onze juridische afdeling nog even naar uw contract laten kijken. Het leek mijn adviseur reëel om de borgsomclausule aan te passen. Kijkt u eens.'

Wie zegt dat een zorgzame vader niet ook een doorgewinterde zakenman kan zijn? Ze leest de gewijzigde passage zorgvuldig door. Als de heer Voetemans omwille van zijn dochter voortijdig en dus zonder het bereiken van zijn streefgewicht het William Banting moet verlaten, zal zijn volledige borgsom toch aan hem gerestitueerd worden. Ach, het zij zo. Die borg is geen onderdeel van hun verdienmodel, het is alleen maar een instrument. Een kwarteeuw lang hebben ze ieders inleg terugbetaald. De verblijfs- en behandelkosten, daarin zit 'm de winst, en uiteraard leveren twee Voetemansen meer op dan nul.

'Akkoord,' zegt ze.

'Als u dan hier tekent. En hier. Dit is uw kopie. Fijn. Dan wens ik u veel succes met Hedwig. Hopelijk gaat het u lukken haar een beetje op gewicht te krijgen.'

'Hoe schat u haar motivatie in?'

Hij kijkt van haar weg.

'Meneer Voetemans? Uw dochter weet toch hopelijk wel wat de bedoeling is van haar verblijf hier? Of hebt u ook haar maar iets op de mouw gespeld?'

Hij tuit zijn lippen. 'Hedwig beseft heus wel wat het betekent dat ik haar heb meegenomen naar een kuuroord dat claimt uitmuntende professionele begeleiding op het gebied van leefstijlverbetering te bieden. Ik geloof niet dat ik dat verder voor haar uit hoef te spellen. Ze weet hoe haar moeder en ik over haar situatie denken.'

'Maar hoe moeten wij haar behandelen als ze zelf...'

Op dat moment komt Hedwig weer binnen. Ze trekt de manchetten van haar sweater over haar handen, alsof ze het koud heeft. Vijandig vraagt ze aan haar vader: 'Hebben jullie lekker over me zitten roddelen?'

'Je bent niet het middelpunt van de wereld, Hedwig,' zegt hij.

Nadine staat op. 'U gaat nu eerst naar uw afspraak met de diëtiste. Zij brengt u daarna naar Joey, uw personal trainer. Als hij uw fysieke intake heeft gedaan, zal hij u uw suite wijzen. O, en voor ik het vergeet, uw telefoon en laptop. Hebt u die thuisgelaten? Anders gaan ze hier in de kluis. Binnen een dag zult u al merken hoe heerlijk het is om ongestoord aan uw doelen te kunnen werken.'

Zo doen wij de dingen hier, we hebben voor alles vaste regels, voor alles een strak protocol. Daar wijken we nooit van af. Zo kordaat mogelijk besluit ze: 'En dan gaan Hedwig en ik nu nader kennismaken.'

Twee

Ze zitten tegenover elkaar aan de vergadertafel die Nadine plotseling onbarmhartig groot toeschijnt. Zelfs bij de NAVO moet het gezelliger zijn. En er is al zo weinig Hedwig, je zou haar omver kunnen blazen. Overspoeld door onmacht zegt ze: 'Daar zitten we dan.'

Hedwig mompelt iets. Het dorre blonde haar hangt voor haar gezicht.

'Wat zeg je?'

Geen reactie.

Nadine verbijt zich. Als ze psycholoog had willen worden, was ze niet naar de hotelschool gegaan. Waarvan droomt iemand van vijftien normaal gesproken? Ze weet het niet meer, al moet er in haar eigen leven ooit niets of niemand belangrijker zijn geweest dan haar vijftienjarige zelf. Er zijn toen ongetwijfeld louter ongeëvenaarde emotionele toppen en dalen gepasseerd. Al die stormen, en niets ervan is beklijfd.

'Wat vind je leuk om te doen, Hedwig? Heb je hobby's?'

Hedwig slaat haar ogen op. Peilloze verachting.

Op zo'n wezenloze vraag zou ze zelf ook geen antwoord geven. Alsof een mens pas compleet is met 'hobby's'. Voor op zondagmiddag, als het regent. Ze doet een nieuwe poging. 'Weet je dat het strand hier vlakbij is? Je boft dat het net zulk mooi weer is.'

Onrustig draait Hedwig heen en weer. 'Ik wil gaan sporten. Waarom krijgt mijn vader wel meteen een trainer en ik niet?'

Daar is het eerste probleem al. Hoe kan ze voorkomen dat het uitgemergelde kind zich hier dwangmatig gaat afbeulen?

Thuis moet Hedwig zich natuurlijk behelpen met stiekeme reeksen push-ups in haar slaapkamer, maar hier heeft ze een heel machinepark tot haar beschikking dat tot in ieder tandwiel is afgesteld op een maximumgewichtverlies.

'Heb je op onze site gekeken?'

Hedwig knikt stug.

'En toen dacht jij: daar wil ik wel heen.'

'Nee, mijn vader wilde hierheen. Omdat hij te slap is om zelf af te vallen.'

'O, maar hier gaat het hem lukken, hoor.' Ineens ziet ze haar kans schoon om Hedwigs vertrouwen te winnen. 'Want alles in dit huis, Hedwig, maar dan ook alles, is erop gericht om mensen gewicht te laten verliezen. Daarom moest je vader nu ook direct met trainen beginnen. Ik heb hem gewaarschuwd dat onze regels buitengewoon streng zijn. Snap je? En gepiep over honger willen we hier al helemaal niet horen.'

Er daagt iets in Hedwigs blik. Er verschijnen vurige plekken op haar bleke wangen. Ze zegt: 'Als je honger krijgt, is dat alleen maar een teken dat je vet aan het wegsmelten is. Je moet jezelf gewoon voorhouden dat één kilo lichaamsgewicht gelijk staat aan vier pakken roomboter. Dat is zo'n superranzig idee.'

Nadine dwingt zich tot een knikje. 'Ik geloof dat ik mijn introductie over het biomoleculair manipuleren van de spijsvertering wel kan overslaan. Volgens mij weet jij dat allemaal al. Hoe dan ook, de methode die wij in dit instituut hanteren, garandeert een maximale verbranding. Als het je interesseert: ik heb honderden dossiers in de kast staan van mensen die op deze manier veertig, vijftig, zestig kilo of nog meer zijn kwijtgeraakt. Maar uiteraard heeft onze aanpak alleen maar effect als onze gasten letterlijk geen hap meer én geen hap minder eten dan wij ze voorzetten. Dat luistert zeer nauw.'

'Mijn vader vindt vast wel een manier om te smokkelen,' mompelt Hedwig.

'Sorry, maar hier in huis hebben wij het voor het zeggen, en niet je vader. En zullen we het nu eens over jou hebben?' Te laat beseft ze dat ze zich klem heeft gepraat. Het kind kent ongetwijfeld de calorische waarde van ieder voedingsmiddel tot en met de kleinste kruimel kamut, ze gaat zich echt niet laten wijsmaken dat ook zij hier braaf haar bordje zal moeten leegeten. Nadine zou het net zo goed meteen kunnen zeggen: Even serieus, Hedwig, jij bent hier om in tien dagen twintig kilo aan te komen.

Om zich een houding te geven staat ze op. Ze opent een van de archiefkasten en doet alsof ze een dossier zoekt dat haar woorden zal onderstrepen.

'Zeg, Evelien!' Zonder enige aankondiging stiefelt Helmut naar binnen.

'Kun je niet kloppen?' vraagt ze getergd.

'Maar ik ben je nééf. Helmut Helmut.' Hij spreidt zijn handen, waarbij zijn badjas half openvalt. 'De Marsen zijn op.'

Hedwigs ogen zijn kogelrond geworden.

'Ik ben in gesprek.'

'Even een snackie. Ik had nog ergens spritsen gezien.' Hij trekt een la open, sluit hem weer, kijkt in de volgende. 'Hebbes. Maar de Marsen moet je dus aanvullen.' Hij maakt de verpakking open en schuift een stuk sprits in zijn mond.

Hedwig wordt groen van afschuw. Met een vertrokken gezicht springt ze op. Nadine weet haar nog net bij haar arm te grijpen.

'Om deze tijd krijg ik altijd honger,' verklaart Helmut kauwend.

'Honger,' zegt Nadine, 'is een relatief begrip.' Ze heeft zich snel vóór Hedwig opgesteld, één bil op de tafel, om haar Helmuts aanblik te besparen.

'Had ik dat eigenlijk al verteld?' Hij haalt een nieuwe sprits tevoorschijn. 'Die ene knakker met dat rare brilletje wil een film over mijn leven maken.'

'Ik hoor hem kauwen!' snikt Hedwig hysterisch. 'Ik hóór hem káúwen.'

Helmuts kaken houden op met malen. 'Heb je haar soms ook aangereden?' vraagt hij met volle mond.

'Verdwijn, Helmut.'

'Oké.' Met klokkende keel werkt hij de koek weg. 'Maar die knakker is dus hartstikke geïnteresseerd in mijn levensverhaal. Dat kan ik niet van iedereen hier zeggen.'

'Hij slikte,' piept Hedwig achter haar rug.

'Dat doe ik altijd als ik eet, juffie. Als je niet slikt, gaan de voedingsstoffen verloren, en daar heeft God het allemaal niet voor laten groeien.'

'God?' vraagt Nadine overrompeld.

Helmut wijst naar het plafond. Dan verlaat hij hoofdschuddend het kantoor.

Ze laat zich op een stoel zakken en staat dan meteen weer op om voor Hedwig iets te zoeken waarin ze haar neus kan snuiten. Er is nergens een doos tissues te vinden. Het is blijkbaar lang geleden dat iemand hier op kantoor een traan heeft gelaten. Om de een of andere reden is dat een onbevredigende gedachte. Wat is er eigenlijk tegen huilen op de werkvloer, of waar dan ook, als daar een goede reden voor is?

'Die man!' Hedwig is nog steeds ontzet.

'Hij vertrekt morgen,' zegt Nadine haastig. 'Hij is, zoals je hebt gezien, niet in staat om zich aan onze regels te houden. Hij is...' Zonder overgang moet ze aan haar moeder denken. 'Die man, Hedwig, is de slaaf van zijn eigen spijsvertering.'

Hardhandig had haar moeder op een avond een pan met hutspot op het rieten onderzettertje op tafel gesmeten en gezegd: 'Dit was de laatste keer.' Het huishouden, had ze haar gezin ongevraagd meegedeeld, was een volcontinu bedrijf zonder enig tastbaar product. Je dweilde de gang, je streek kleren, en de volgende dag kon je weer van voren af aan beginnen. Van al die zich eindeloos repeterende taken was het verzorgen van de maaltijden in haar ogen de meest uithollende. Dag in, dag uit zat je eraan vast. Eerst moest je verzinnen wat je nu weer zou gaan opdienen. Dan met je lijstje naar de winkel, waar je iedere krop sla en iedere liter melk eerst van het schap in je wagentje moest tillen, en dan stuk voor stuk van je kar op de band bij de kassa moest zetten, en dan van de band stuk voor stuk in je tas moest overhevelen om het er thuis allemaal stuk voor stuk uit te halen, op te bergen en 's avonds weer tevoorschijn te halen en in de pan te laten belanden. Tegen de tijd dat je aan het koken was, was alles al zeven keer door je handen gegaan. Zeven keer, en dan had je nog geen hap genomen. Het zou efficiënter zijn om in de supermarkt naast je karretje op de grond te gaan zitten en alles in één klap op te eten. Dat bespaarde je ook de heisa van het onophoudelijke tafeldekken en de kwelling van de ene vaat na de andere en het reinigen van een aangekoekt fornuis, je hoefde zelfs geen steelpannen meer aan te schaffen, geen soeppannen, koekenpannen, puddingvormen, vergieten, ovenschalen en melkkokers. Je hoefde niet zuinig te zijn op je servies en geen messen te slijpen of bestek te poetsen. Dat alles hield je immers alleen maar in stand en in goede staat om je gezin een kwartiertje per dag te zien bunkeren, zeven dagen per week, driehonderdvijfenzestig dagen per jaar. Je was niet meer dan de slaaf van hun spijsvertering. Die laatste woorden had haar moeder huilend van frustratie uitgeroepen.

Nadine had tot op dat moment niet eens geweten dat ze een spijsvertering had. Ze had wel een barbie waar ze niets aan vond en een vilten konijn waarvoor ze allang veel te groot was.

Daarna had haar vader soms geprobeerd pannenkoeken te bakken.

Het was eigenlijk niets voor haar om dit onderwerp van de week tijdens het interview zomaar ter sprake te brengen. Deed ze dat om die bijdehante journaliste te imponeren? Maar waarmee dan precies? Wanneer je eenmaal volwassen bent, hoor je je over vermeende kwetsuren uit je kindertijd heen te zetten. Dat zegt ze ook altijd tegen Marise. Het vervult haar van een zekere schaamte als haar vriendin weer eens opmerkt dat het tegennatuurlijk van haar moeder was om het niet vanzelfsprekend, laat staan leuk, te vinden om voor haar kroost te zorgen. Of hoezo eigenlijk: schaamte? Ze voelt eerder wrevel. Je kunt zoiets wel een pijnpunt noemen, maar wat zegt het nou helemaal over iemand als zij koken tijdverspilling acht? Heb je het dan niet over een verstandige vrouw die haar eigen keuzes weet te maken?

Nadine is zelf ook geen keukenprinses. Geef haar een pompoen en ze weet er niets anders mee te doen dan hem decoratief in de vensterbank te leggen. Ben je dan tegennatuurlijk? Is geen zin hebben in al dat gedoe per definitie onnatuurlijker dan het gedrag van de meeste gasten van het William Banting, die in hun vorige leven rustig honderd kilometer reden om in een bekroond restaurant ingewikkelde liflafjes te gaan eten, die wijnproeverijen en haringfeesten in hun agenda noteerden, die tijdens hun vakantie geen kastelen of kathedralen bezochten maar boerenmarkten afstroopten om er truffels te betasten en in verse vijgen te knijpen, die elke zaterdag voor een stuk Blonde d'Aquitaine in de rij stonden bij een ambachtelijke vleesjuwelier, die meer van olijfolie en kaasplanken en de kwaliteit van grijs zeezout af wisten dan van de rapportcijfers van hun kinderen, en die behalve hun woonkeuken met minimaal een zespits Classic Cooker van Aga ook nog een buitenkeuken op hun terras bezaten, compleet met een hakblok, een rookoven, koperen pannen en een zeventiendelige koksmessenset met palissanderhouten heften?

Derek vindt een pompoen op de vensterbank trouwens ook prima.

Ze stuit eindelijk op een tissue, gewoon in haar tas. 'Sorry, Hedwig,' zegt ze. 'Ik was even afgeleid. We hadden het over...'

Maar Hedwig is verdwenen.

Drie

In de fitnessruimte loopt het ochtendprogramma al ten einde. Met druipende torso's en rode koppen werken de gasten hun laatste ronde af op crosstrainer, steps of treadmill. 'Work, Bitch' van Britney Spears dreunt nog door de zaal, even opzwepend als verdovend, maar zal spoedig plaatsmaken voor een cooldown-nummer. De lucht is zo verzadigd van het zweet dat je bij iedere ademteug andermans lichaamsvocht binnenkrijgt.

Tijdens work-outuren komt Nadine hier zelden, ze moet zich mentaal aangorden om de ruimte te betreden. Mannen die zo gezond leven als hun gasten scheiden amper afvalstoffen af en toch stinken ze, naar iets primitiefs, iets wat doet denken aan het angstzweet dat onze verre voorouders uitbrak bij het rollen van de donder en het flitsen van de bliksem. De benauwde geur in combinatie met al het dampende, deinende vlees om haar heen bezorgt haar de verontrustende gewaarwording dat ze in een abattoir is beland.

Johnny komt op haar af terwijl hij ritmisch met een set dumbbells zwaait. 'Waar blijft mijn nieuwe gast?' roept hij. 'She hasn't shown up yet.'

'Later, Johnny.'

Hij vraagt haar niet wat ze komt doen. Het is háár abattoir, ze kan hier binnenlopen wanneer ze maar wil. Haar ogen schieten door de ruimte.

Filmproducent Peperkoorn zit met beslagen brillenglazen voorovergebogen fanatiek te spinnen, verwikkeld in een wedstrijd met niemand minder dan Helmut Helmut op de fiets ernaast. Sand draaft met gesloten ogen en met een handdoek om zijn nek op een loopband. Gomperts, die zij toegewijder had ingeschat, doet alsof hij aan het squatten is. Hedwigs vader zwoegt onder gierend gehijg op een roeimachine, terwijl Joey er met een clipboard naast staat. Vlug wendt Nadine haar blik af en verlaat de zaal.

De buitenlucht is als een slok koel water.

Ze verwacht niet dat Hedwig haar heil in de sauna zal hebben gezocht, maar voor de zekerheid kijkt ze er toch even. In de kleedruimte hangen zes blauwe badjassen aan de haken. Als ze door het raampje van de cabine naar binnen gluurt, ziet ze op de bankjes zes zwaarbehaarde buiken schommelen. Dit is nu eenmaal de dagelijkse werkelijkheid van het William Banting: naakte, vochtige mannenlichamen in ieder denkbaar stadium van overgewicht.

Ze begint wat harder te lopen. Maar ook in het zwembad is Hedwig niet. Van Zaanen, Harkema en Stumpel Schot verplaatsen er grote hoeveelheden water. Heeft het meisje, tuk op beweging, hoopvol de ene mogelijkheid na de andere gecheckt en is ze telkens teruggedeinsd voor wat ze er aantrof? Waar kan ze zijn?

Het lijkt niet waarschijnlijk dat Hedwig ergens in huis maar wat zit te zitten, wanneer ze haar tijd ook kan benutten met calorieën verbranden. Ze heeft het kind er zelf op gewezen hoe dichtbij het strand is. Daar is ze natuurlijk heen. Ze loopt nu ongetwijfeld in draf door het mulle zand. Hoe zwaarder het traject, hoe meer rendement. Wie zou het Hedwig kunnen verbieden om lekker te gaan hardlopen? Hardlopen geldt als heel gezond.

Nadines auto staat nog in de werkplaats. Ze zal te voet moeten gaan.

Op het wandelpad tussen de hoge zeedennen is geen mens te bekennen. Dennenappels knappen onder haar voeten terwijl ze zich voorthaast over het lange rechte stuk tot aan de splitsing. Daar zal Hedwig de ANWB-paddenstoel met een pijltje richting strand hebben zien staan. Ze is er heus niet vandoor gegaan, ze is pas vijftien. Iemand van vijftien is tegenwoordig weliswaar een stuk wereldwijzer dan zij op die leeftijd was, maar het zijn en blijven onzelfstandige kinderen. Tja, Nadine, alsof kinderen nooit van huis weglopen en iedereen in zak en as laten zitten. Dat is nou juist precies wat kinderen doen.

Ze is verdomme verantwoordelijk voor dat meisje. Ze krijgt een steek in haar zij die haar dwingt het tempo te verlagen. Ze is pas halverwege. Zou broze Hedwig op dit punt niet allang bekaf zijn geweest? Het moet louter wilskracht zijn waarop die anorexiameisjes draaien. IJzeren wilskracht en doorzettingsvermogen. Wanneer je de hele dag tussen de zwaarlijvige mannen zit, zou je haast vergeten dat er ook nog zoiets als zelfdiscipline bestaat.

Boven haar hoofd slaakt een meeuw een paar schorre kreten. Ze zet weer een tandje bij om de laatste duinenrij te beklimmen. Dan doemt eindelijk de grijze massa van de zee op, een fel oplichtende einder erboven, net een aluminium strip. Als ze de strandafgang neemt, is haar keel droog van inspanning.

Het is hoogwater en het smalle strand is vrijwel leeg, zoals vaak op doordeweekse dagen. Bij de vloedlijn worden wat honden uitgelaten. Ze tuurt zo geconcentreerd in de verte dat ze bijna de groene sweater mist die voor haar voeten in het zand ligt. Als oriëntatiepunt ergens een kledingstuk achterlaten, is dat niet wat mensen doen? Hier moet Hedwig straks weer naar boven.

Op hetzelfde moment ziet ze haar. Ze komt van rechts, uit het noorden. Ze zwalkt meer dan ze loopt. Als ze had gedacht naar IJmuiden heen en weer te kunnen rennen, is ze wijselijk op haar schreden teruggekeerd. Maar Hedwig loopt natuurlijk helemaal niet met een geografisch doel voor ogen, ze loopt alleen maar kilometers.

Nadine gaat in het zand zitten. Haar opluchting ebt weg

als het meisje met schoepende ellebogen naderbij sjokt. Haar knieën knikken zichtbaar. Ze is grauw van afmatting. Haar witte T-shirt zit aan haar ribbenkast vast gezweet.

'Trek je sweater aan, voordat je kouvat.' Terwijl ze het zegt, merkt ze dat ze bijna beeft van afgrijzen. Dat uitgeteerde lichaam. Het is niet meer dan een bottenstelsel, ingebed in diepe holtes, als een anatomische les. Het is bijna schunnig. Denk maar niet dat meisjes uit Eritrea of Malawi zichzelf moedwillig uithongeren, dat doen alleen verwende nesten geboren in een wereld vol overvloed.

Hedwig veegt met haar pols snot van haar bovenlip terwijl ze zich op haar hurken laat zakken. Ze buigt haar hoofd tussen haar knieën. Haar magere schouders schokken op en neer onder haar moeizame ademhaling. Ze zegt iets onverstaanbaars. Dan kijkt ze op, haar gezicht vertrokken. 'Ik zei: Ziet u wel dat ik serieus ben?'

Nadine slikt. Ze pakt een handje zand en laat het door haar vingers glijden. 'O, was het je daar om te doen?'

'Ik ben echt niet zo'n slappeling als mijn vader. Ik vond het alleen maar gaaf wat u over regels zei. Regels geven houvast. Ik heb zelf ook een heleboel regels. Ik eet nooit iets wat groter is dan mijn vuist, want anders rekt je maag uit. En ik mag niet...'

'Bij ónze regels hoort allereerst dat we altijd weten waar je bent.'

'Dat had u nog niet gezegd.' Hedwigs stem bibbert.

'Ik sta even met mijn rug naar je toe en het volgende moment ben je verdwenen!'

'Ik dacht dat u het zou begrijpen.'

'Nee, Hedwig, ik kan geen gedachten lezen.'

'Hoe wist u dan dat ik hier was?'

'Trek die trui aan.'

'Sorry, ik wou alleen maar laten zien dat ik...'

Dat je een onnozele gans bent, denkt Nadine, maar ze

weet de woorden in te slikken. Hedwig is erin getrapt. Ze gelooft in alle ernst dat ze hier aan het juiste adres is om nog verder af te vallen. En waarom zou ze dat ook niet geloven? Nadine heeft haar een uur geleden zelf voorgehouden dat het William Banting zijn bestaansrecht maar aan één ding dankt. Ze voelt een koude rilling langs haar rug trekken. Dit is gekkenwerk. Ze moet hier van af, nu het nog kan.

'Kijk,' zegt Hedwig gretig. Ze heft haar knokige rechterpols, waar een stuk rood elastiek strak omheen is geknoopt. Ze geeft er een venijnig rukje aan, zodat het met een pets terugspringt. 'Dat doe ik als ik zin krijg om iets te eten. Snapt u? Zo kun je jezelf programmeren.'

'Het banen van nieuwe neurale paden,' zegt Nadine. 'Een heel interessant onderwerp, ja. We hebben er vaak lezingen over. Maar...'

'En ik ben ook niet meer op Facebook. Als je wilt afvallen, zitten vrienden je alleen maar in de weg.'

'Ik geloof heus wel dat je heel toegewijd bent, Hedwig,' zegt ze op haar hoede. 'Bijna iedereen in ons instituut kan een voorbeeld nemen aan jouw zelfbeheersing, dat zie ik zo. Alleen heb ik het gevoel...'

'Echt, hoor. Als ik trek krijg, ga ik gewoon net zo lang rondjes draaien totdat ik misselijk word. Ik ben niet echt goed in veel andere dingen, maar hierin wel. Je moet niet toegeven aan je lichaam, dat is alles.'

Wij Zijn Niet Ons Lichaam. Dat is een van de andere vaste lezingen in het William Banting.

'Je hoeft je eten helemaal niet door te slikken. Je proeft het ook wel als je elke hap meteen weer uitspuugt,' zegt Hedwig op redelijke toon. 'Maar ja, daar moet je bij mijn vader niet mee aankomen. Die éét niet, die proeft niet, die zit alleen maar te laden. Ik snap niet waar hij zin in heeft. Ik vind het zó vies als ik vol ben. Ik wil niks in me hebben, dan voel ik me veel beter.'

'Zo. En weet jij soms ook hoeveel calorieën er in een portie kamut zitten?'

'Ja, tweehonderdvijftig.'

Een speciaal voor Hedwig ontworpen dieet zal dus geheel uit onherkenbare ingrediënten moeten bestaan. Dat is even onmogelijk als een trainingsprogramma bedenken dat haar obsessieve bewegingsbehoefte bevredigt zonder dat ze calorieën verbrandt. 'Nog één punt,' zegt ze ten einde raad. 'Je mag hier maar één keer per week op de weegschaal.'

Met gebogen hoofd begint Hedwig in het zand te klauwen. 'Dat vind ik wel even een issue, hoor.'

'Heb je je eigen weegschaal meegenomen?'

Hedwig wordt rood.

'Die lever je bij mij in.'

'Dat doe ik echt niet.'

'Dan niet.' Nadine komt overeind en klopt het zand van haar handen.

'Nou ja,' zegt Hedwig onzeker, 'ik voel het ook wel aan mijn kleren.'

'Eigen kleding is bij ons niet toegestaan. Je geeft al je kleren af bij de huishoudster.' Haar blik valt op de modieuze hardloopschoenen van het meisje. 'Inclusief je schoenen.'

'Niet!'

Kalm zet ze zich in beweging. Het spijt me, meneer Voetemans. Afvallen, dat is onze business, daar zijn wij goed in. Daar gaan we binnenkort dankzij mijn man zelfs de internationale markt mee op. Iemand laten aankomen valt buiten onze competentie, dat heb ik u meteen gezegd. En iemand laten aankomen zonder dat ze het zelf merkt, is onmogelijk. Zou u eerst niet eens eerlijk met uw dochter praten over wat de bedoeling is van haar verblijf hier?

Hij zal zeggen: 'We liegen in Hedwigs eigen belang, mevrouw Ravendorp. Anders neemt ze direct de benen. Later zal ze u en mij dankbaar zijn. En zoals gezegd: wanneer mijn dochter bij u niet welkom is, kan ik hier ook niet blijven.'

Achter haar barst Hedwig uit: 'Ik zal alles doen wat u zegt.'

Ze staat stil. Vertwijfeld draait ze zich om.

'Iedereen doet altijd net alsof ik gek ben, maar u doet tenminste normaal.'

'Ik waarschuw je maar één keer,' zegt Nadine. 'Je weet niet waar je aan begint. Je weet het echt niet.'

Vier

'Ik ben hier niet aangenomen om klanten te bedotten,' zegt Sandra. Ze draait Nadine haar gesteven, lichtroze rug toe. Op haar werkkamer draagt ze altijd dat belachelijke jasschort en een paar witte orthopedische klompen, zodat ze op een kruising tussen een schoonheidsspecialiste en een verpleegkundige lijkt. Boven haar bureau heeft ze een kleurrijke afbeelding opgehangen van de machinerie van het menselijk spijsverteringskanaal met al z'n windingen, pompen en buizen.

'En bovendien heb ik niks met zo'n gratenpakhuis. Ik word er onpasselijk van. Ons lichaam is een tempel. Daar horen we respectvol mee om te gaan.' Ze draait zich weer om en kijkt hulpzoekend naar Johnny, die ook voor dit spoedoverleg is opgetrommeld.

Nadine knikt hem toe. 'Zeg maar gerust dat je het daar helemaal mee eens bent, Johnny. Zelf vind ik het ook nogal onappetijtelijk. Maar ja, dat zijn onze andere gasten toch ook?'

Twee geschokte gezichten.

Tersluiks voelt ze even aan haar voorhoofd. Misschien is ze op het moment niet helemaal zichzelf. 'Ik bedoel, we werken hier altíjd met mensen die hun lichaam ontheiligen.'

'But how am I supposed Hedwiek zo te laten bewegen dat ze daar dikker van wordt?'

'Jij bent de professional, Johnny.'

Sandra vraagt: 'Waar is ze nu?'

'Ze zit op haar kamer te wachten totdat jij haar kunt ontvangen. Ze wil niet met de andere gasten aan tafel, dus dat geeft je alle ruimte om een afwijkend dieet voor haar te bedenken dat zo voedzaam mogelijk is. Kom op, ze is hier maar tijdelijk. Over tien dagen is haar moeder weer thuis en moet ze weer naar school. Laten we er het beste van maken en zien hoever we komen.'

'Why? Only because her daddy is paying the bill?'

Nooit eerder heeft ze Johnny betrapt op een moreel bewustzijn of enig andere vorm van innerlijk leven. En waar komt zijn eigen salaris vandaan, denkt hij?

'Mevrouw Ravendorp,' zegt Sandra extreem vermoeid, 'wat hoopt u hier nu mee te bereiken?'

'Ik heb haar vader beloofd dat we een poging zouden wagen. Dat doen we via een omweg, zeker, maar dat is in Hedwigs eigen belang.'

'Maar dat kind heeft een valse voorstelling van zaken gekregen! Er is haar maar wat wijsgemaakt! Hoe kan dat ooit werken? Het is gewoon onethisch.'

Sandra heeft gelijk. Johnny ook. Maar om de een of andere reden groeit daardoor alleen maar Nadines behoefte om hun verzet te breken. 'We doen dit in Hedwigs eigen belang,' herhaalt ze. 'Zo werken we hier altijd, in het belang van onze gasten.'

'Sinds wanneer hoort tegen de gasten liegen bij de werkwijze van dit instituut?'

'We liegen hier continu,' zegt ze pertinent.

'Nou ja!' Sandra en Johnny wisselen een blik.

'We hebben het over "leefstijl" en over "vitaliteitsmanagement" in plaats van ronduit te zeggen: U bent vijftig kilo te zwaar en u moet stoppen met u te gedragen als een varken. Enfin, we liegen in commissie. De gasten zouden het zelf ook niet prettig vinden als we ze ongedisciplineerde vreetzakken noemden.'

Even is het stil. Dan zegt Johnny: 'Never thought you'd be so cynical about this.'

'Het is niet cynisch, het is realistisch. Als ik naar zo'n Hedwig kijk...' Ze houdt zich op tijd in. Net gaf ze nog toe dat ze het meisje onappetijtelijk vindt. Dan kan ze nu niet ineens haar zelfbeheersing prijzen.

'Maar dat is the difference!' roept Johnny uit. 'Usually we're dealing with adults who are fully competent to understand what they embark upon.'

'Iemand tegen haar zin stiekem vetmesten,' zegt Sandra, 'dat is werkelijk in strijd met alles waarin ik geloof.'

'En in een crashdieet geloof je wel?' vraagt Nadine. 'Hoe kan Peperkoorn anders nu al...'

Met flikkerende ogen komt Sandra een stap naderbij. 'Had u soms gehoopt dat hij nog wat langer zou blijven, mevrouw Ravendorp? Is dat de bedoeling hier? Ik dacht dat dit instituut was opgericht om mensen te helpen.'

'Je gaat te ver, Sandra.'

'Ik geef alleen maar blijk van mijn betrokkenheid.' Abrupt gaat de diëtiste naar haar bureau, rukt een tissue uit de doos die daar pontificaal staat en snuit haar neus.

Nadine drukt haar nagels in haar handpalmen. 'Oké. Ik erken dat de situatie met Hedwig niet helemaal gebruikelijk is. Ik heb een voorstel. We schorten ons oordeel over de haalbaarheid en de wenselijkheid van dit project op totdat Derek er morgen weer is.' Verzoenend voegt ze eraan toe: 'Kunnen jullie daarmee leven?'

Na een ogenblik knikken ze allebei stuurs.

'Dan vandaag maar een paar leugentjes om bestwil. Vooruit, mensen, we krijgen een kans om iemands leefstijl te verbeteren, linksom of rechtsom.'

'Ik heb wel een volledig dossier nodig,' zegt Sandra. 'En als u daar toch mee bezig bent, kunt u meneer Helmut er misschien ook even bij pakken.'

Nadine loopt naar de deur. 'De heer Helmut heeft een religieuze overtuiging die het vastleggen van persoonlijke gegevens verbiedt. Veel succes met Hedwig, allebei. Jullie inzet wordt zeer op prijs gesteld.'

In plaats van naar kantoor te gaan, loopt ze naar buiten. Op de ongebruikte tennisbaan laat ze zich bij het net op een klapstoeltje zakken.

Terwijl ze haar gezicht naar de zon heft, probeert ze het gevoel te verdrijven dat ze zich met Hedwig iets onmogelijks op de hals heeft gehaald. Het moment om alles terug te draaien lijkt al verstreken. En nu heeft ze ook dit probleem weer op Derek afgeschoven. Onrustig begint ze op het stoeltje te wiebelen. Normaal gesproken is hij de brokkenpiloot in hun huwelijk. Derek met zijn innemende onhandigheid, zijn gestuntel. Ze ziet hem weer zowat de couverts van de tafel maaien toen hij haar voor het eerst mee uit nam, naar een Libanees restaurant: ze wist meteen dat ze in hem een man had gevonden die haar altijd dankbaar zou zijn voor haar praktische aard.

Heeft ze haar handen doorgaans al zo vol aan hem dat ze er domweg niet aan toekomt om zelf vergissingen te begaan? Langs ondoorgrondelijke wegen zal elk echtpaar elkaar wel in evenwicht houden. Je hebt er alleen niet altijd zicht op hoe het werkt en wie wie waarvoor behoedt, en hoeveel waardering dat au fond verdient.

Aha, de kleine Haas ziet eindelijk het licht? Werd ook weleens tijd, Nadine.

Ze voelt haar mondhoeken krullen van vertedering. Zou hij tijdens zijn reis ook onverwachte revelaties over háár hebben?

Hedwig zal nu wel bij Sandra op de weegschaal staan. Hoe gaat de diëtiste het aanpakken, gewend als zij is aan gasten die aan voedsel louter een belonende waarde toekennen en bij wie de aanblik van een bord warm eten alleen maar wellustige gevoelens oproept? En dan nu Hedwig, die van de wind zou willen leven. Wat zei ze ook alweer? 'Ik voel me zó vies als ik vol ben. Ik wil niks in me hebben.'

In Nadines hoofd heerst plotseling een doodse stilte. Ze staat zo schielijk op dat haar stoeltje omvalt. Ze laat het liggen en loopt met grote stappen terug naar binnen. Discipline, Nadine. De salon is nog niet gereed voor het kamerconcert van vanavond, en ze zou eigenlijk ook eens een hoognodige blik op de administratie moeten werpen, want ze laat het zich wel erg gemakzuchtig aanleunen dat Derek die zorg helemaal op zich heeft genomen. Maar haar hoofd staat niet naar cijfers. Hedwigs woorden blijven tegen de rand van haar geest hameren. 'Ik voel me zó vies als ik vol ben. Ik wil niks in me hebben.'

Ze houdt de gedachte niet langer tegen: precies zo had zij het ervaren toen ze zwanger was. In haar zat iets bedenkelijks wat daar niet thuishoorde. Zwangere vrouwen hadden soms irrationele gedachten, dat wist ze heus wel. Tegen Derek, die de koning te rijk was en rondliep met ogen vol kleine rompertjes, had ze gezwegen over haar weerzin tegen de indringer die haar lichaam deed opzwellen. De eerste keer, en ook de tweede keer, toen het weer precies zo ging – of nee, eigenlijk was het toen nog erger geweest. Het idee dat ze 'voor twee moest eten' omdat de foetus alleen op die manier kon groeien, maakte het wezen in haar gedachten tot een parasiet die haar van binnenuit zou verzwelgen als zij zich niet volpropte met extra koolhydraten en voedingsmiddelen die rijk waren aan jodium en omega-3. Voortaan mocht ze alleen maar producten van de voet van de voedselpiramide nuttigen: de veelvraat was nog kieskeurig ook. Kilo's groene groentes, bergen volkorenproducten en héél veel melk vanwege het calcium waren verplichte kost, terwijl er een slagboom voor rauwmelkse kazen stond, voor vleeswaren die lever bevatten en rauwe of voorverpakte voedingsmiddelen. En maar foliumzuur slikken om het gevaar van een open ruggetje tegen te gaan.

En dit heette een natuurlijk proces te zijn?

Eten, eten, eten, alleen maar om wéér een nieuwe burger op de wereld te zetten die op zijn beurt nooit uitgegeten zou raken, wat zij er theoretisch ook allemaal voor bij elkaar zou koken, stoven, braden, bakken, pureren, pocheren. Een wandelende ondempbare put die langdurig zeven dagen per week, driehonderdvijfenzestig dagen per jaar, voedsel van haar zou verwachten en die zich onherroepelijk ook weer zou voortplanten, met als voornaamste gevolg nog meer opengesperde monden.

Tot op de dag van vandaag heeft Derek geen idee hoe immens haar opluchting was toen bleek dat ze haar zwangerschappen niet kon voldragen. Voor de mensheid zou het niets uitmaken, die zou onverstoorbaar doorgaan met het aaneenrijgen van generaties, met het doorgeven van weeffouten en familiale eigenaardigheden die erom schreeuwen om tot in het zevende geslacht te worden gewroken, of gecompenseerd.

Die dans was Nadine ontsprongen, al voelde ze zich tegenover Derek schuldig over haar eigen stille verzet en de resultaten ervan. Maar ja, wat was een foetus anders dan een zich vermenigvuldigende klont cellen, net zoiets als een tumor? Een kind werd pas bij de geboorte geboren. Ze vermoedde dat Derek zichzelf dat ook manhaftig voorhield. Je hoefde niet altijd alles hardop tegen elkaar uit te spreken.

Ze hadden elkaar beide keren getroost en bijgestaan. Niet alle echtparen komen zulke tegenslagen samen zo voorbeeldig te boven.

Vijf

Terwijl uit de salon een strijkkwartet van Schubert klinkt, verdiept Nadine zich in Hedwigs universum. Volgens de internetbronnen die ze raadpleegt, ontlenen anorexiapatiënten een buitensporige trots aan hun vermogen hun gewicht de baas te zijn. Daarmee is anorexia, voor zover bekend, de enige verslaving die zich vermomt als deugd. Wie aan deze stoornis lijdt, voelt zich superieur en zal ook altijd ontkennen dat het gaat om een verslaving.

De oorzaken zijn nooit eenduidig, de lichamelijke gevolgen reiken van nierfalen tot onvruchtbaarheid en soms zelfs tot de dood, de vooruitzichten op compleet herstel zijn gering, de behandeling is complex en het zelfmoordcijfer hoog.

Op ontelbare fora geven ontelbare meisjes die zichzelf 'wanstaltig dik' vinden terwijl ze nog maar veertig kilo wegen, elkaar deprimerende adviezen. Door liters ijskoud water te drinken verbrand je extra calorieën. Slapen op je linkerzijde bevordert het metabolisme. Laat regelmatig lege voedselverpakkingen in huis rondslingeren zodat je ouders denken dat je iets gegeten hebt. In rode sauzen zitten minder calorieën dan in witte. Aspirine verhoogt de stofwisseling. Stel jezelf als regel hoeveel happen je per dag mag nemen en wijk daar onder geen voorwaarde van af. Ga methodisch te werk: snijd alles in heel kleine stukjes en leg na ieder stukje je bestek ten minste tien minuten neer. Zit nooit of te nimmer stil: zo verbrand je ook calorieën en iedere calorie telt. Stay strong and skinny and starve on!

Ze hóórt het Hedwig allemaal vol overtuiging zeggen. Waarschijnlijk is ze nu in de Matroos koortsachtig bezig met crunches en sit-ups. Nadine kan haar moeilijk op haar bed vastbinden.

In gedachten verzonken schenkt ze zichzelf een half glas in van de wijn die ze, ontkurkt en wel, voor Helmut op Dereks bureau heeft gezet. Ze zou ter afleiding Marise even kunnen bellen. Maar eigenlijk wil ze alleen maar Dereks stem horen. Ze zal hem niet lastigvallen met de problemen op het William Banting, dat kan wachten tot morgen. Gewoon even een kletsje met haar man, om haar zinnen te verzetten.

Zonder verder na te denken kiest ze zijn nummer. Zijn toestel gaat eindeloos over zonder op de voicemail te springen.

Het is in IJsland net zes uur geweest. Waarschijnlijk is Derek nu in zijn hotel om zich op te frissen voor het afsluitende galadiner. Centrum Hotel Reykjavik, herinnert ze zich, een makkelijke naam. Het heeft, ziet ze op de website, een bekroond restaurant, Fjalakötturinn, beroemd om zijn lamsvlees. Avontuurlijk ingestelde gasten kunnen zich er ook wagen aan lokale delicatessen, zoals gefermenteerde haai, schaapsbloedpudding, of walviskebab, beter bekend als *Moby Dick on a stick*. Een beschaving herken je aan haar keuken.

Onder de contactgegevens van het hotel vindt ze het telefoonnummer. Ze toetst het in en vraagt, zodra er door de receptie is opgenomen, naar haar man.

Die verblijft niet meer in het Centrum Hotel, krijgt ze te horen. Gisterochtend is hij uitgecheckt. Jazeker, vertrokken, de receptioniste heeft het zwart op wit voor haar neus.

Verbouwereerd bedankt Nadine haar en verbreekt de verbinding. Gisterochtend heeft ze Derek nog gesproken. Het moet hem toen om de een of andere reden zijn ontschoten haar over zijn hotelwissel te vertellen. Hij is een enorme pietlut als het om hotels gaat. Tijdens een verblijf in Boedapest (goulash, flensjes, *palinka*) heeft hij ooit meteen zijn koffer weer ingepakt toen hij, zittend op de rand van het bed, op de vloer twee halve maantjes van afgeknipte teennagels zag liggen. En die keer in Edinburgh (*haggis*, een schapendarm gevuld met havermout en slachtafval: bestaat er eigenlijk wel iets wat mensen níét eten?) met dat brandalarm in het holst van de nacht dat loos bleek te zijn. Drie kwartier hadden alle gasten in hun ochtendjas op straat gestaan. Het regende. Derek had er geen voet meer over de drempel willen zetten.

Ze kunnen altijd alleen maar met de kerstdagen weg, de enige periode in het jaar waarin letterlijk niemand aan z'n calorie-inname wil denken. Het vereist maandenlange logistieke inspanning om de aankomst- en vertrekdata van de gasten om die dagen heen te plooien, en dat ook nog voor zo'n kort uitje: dan moet ter plekke alles wel perfect zijn.

Had er in Reykjavik een vuile ring in Dereks bad gezeten? Ontbrak het peertje in de lamp op zijn nachtkastje? Waren de handdoeken te klein?

'Schatje toch,' mompelt ze, even geamuseerd als geërgerd. Al die keren dat hij met opgestoken veren vertrok en zij besmuikt achter hem aan slofte.

Maar gisteravond hebben ze elkaar toch ook nog gesproken, toen zij haar bekentenis ineens zo dringend aan hem kwijt moest? Ze neemt een slok wijn. Deze situatie is bekend uit talloze films, uit talloze romans. In het echt is er meestal een zeer onspectaculaire verklaring voor, zoals het karakter van je man.

Ze denkt: je bent de zon in mijn leven, echt waar, maar mag ik wel weten waar je uithangt?

Zou het congresbureau nog open zijn? Het is de slotavond van het symposium. Een behoorlijke organisatie heeft dan ten minste nog één telefoonlijn openstaan.

Ze vindt het nummer. En jawel, de telefoon wordt opgenomen. Ze voelt zich nogal een sul als ze hakkelend begint uit te leggen dat ze op zoek is naar haar man, maar de andere kant brandt meteen los. Zo jammer, zo onvoorzien! Een gat in het programma, de nachtmerrie van elke organisator. 's Ochtends nog gewoon aanwezig bij de soundcheck voor alle sprekers – en dan 's middags niet voor zijn presentatie verschijnen. Zonder een woord niet komen opdagen! Hij had iedereen een hartverzakking bezorgd.

Het dringt niet helemaal tot haar door. Derek vertelde haar toch dat zijn optreden goed was verlopen?

Aan de andere kant van de lijn raast de vrouw door. Tevergeefs zijn mobiele nummer gebeld. Compleet onbereikbaar. De organisatie is nog zo attent geweest om de politie te verwittigen, ze hadden zich allemaal zorgen gemaakt. Maar ja, volwassen mannen kunnen tal van redenen hebben om te verdwijnen, nietwaar? Toen bleek dat Mr. Ravendorp zelf bij zijn hotel had uitgecheckt, hadden ze het er verder maar bij laten zitten. Hallo, mevrouw, bent u daar nog?

Nadine drukt het gesprek weg. Wezenloos staart ze voor zich uit. Ze staat op, ze gaat weer zitten. Een golf hitte doet haar hoofd stuwen. Ze drinkt een paar grote slokken wijn. Ze kijkt in haar agenda. Donderdag 14.15 uur: Derek Schiphol. Ze pakt haar telefoon weer op. 'Bel me onmiddellijk' tikt ze.

'Godsamme, wat een zit, zo'n concert,' zegt Helmut in de deuropening. 'En die violen. Geef mij Janis Joplin maar.' Kwiek komt hij het kantoor binnen, pakt de wijnfles en zet die aan zijn mond. Dan zegt hij: 'Nooit in je eentje drinken, Evelien. Als je daar aan toegeeft, is het hek zo van de dam. Zeg, is er wat? Je kijkt alsof je een lijk ziet drijven.'

'Mijn man,' brengt ze uit. 'Mijn man is verdwenen.'

'Ja, die indruk had ik al eerder,' zegt hij. 'Maar heb je de Marsen nou aangevuld?'

Donderdag

Een

Tegen de ochtend moet ze toch in slaap zijn gesukkeld. Om kwart voor acht schrikt ze wakker. Een paar seconden lang begrijpt ze niet waar haar gevoel van paniek vandaan komt, maar dan is het moment van zalige onwetendheid al voorbij en schiet ze overeind. Haar telefoon ligt onder haar kussen, ze kijkt er meteen op. Een berichtje van Marise: 'Heb je een oog dicht kunnen doen?'

Marise hoeft zich geen zorgen te maken over waar haar Bart uithangt. Die zit nu tegenover haar aan de ontbijttafel. Zij is niet ontwaakt in een wereld die plotseling louter met onzin gevuld lijkt, met treadmills, buikspieroefeningen en corrigerend ondergoed, een wereld die in z'n geheel onbruikbaar en irrelevant is geworden omdat het voortaan een wereld zonder haar man is.

'Natuurlijk ben je gek van ongerustheid,' zei Marise gisteren. 'Maar je zult zien dat Derek straks gewoon op Schiphol arriveert. Het is vast een bizar misverstand.'

Een andere strohalm is er niet. 14.15 uur: Derek Schiphol.

Traag komt ze uit bed. Onder de douche wast ze haar haar. Ze kleedt zich aan met het omineuze gevoel dat ze dit vestje, deze blouse en deze rok hierna nooit meer zal kunnen dragen. Ze aarzelt welke oorbellen ze zal indoen. Nee, niet het speciale setje van Derek. Ze pakt een paar simpele gouden knopjes die nergens mee beladen zijn.

Ze gaat naar de pantry en besmeert een cracker met marmelade.

Wat Marise tactvol niet aanroerde, was dat er ook sprake kan zijn van iets heel anders dan 'een bizar misverstand'.

Derek kan een ongeluk hebben gehad, ten gevolge waarvan hij nu met geheugenverlies in een ziekenhuis in Reykjavik ligt, ontraceerbaar. Ze laat de cracker onaangeroerd liggen.

Ze moet heel wat uren zien stuk te slaan voordat zijn vlucht aankomt, met of zonder hem. In het kantoor gaat ze achter haar bureau zitten en recht haar schouders.

Johnny en Sandra zijn eendrachtig tot schriftelijke communicatie overgegaan: ze hebben haar allebei een e-mail gestuurd; Johnny om haar mee te delen dat het hem *conspicuous* toeschijnt als hij Hedwig vandaag weer alleen maar laat zwemmen en Sandra met de vraag hoe ze Hedwigs calorie-inname moet monitoren als het meisje uitsluitend in afzondering wil eten.

Het zijn geen kwesties waarvoor ze na de langste nacht uit haar leven direct een oplossing weet.

Er is ook bericht van de garage dat ze haar auto tegen het middaguur kan komen ophalen. Mooi, dan kan ze meteen doorrijden naar Schiphol. En bij die gedachte legt ze haar hoofd in haar armen op haar bureau en valt ze zonder overgang in een diepe, droomloze slaap.

De baan van de zon heeft de archiefkast al bereikt als er op de deur wordt geklopt. Haar keel is droog, ze moet een paar keer kuchen voordat ze 'Ja?' kan roepen. Ze haalt snel een hand door haar haar.

Filmproducent Peperkoorn komt binnen, bijna onherkenbaar in zijn eigen pak, dat nu om zijn lichaam slobbert. Onder zijn rossige haardos is zijn gezicht niet langer opgeblazen en pafferig. Best een knappe man. Bij zijn volgende première zal hij op de rode loper een fantastisch figuur slaan. De pers zal weer uit zijn hand eten. Slanke mensen leggen nu eenmaal veel meer gewicht in de schaal dan dikkerds. Nadine kan een gevoel van trots niet onderdrukken. Het is weer gelukt.

'Ik kom afscheid van u nemen,' zegt hij op zakelijke

toon. Hij overhandigt haar het certificaat dat Sandra hem vanochtend na het wegen moet hebben gegeven.

'U hebt uw doel bereikt,' zegt Nadine. 'En zelfs een paar dagen eerder dan verwacht. Van harte proficiat.'

'Ik heb maar meteen ingepakt.'

Ze knikt. Gasten die klaar zijn, krijgen onmiddellijk iets haastigs over zich. Ze kunnen niet wachten om deze episode uit hun bestaan te vergeten. Zodra ze de deur van het William Banting achter zich hebben dichtgetrokken, wissen ze de herinneringen aan hoe ze hier hebben moeten afzien om een normaal menselijk postuur te heroveren. Thuis zullen ze zeggen dat het best meeviel. Geen woord over hoe het programma hun krachten eigenlijk voortdurend te boven ging, of over de lange, slapeloze nachten waarin ze halfgek van de honger dachten te worden. Het is beschamend om te moeten erkennen hoe hoog de prijs is die je voor je eigen onmatigheid betaalt.

Nadine begrijpt het allemaal, en toch is het vertrek van een gast altijd een anticlimax. Zo moeten dure callgirls zich ook voelen. Die weten donders goed dat ze alleen maar de illusie van intimiteit verkopen en de klant hoeft dat spel heus niet mee te spelen, maar het is wel prettig als er ten minste enige waardering voor de geleverde diensten wordt betoond. Tegen je kapper of je tandarts zeg je ook iets aardigs.

In al die jaren is er maar één gast geweest die het bij het afscheid ruiterlijk toegaf: 'In deze hel had ik het nooit volgehouden, mevrouw Ravendorp, als mijn onderpand maar een hálf jaarinkomen was geweest. In dat geval had ik de handdoek binnen een week in de ring gesmeten. Uw concept is geniaal.'

'Meneer Peperkoorn, ik ga de bank voor u bellen,' zegt ze. Met de telefoon in haar hand wacht ze nog even af. Een doodenkele keer komt het voor dat er op dit moment aan een fooi voor het personeel wordt gedacht. 'Voor de trainer', zeggen ze dan, of 'voor de diëtiste'. Geen namen meer die refereren aan gedeelde momenten van snot, zweet en razernij, alleen nog maar rugnummers. Wat is in dit geval gebruikelijk, mevrouw Ravendorp? Ach, wat ontzettend attent van u, en tja, de meeste gasten denken aan een bedrag in de grootte van hun doelgewicht.

Peperkoorn kucht achter zijn hand.

Juist. Ze belt haar accountmanager. 'Ha, Annette.'

'Nadine! Ik wilde jou net bellen over die afschrijvingen van...'

'Heb je de gegevens van onze gast de heer Peperkoorn bij de hand?'

'Eén tel. Ja. Moet ik zijn borg terugboeken?'

Peperkoorn zwaait naar haar.

'Meneer Peperkoorn?'

'Eén K voor Sandra,' zegt hij. 'Kan dat nog?'

Het moet te zien zijn dat haar ogen uitpuilen. Met moeite houdt ze haar stem in bedwang. 'Wacht even Annette, terugboeken min duizend euro, krijg ik net te horen. Gaat dat lukken?'

'Tuurlijk. Maar nu ik je toch aan de lijn heb...'

'Ik spreek je later.' Ze legt de telefoon neer. Stijf zegt ze tegen de filmproducent: 'Dat zal Sandra enorm waarderen.'

'Dan hebben we de plichtplegingen wel zo'n beetje gehad, hè?' Hij steekt haar zijn hand toe. 'Dank voor al uw goede zorgen.'

'Ik wens u veel standvastigheid.'

Op slag kijkt hij verbolgen. Je moet nooit op hun zwakheden zinspelen. 'Ik ga me niet met uw zaken bemoeien,' zegt hij terwijl hij haar door zijn smalle brillenglazen fixeert, 'maar dat meisje dat hier sinds gisteren rondloopt... Haar aanblik is nogal... provocerend.'

'Goede reis,' zegt ze plompverloren, 'en wel thuis.'

Als hij is vertrokken, begint ze te ijsberen. Hedwig zal in de *man cave* wel uitvoerig zijn besproken. Is Peperkoorn de enige die er zo over denkt of vatten de andere gasten haar aanwezigheid ook op als een belediging, misschien zelfs als een bespotting? Elke knook van het meisje onderstreept dat zij op eigen wilskracht iets presteert waarvoor ieder ander hier een vermogen op het spel moet zetten. Behalve Helmut, de uitvreter. Maar Helmut kent Derek nog niet.

Het geluid van de gong voor de lunch verlost haar. Ze grabbelt haar spullen bij elkaar. Ze durft het niet aan om norse Myriam te vragen haar even naar de garage te brengen. Dit is ook niet het moment om Sandra, de diëtiste van één K, te sommeren haar een lift te geven.

In de bus merkt ze dat ze alle bekende punten op de route bijna dwangmatig bestudeert. De T-splitsing waar rechts geen voorrang heeft, de rij witte villa's, de vijver bij het gemeentehuis, de zomereik op de hoek: vertrouwd en solide. Zelfs de plek waar ze Helmut heeft aangereden, vlak bij de rotonde, ligt er net zo bij als anders. Maar dat bewijst niets. Je wereld kan best in elkaar storten zonder dat het aanzien ervan verandert.

In de werkplaats ziet ook haar auto eruit alsof er nooit iets is gebeurd. Er is alleen een factuur die dat weerspreekt.

Haar haar plakt tegen haar voorhoofd als ze instapt. Voorzichtig rijden, zegt ze tegen zichzelf. Hemel, over minder dan twee weken moet ze voorkomen. Onvoorstelbaar dat dat ooit een zaak van levensbelang leek. Ze kan wel weduwe blijken te zijn als ze voor de rechtbank verschijnt. Of de vrouw van iemand die spoorloos is verdwenen. Daar bestaat niet eens een woord voor, alsof je door andermans vermissing zelf ook in rook opgaat.

Het is nog maar drie dagen geleden dat ze hier met Derek reed. Had ze beter moeten opletten? Was er toen al iets in zijn gedrag merkbaar dat vooruitwees op... op wat, eigenlijk? Maar wat het ook is, ze zal het het hoofd moeten bieden.

Op Schiphol parkeert ze in een van de garages. Geconcentreerd prent ze zich de rij en het vaknummer in en gaat dan in draf naar de aankomsthal, waar mensen met ballonnen, boeketten en spandoeken elkaar voor de monitoren verdringen. Daar, Reykjavik: nog niet geland.

Ze doet er verstandig aan even iets te eten. Ze kan kiezen uit La Place, Starbucks, Café Chocolat, de Juggle Juice Bar, Murphy's Irish Pub, het Noodle Restaurant, de Shirasagi Sushi Bar, de Pronto IJssalon, de Mediterranean Sandwich Bar, de Segafredo Espresso Bar en Vlaamse Frites. Maar ze heeft de rust niet om ergens te gaan zitten. Ze loopt een AH To Go in en koopt lukraak een broodje.

Zonder er iets van te proeven eet ze het op.

'Kijk, papa's vliegtuig is geland,' zegt een blonde vrouw naast haar tegen het kleine meisje op haar arm.

'Papá!' gilt het kind.

'Zo meteen, lieverdje.' Ze lacht samenzweerderig naar Nadine: schattig, hè?

Verderop in de hal is het iets rustiger. Met haar tas tegen zich aan gedrukt slentert Nadine erheen. Ze heeft Derek nog nooit op Schiphol opgehaald, ze weet niet hoe vertrouwd of juist hoe vreemd hij zal lijken als hij via de glazen deuren naar buiten komt. Als ze samen met de kerstdagen weg zijn geweest, ziet zij bij thuiskomst het hele William Banting altijd eventjes in een volstrekt nieuw en onvoorzien licht, als door andermans ogen. Uit dat ene moment moet je zo veel mogelijk informatie zien te peuren, voordat de gebruikelijke blindheid voor je eigen omgeving weer de overhand krijgt. Zo zag ze afgelopen winter ineens dat het trappenhuis en de raamkozijnen dringend een nieuwe laag verf nodig hadden, weer een investering, maar sjofel houtwerk weerspiegelt nu eenmaal niet waar hun instituut voor staat.

'Papá!' schalt het door de hal. In snel tempo beginnen Dereks medepassagiers naar buiten te komen terwijl ze met rondflitsende ogen uitkijken naar hun dierbaren.

Had hij nou een grijs pak mee, of een van z'n donkerblauwe?

'Haasje.'

Hij staat achter haar. Hoe kan ze hem hebben gemist? Het maakt niet uit. Ze is geen weduwe. Ze is niet de vrouw van iemand die spoorloos is verdwenen.

Hij zet zijn koffer neer en slaat zijn armen om haar heen. Ze ruikt zijn lichaamsgeur, die haar bijna vertrouwder is dan die van haarzelf, ze voelt de onrust in hem die hij altijd vertoont als hij zich in grote mensenmassa's bevindt. Derek ten voeten uit.

Verstikt stamelt ze: 'Waarom heb je me niet teruggebeld? Ik heb doodsangsten uitgestaan.'

'Meisje toch. Ik ben mijn oplader kwijtgeraakt. Maar je wist toch wanneer ik terug zou komen?' Hij zegt het tegen haar kruin, hij houdt haar niet op armlengte om in haar ogen te kunnen kijken.

Bijna begint ze er meteen over. Op het congresbureau zeiden ze dat jij er vlak voor je presentatie vandoor bent gegaan, maar tegen mij deed je net alsof je... Je zei zelfs dat de bel voor het volgende programmaonderdeel ging, terwijl je allang...

Ze bijt op haar lippen. Wil je wel bevestigd zien dat je getrouwd bent met een man die tegen je liegt?

Twee

In de auto zeggen ze niet veel tegen elkaar. Nadine doet alsof het verkeer haar aandacht opeist. Af en toe vraagt Derek haar iets triviaals. Wanneer komt dat artikel eigenlijk in de krant? Is Sand al een beetje gekalmeerd? En die Voetemans die van de week is gearriveerd, hoe doet hij het?

Het zou hem toch moeten opvallen dat ze niet naar zijn reis informeert, laat staan naar de uitkomst van de belangrijke missie die hij in Reykjavik had, met zijn franchiseplannen. Die presentatie van hem heeft ze verdomme nog eigenhandig zitten corrigeren ook. Ze houdt haar kiezen op elkaar geklemd. Kom er zelf maar mee voor de draad, Derek. Ik ga het niet uit je trekken.

Als ze de oprijlaan op draait is ze bekaf van de spanning. Op de parkeerplaats zet ze de motor af, rukt haar gordel los en zegt gesmoord: 'Ik moet rennen. De thee.'

'Dan ga ik maar meteen even uitpakken.'

'Doe dat.' Ontredderd slaat ze het portier dicht. De nieuwe lak fonkelt in de middagzon. Ze had zich de kosten van het uitdeuken en overspuiten beter kunnen besparen: sinds haar bekentenis heeft ze niets meer te verbergen. Uit eigen beweging heeft ze Derek haar in alcohol gedrenkte autorit opgebiecht, net zoals de aanrijding met Helmut. Zonder dat hij ernaar hoefde te vragen. Zo doe je dat, binnen een relatie.

In de keuken staat zoals altijd op dit tijdstip het diner al klaar, voorbereid door de stagiaires. De aanblik van de afgedekte schalen en schotels die straks alleen maar even in de magnetron hoeven, brengt haar nog verder uit haar evenwicht. Alles om je heen stort in elkaar, maar er zál gegeten worden. Je eigen man is opeens een onbekende voor je, maar het is vier uur en dus moeten de gasten worden gelaafd. Alsof er nooit iets belangrijker is dan de behoeftes van de inwendige mens, de eeuwige, eeuwige dwingeland die overal heer en meester is, ook waar hij niets te zoeken heeft, zoals hier in het William Banting.

Klokslag vier uur rijdt ze de thee naar buiten. Goedemiddag, meneer Stumpel Schot, meneer Harkema, meneer Staffijn. Ja, meneer Sand, dat hebt u goed gezien: mijn man is er weer. U merkt ook alles op.

Gelukkig heeft niemand enig idee wat Derek in IJsland beoogde. Zelfs het personeel weet alleen maar dat hij naar een congres was, meer niet.

'Evelien!' Met hangende schouders komt Helmut over het gazon naar haar toe gesjokt.

Ongeduldig houdt ze hem twee glazen thee voor. 'Pu ehr of lung ching?'

'Ik moet je spreken, Evelien.'

'Later, meneer Helmut. En u, meneer Voetemans? Pu ehr of lung ching?'

'Mevrouw Ravendorp, ik hoopte al dat ik u vandaag even zou zien. Hedwig wil me niet vertellen hoe het met haar gaat. Maar u vast wel.'

Ze kijkt om zich heen. Waar zit Sandra nu ze haar een keer nodig heeft? Ze zegt: 'De diëtiste weet meer over Hedwig dan ik. Vraagt u het haar even.' Een zeer capabele kracht, onze diëtiste. Vroeg of laat zult u haar onder goud willen bedelven.

Zonder verder excuus maakt ze zich uit de voeten en sluit zich in het kantoor op. Ze moet haar accountmanager terugbellen, die vroeg vanochtend ergens naar. Maar ze staart werkeloos naar de hoge ramen, de rozetten van stucwerk aan het plafond, de royale open haard. Dit heeft haar leven met Derek haar gebracht. Ze houdt hartstochtelijk van de villa, maar wat zou het schraal en karig zijn als het alleen daar om draaide en daaronder de voedingsbodem van vertrouwen zou ontbreken. Weken, zelfs maanden duurt het voordat een maag die niet genoeg vulling krijgt, eindelijk slinkt. Maar vertrouwen verschrompelt al bij het minste of geringste tot een droge, keiharde bal.

Oordeelt ze te hard over hem? Of komt haar boze reactie voort uit een verknipt soort opluchting? Je hoort soms van mensen die aan de dood zijn ontsnapt en dan thuis woedend door elkaar worden gerammeld zonder de kans te krijgen iets over hun ervaringen te vertellen. Het minste wat ze kan doen, is hem helpen zijn hart uit te storten, niet zijn sterkste punt, dat weet zij als geen ander.

'Belofte maakt schuld,' zegt Derek. Plotseling staat hij achter haar, net zoals vanmiddag op Schiphol. Hij zet een pluchen beest op haar bureau. 'Een ijsbeer voor de kleine Haas.'

Ze ziet dat hij zich heeft geschoren. Hij draagt een ander overhemd. Opeens voelt ze zich verlegen. Ze draait het ijsbeertje op het tafelblad rond zonder het op te pakken. Het heeft een gebreide muts op z'n kop. 'Ach, dank je wel. Leuke stad, Reykjavik?'

'Aardig, ja. Als je tenminste niet om architectuur geeft. En ijsberen komen in IJsland helemaal niet voor, wist je dat? Alleen in de souvenirwinkels.' Hij buigt zich naar haar toe, zo te zien een beetje gespannen, maar dat is ze zelf ook. In een reflex duwt ze hem weg. In paniek wil ze hem direct weer omhelzen. Dat je zó lang samen kunt zijn en op sommige momenten nog steeds zo onhandig bent als pubers. Daar zou je gezamenlijk om moeten kunnen lachen. 'Sorry, gaf ik je nou een duw?'

'Ja,' zegt hij.

Ze kijken elkaar recht in de ogen, voor het eerst.

'Ik ben benieuwd naar al je verhalen,' zegt ze enigszins buiten adem.

'Maar eerst wil ik de jouwe horen. Heb je het allemaal een beetje kunnen redden?'

Zijn bezorgdheid heeft haar altijd verwarmd. Dat haar welzijn nooit uit zijn gedachten lijkt te zijn, is voor haar al decennialang een bewijs van iets onvoorwaardelijks. Maar wie oprecht bezorgd is, laat zijn vrouw toch niet zo in het ongewisse?

'Nadine? Je hebt toch geen gekke dingen gedaan?'

'Nou wordt-ie mooi! Ik gekke dingen gedaan?'

'Ja, aan de telefoon klonk je zo...'

'Als ik je al aan de telefoon kreeg, bedoel je.'

'Zeg, Evelien!' Sloffend komt Helmut binnen. Over zijn joggingpak draagt hij zijn blauwe badjas, waarvan hij de mouwen heeft opgestroopt.

Ze sluit haar ogen een moment. Zeker, Derek, ik heb gekke dingen gedaan, ik heb deze zwerver binnengehaald en o ja, ook nog een anorexiapatiënte. Je kunt tevreden zijn: zonder jou heb ik er een zooitje van gemaakt. Maar zullen we het eens over jouw eigen prestaties hebben? Ze snauwt: 'Later, Helmut. Dat zei ik toch?'

'Hoeveel later wil je het nog hebben?' Hij trekt een stoel bij en gaat zitten.

'Helmut,' zegt ze onmachtig tegen Derek. 'Ik heb je over hem verteld.' Tegen Helmut zegt ze: 'Dit is mijn man.'

'Ja, en ik ben je neef. Er is een naam voor die ziekte van je, Evelien. Ik ken een gozer die het ook heeft, die denkt dat-ie verloofd is met Linda de Mol. Maar ik kom je even gedag zeggen. Ik peer 'm.'

Ze staart hem aan. 'Je gaat weg?'

'Je kan niet eeuwig blijven fietsen. Als je tenminste niet helemaal zen wilt worden.' Hij moet er zelf om lachen. 'Maar ik wou dus even het adres van die Bennie van je hebben.'

'Wie bedoel je?'

'Bennie, die vanochtend is vertrokken. Hij is weggegaan zonder iets te zeggen.'

'Dat doen de meeste gasten,' zegt ze droog.

'Hij zou een film over mijn leven maken. Een documentaire.'

Derek zegt: 'Is het soms Peperkoorn? Die zou van de week toch zo'n beetje klaar zijn?'

'Laat mij maar,' zegt ze kortaf. Ze heeft Derek helemaal niet meer nodig om dit probleem op te lossen. 'Om privacyredenen kunnen we geen adressen van gasten verschaffen.'

'Zei u nou: een film over uw leven?' vraagt Derek. Hij kijkt alsof hij zwaar onder de indruk is.

'Ach, Derek, dat zei Peperkoorn natuurlijk alleen maar! Wie zou...'

Ze ziet de ogen van haar man vernauwen. Als jij zo nodig onaangenaam wilt doen, Nadine, dan moet je het zelf weten. Hij zegt: 'Weet u wat we doen? Wij bellen de heer Peperkoorn begin volgende week. Als het stof bij hem weer een beetje is neergedaald. En dan vragen we hem om contact met u op te nemen. De meeste gasten vertrekken inderdaad nogal overhaast, dat hoeft niets te betekenen.'

'Maar ik heb geen mobiel. Die worden altijd gejat.'

'Joh, Derek, dan geef je hem toch gewoon jouw telefoon,' valt ze uit. Helmut zou eens moeten weten van de kuren, de uitbarstingen, de onredelijkheid van haar ogenschijnlijk zo charmante echtgenoot. En wie is er achter de schermen altijd bezig de schade zo veel mogelijk te beperken, de scherven op te ruimen en alle door Derek gekwetste ego's weer op te poetsen? 'O nee,' zegt ze terwijl ze een klap tegen haar voorhoofd geeft, 'wat stom van me, Derek, je bent je oplader kwijt.'

Derek loopt naar zijn bureau. Hij pakt een visitekaartje uit het plexiglazen doosje en geeft het aan Helmut. 'U vindt vast wel een manier om ons te bellen. Zullen we zeggen dinsdag? Dan kunnen we u vertellen of de heer Peperkoorn er prijs op stelt om het contact met u te continueren.'

Door zijn wijze van formuleren weet ze dat ze hem razend heeft gemaakt. Maar het is hem niet aan te zien.

'Het is wel een beetje omslachtig,' moppert Helmut. 'Maar ja, als Evelien niet wil meewerken... Ze heeft me op klaarlichte dag aangereden, wist u dat?'

Ze staat op. 'Jullie redden het samen verder wel, denk ik.' Zonder een van hen nog een blik waardig te keuren beent ze het vertrek uit. De ijsbeer laat ze op haar bureau liggen.

Drie

Voedingsmiddelen die rijk zijn aan zowel koolhydraten als vet, hebben een troostend en kalmerend effect. Ze werken als een soort antidepressivum, doordat ze het serotonine- en endorfineniveau in onze hersenen verhogen. Er bestaat maar één soort natuurlijke voeding met die samenstelling: moedermelk. Dezelfde combinatie van koolhydraten en vet tref je verder alleen aan in bewerkte, industriële voedingsmiddelen.

Nadine schraapt de laatste lepel roomijs uit de beker die ze in het vriesvakje van hun minikoelkast heeft gevonden, maar voelt zich niet noemenswaardig beter. Ze gooit de ijsbeker weg met het vage vermoeden dat ze die alleen maar heeft leeggelepeld om haar man een hak te zetten. Ze acht de kans groot dat Derek op dit moment panisch in zijn bureaulades naar een Mars of een stroopwafel zoekt. Als hij niets vindt, komt hij natuurlijk naar het appartement om zijn voorraden hier aan te spreken. Ze gaat naar buiten.

In de verte klinkt het rustige geplok van een tennisbal. Op de tennisbaan treft ze Johnny en Hedwig. Met de handen in de zakken kijkt ze toe. Ze ziet de trainer ballen serveren waarvoor het meisje nog geen halve meter hoeft te lopen. Ondanks zichzelf glimlacht Nadine. 'Dat ziet er goed uit!' roept ze.

'Hey, Nadine.' Met het racket tegen zijn biceps gedrukt komt Johnny naderbij. 'She's got talent.'

'Hoor je dat, Hedwig?'

Nukkig haalt Hedwig haar schouders op. 'Er is geen kunst aan met zulke slome ballen.'

'Het is je eerste les,' zegt Johnny. 'I don't want you to get hurt.'

'Dat is zo prettig van sporten onder deskundige leiding,' beaamt Nadine. 'Gegarandeerd geen blessures. Het is hier dan ook strikt verboden om op eigen houtje te sporten. Stel dat je iets krijgt aan je meniscus of zo, waardoor je niet meer op de loopband kunt, dan draait je hele programma in de soep. Snap je, Hedwig?'

'Wanneer mag ik op de loopband?'

'Als Johnny zegt dat je daar klaar voor bent.'

'Johnny, Johnny, please!' Hedwig gooit haar racket op de grond en begint heen en weer te springen.

'In de soep draaien?' vraagt Johnny. 'What do you mean?'

Het is vast een interessant thema voor een lezing door een linguïst: Verborgen Verleiders In De Taal of Zo Wordt U De Godganse Dag Aan Uw Maag Herinnerd. Het Nederlands heet doorspekt te zijn – dat is er weer een – met termen en uitdrukkingen uit de scheepvaart, maar in werkelijkheid gaat het altijd over schransen. Zoete broodjes bakken. Een appeltje met iemand te schillen hebben. Ergens geen kaas van hebben gegeten. Met de gebakken peren zitten. Mosterd na de maaltijd. Iets in de melk te brokkelen hebben. Voor spek en bonen meedoen. Eieren voor je geld kiezen. Boter op je hoofd. Boter bij de vis. Boter aan de galg. Van haver tot gort. De kat op het spek binden. De kool en de geit sparen. Gaan met die banaan. Linke soep. Het zal me worst wezen.

'By the way, has Derek arrived? We zouden met hem overleggen als hij...'

'Ja, maar hij is nu bezig. Morgen komt er weer een dag, Johnny. Zetten jullie er maar een punt achter. Het is al half zes geweest. Dan kan Hedwig mooi nog even een uurtje rusten.'

'Dat doe ik thuis nooit,' zegt Hedwig met grote schrikogen.

'En precies daarom lukt het je maar niet om je streefgewicht te bereiken.'

'Jesus,' ontvalt het Johnny. Hij draait zich om en begint ballen te rapen.

'En, Hedwig...' Ze aarzelt of ze aan het reglement zal toevoegen dat het verplicht is om deel te nemen aan het avondprogramma: weer twee uur gewonnen waarin Hedwig niet stiekem in de Matroos kan touwtjespringen. Maar misschien is het verstandiger om de andere gasten niet te overvoeren met haar aanwezigheid.

Afwachtend kijkt Hedwig haar aan.

'Ik... wil je nog even complimenteren met je inzet van vandaag.'

Er trekt een blos langs de ingevallen kaken van het meisje. 'Echt? Maar ik mocht me van Johnny helemaal niet inspannen. Bij alles wat we deden, moest ik me juist inhouden.' Ze kijkt verwijtend naar de trainer, die met de verzamelde ballen van de baan loopt.

'Niet toegeven aan wat je eigenlijk zou willen is de basis van discipline,' zegt Nadine. 'En soms is fysieke inspanning alleen maar contraproductief. Wist je dat onze grondlegger William Banting kilo's aankwam toen hij probeerde meer te bewegen? Het draait allemaal om de juiste balans.' Ze kan nog net voorkomen dat ze eraan toevoegt: Onze methode is wetenschappelijk bewezen. Die uitsmijter hebben ze al die jaren vermeden. Zo laten alleen charlatans op internet zich uit.

'Oké,' zegt Hedwig onzeker. Op dat moment piept de lage zon vanachter de grote lariks vandaan en beschijnt haar van achteren. Je kijkt bijna door haar heen, zo mager is ze. Haar bleke oorschelpen steken elfachtig omhoog, teer en vreemd en toch van duizenden beelden vertrouwd: net twee opgekrulde foetussen.

'Naar je kamer,' zegt Nadine kortaf.

'Mag ik niet nog even naar het strand?'

'Je gaat een uurtje slapen. Ik had verwacht dat jij wel zou weten hoeveel calorieën we slapend verbranden.'

'Ja, vierhonderd per nacht.'

'Jij hebt er verstand van. Dat is vijftig calorieën per uur. Alle beetjes helpen, Hedwig. Voldoende slaap heeft ook een positieve invloed op de hormonen die de eetlust reguleren. Bovendien is het voor een uitgerust lichaam makkelijker om verleidingen te weerstaan. Je bent de hele middag in de buitenlucht geweest, dus zo'n kunst zal het niet zijn om even een tukje te doen.'

'Oké,' zegt Hedwig weer. Met gebogen hoofd druipt ze af.

Nadine loopt over de baan en raapt een vergeten bal op. Ze wordt heen en weer geslingerd tussen een ingewikkeld soort schaamte over de manier waarop ze haar professionele kennis inzet en een onmiskenbaar gevoel van overwinning: wat blijkt Hedwig eenvoudig om de tuin te leiden. Tot nu toe, in elk geval.

Beurtelings gooit ze de bal van haar ene hand naar de andere. Ze heeft geen flauw idee wat ze aan het aanrichten is, laat staan met welke gevolgen. Van meet af aan wist ze dat het een schijnvertoning zou worden. Ze is hier wetens en willens aan begonnen terwijl er alleen maar goede argumenten waren om het niet te doen.

Misschien moet ze alsnog tegen Voetemans senior zeggen dat het William Banting niet aansprakelijk is voor het feit dat Hedwigs moeder nu op Bali aan een mojito zit te lurken, waardoor zij het meisje opgedrongen hebben gekregen.

Maar wellicht hoeft ze helemaal niet in te grijpen. Dat was bij Helmut uiteindelijk ook niet nodig. Zó dacht ze nog dat ze hulpeloos met hem opgezadeld zat, en zó vertrok hij uit eigen beweging. Soms lossen dingen vanzelf op, organisch en automatisch en zonder dat je ze met allerlei interventies alleen maar gecompliceerder maakt.

O hemel, ze heeft te lang gedraald: uit de sauna komt aannemer Sand aanzetten, dwingend naar haar zwaaiend. Hij loopt zo doelgericht op haar af dat ze hem onmogelijk kan negeren. Ze hijst haar mondhoeken omhoog. 'Meneer Sand.'

'Mevrouw Ravendorp. Ik vergeet steeds u iets belangrijks te vragen. Als er zich aan het thuisfront noodgevallen voordoen...'

'U bent hier niet onbereikbaar. Als u echt ergens van op de hoogte gebracht moet worden, dan kan dat aan ons worden doorgegeven. U verwacht hopelijk toch geen slecht nieuws?'

'Nee, maar mijn vrouw is zwanger.'

'Gefeliciteerd,' zegt ze verbouwereerd. In de hele geschiedenis van het William Banting is er nog nooit een gast geweest die, voor zover zij weet tenminste, thuis een zwangere vrouw had. Daar hou je rekening mee in je planning, zou je denken.

Gnuivend klopt Sand haar op haar arm. 'U bent een open boek, mevrouw Ravendorp. Ik zie wat u denkt: verdomd, die kerel moet dus een veel jongere vrouw hebben!'

'Ik dacht eerder: zou u onder deze omstandigheid niet liever thuis zijn gebleven? Moet u haar niet bijstaan?'

'Het is geen ziekte. Een jonge vrouw is gemaakt om kinderen te krijgen.'

Een vreselijke drift overvalt haar. O ja? O ja? O ja? Alleen maar vanwege een orgaan in haar buikholte, een ruimte die Sand zelf graag door zijn uitdijende maag in beslag laat nemen?

'Daar heeft ze mij niet bij nodig. Althans, nu niet meer. Ik heb mijn aandeel al geleverd.'

Die man wil alleen maar zijn viriliteit etaleren. 'Fijn, dan hoeft u zich nergens zorgen over te maken. En anders horen we het wel. Wilt u me excuseren?'

'U loopt altijd maar te rennen en te draven. Als ik u was, zou ik eens even lekker een uurtje in de armen van uw man kruipen. U hebt hem lang genoeg moeten missen.'

'Niet zo lang als u uw vrouw nog zult moeten missen,' zegt ze met strakke mond.

'Nog één ding.' De glimlach is van zijn gezicht verdwenen. 'Gisteravond zaten we in dat alleraardigste barretje van u met een klein ploegje nog even door te zakken met een werkelijk voortreffelijk glas kokoswater, en toen vertelde de heer Voetemans over uw Samaritaanse werken met betrekking tot zijn dochter. Heel lofwaardig van u, mevrouw Ravendorp. Maar wel een beetje ondermijnend voor de sociale cohesie in uw instituut. Misschien kunt u beter niet van twee walletjes tegelijk willen eten.'

'Hoe bedoelt u? Hedwig heeft een leefstijlprobleem, zoals iedereen hier.'

Hij brengt zijn gezicht vlak bij het hare. 'Waarom hebt u dat meisje niet geweigerd?'

'Ik ben u geen verantwoording schuldig.'

'U vindt mij impertinent.'

'Daar hebt u beslist gelijk in.'

'Ik waarschuw u alleen maar. Ontevreden gasten, dat kan niet uw bedoeling zijn.'

Het scheelt weinig of ze zegt: 'Qua zelfdiscipline zou u anders een voorbeeld aan dat kind kunnen nemen.' Maar het geeft geen pas om dat zelfs maar te denken. Ze hoort niet over haar gasten te oordelen.

Sand staat haar met samengeknepen ogen op te nemen, alsof hij iets zoekt waarmee hij haar nog meer kan provoceren. Dan vraagt hij minzaam: 'Zie ik u vanavond nog bij Van Gogh en Gauguin, of hebben uw man en u dan wel wat beters te doen?'

Ze kijkt naar de tennisbal die ze nog steeds blijkt vast te houden. 'Ik heb één troost, meneer Sand. Niet al onze gasten zijn zo onbeschaamd als u.'

Vier

Waar zal zij zichzelf nu eens laten? Haar kantoor is ook Dereks kantoor, haar huiskamer ook de zijne. Ze heeft geen enkele behoefte om te ontdekken of hij nog steeds doet alsof zijn neus bloedt. Gelukkig is het alweer een zachte avond, voorlopig zit ze hier op de tennisbaan prima.

Ze heeft de laatste tijd vaak genoeg naar Dereks armen verlangd, maar de lust is haar even compleet vergaan. Ze moet er niet aan denken zijn huid op de hare te voelen. Niet zolang hij niet uit eigen initiatief eerlijk tegen haar is. En beschikt je lichaam niet over een soort instinctieve wijsheid?

Ze slaat haar handen om haar knieën. Onzin. Sommige lichamen dicteren de eigenaar ervan zich over te geven aan drank, drugs, enfin, de hele rataplan. Wij Zijn Niet Ons Lichaam.

Ze denkt: wat zijn we dan wel?

Ooit viel ze perfect samen met haar lichaam. Lang geleden, in de periode van de hotelschool met z'n internationale stages, leerde ze om nooit een kans op avontuur aan zich voorbij te laten gaan. Ze had zichzelf toen vaak verbaasd. De sensuele zorg waarmee ze lotions in haar huid wreef. Het verwachtingsvolle kloppen van al haar jonge haarvaten. Haar gretigheid om iedere gelegenheid aan te grijpen om nieuwe ervaringen op te doen. Op een bepaalde manier had ze dat tomeloze gesloer niet van zichzelf verwacht, noch die onstilbare honger. Haar lichaam dicteerde.

Kort nadat ze weer terug was in Nederland, inmiddels met een diploma op zak, hadden ze elkaar op een bruiloft ontmoet. Derek, die toen nog niet zo heette, en zij, die toen ook nog niet Nadine was. Hij was een jaargenoot van de bruid, zij een vriendin van de bruidegom. Ze raakten aan de praat terwijl ze allebei stonden te worstelen met een onhandig groot stuk bruidstaart, gegarneerd met marsepeinen rozen.

'De symboliek mag ons niet ontgaan,' had Derek gezegd, terwijl hij links en rechts slagroom morste.

Al is het ruim dertig jaar geleden en zijn zij inmiddels getransformeerd tot het beschaafde, discrete echtpaar Ravendorp, Nadine ziet het tafereel van destijds nog altijd levendig voor zich. Zij in haar korte jurkje van groene taft, hij een boomlange, beweeglijke slungel die op een aantrekkelijke manier het midden hield tussen een eland en een schichtig konijn. De zenuwtic rond zijn rechteroog vertederde haar. Ze waren allebei alleen naar de bruiloft gekomen. Een paar dagen later belde hij haar op. 'Hou je van Grieks? Vietnamees? Mexicaans? Thais? Italiaans?'

Ze kwam net onder de douche vandaan en door de handdoek die ze om haar natte haren had gewikkeld, kon ze hem amper verstaan, maar ook zonder dat was de boodschap duidelijk. Want zet een man en een vrouw bij elkaar en alras doemt de vraag op: 'Waar zullen we gaan eten?'

Ze werd er altijd vrolijk van als iemand genoeg in haar zag om haar te willen voeden.

'Hier om de hoek zit een fantastische Libanees,' had Derek gezegd.

In het restaurant belandden ze aan een tafeltje in een schemerige hoek. Struikelend over zijn voeten schoof hij haar stoel aan en mepte daarbij bijna haar servet en bestek van tafel. Nadine lachte. Toen hij zelf na veel gehannes ook zat, leunde ze wat achterover, opdat hij voorover zou leunen. Het leunen kregen mannen nooit helemaal onder de knie, meestal was het ronduit onder de maat. Soit.

Uit het niets dook een ober op. Ze had nog niet eens op de kaart gekeken. Derek wel. '*Fatayer b'jibneh* als eerste voorgerecht,' begon hij voortvarend. Toen hij eindelijk ophield met bestellen, zag ze in gedachten een bergketen aan voedsel opdoemen. Zouden ze zich al ooit door dit somptueuze maal weten heen te werken, dan kon daarna alleen doffe uitputting hun deel zijn. Wilde die charmante zenuwpees soms alleen maar met haar éten?

In afwachting van hun bestelling vertelde hij haar over zijn werk als moleculair bioloog. Ze probeerde zich hem in een witte jas voor te stellen, in een laboratorium vol breekbare glazen kolven. Alsof hij raadde wat ze dacht, zei hij: 'Ik vond de studie interessant, maar soms twijfel ik of dit wel het juiste beroep voor me is. Misschien moet ik iets heel anders gaan doen met wat ik heb geleerd.'

Zelf had ze ook nog geen idee of ze levenslang gelukkig zou zijn in een managementfunctie bij een hotel of een evenementenbureau. Het trof haar dat hij vond dat je niet per definitie vastzat aan de keuzes die je eerder had gemaakt, maar dat je jezelf opnieuw kon uitvinden wanneer je dat wilde. Er was dus altijd een weg terug. En als er geen weg was, dan moest je maar een omweg zien te vinden.

'En hoe zie jij je toekomst?' vroeg hij.

'Ik ben net begonnen in de gastvrijheidsindustrie. Nee echt, zo heet dat.'

Op dat moment werd het voorgerecht voor hen neergezet. Drie royale spinazieflappen per persoon. Ze week even achteruit.

'Niet goed?' vroeg hij gespannen. 'Wil je liever iets anders?'

'Nee, ik herinner me alleen opeens dat ik dit voor het laatst heb gegeten toen ik in Londen stage liep.'

Afwachtend keek hij haar aan. Ze kon hem onmogelijk vertellen waaraan ze terugdacht, maar terwijl ze haar bestek pakte, schoot het hele avontuur in een flits aan haar voorbij.

Op een druilerige zondagmiddag had ze uren door het British Museum gedwaald. Bij de Afrikaanse sculpturen zag ze hem voor het eerst: een jeugdig ogende Arabier in een dure spijkerbroek. Ook bij de reliëfs uit Assyrië, bij de Chinese jade en de Mexicaanse mozaïeken dook hij op. Ze begonnen grinnikend 'Hi' tegen elkaar te zeggen. Ze voelde dat hij vlak achter haar stond toen ze zich over de vitrine met het bronzen beeldje van de Egyptische architect Imhotep boog. Nooit een kans op een spannende ervaring laten lopen. Samen iets drinken? Ja, dat moesten ze maar doen. De ziedende zee der lusten voerde op zijn golfslag nu eenmaal onherroepelijk consumpties mee.

In een café tegenover het museum dronken ze die middag thee totdat ze bijkans knapten. Nobel Ayad kwam uit Libanon en gebruikte geen alcohol. Wat hij precies in Londen deed, hoelang hij er al was, het werd haar allemaal niet duidelijk, ook omdat ze hem niets vroeg, behalve: 'Your place or mine?'

Maar Nobel Ayad stond erop dat ze eerst samen zouden eten. Bij zijn voorstel nam hij haar zo smeltend op dat de erotische bijbetekenis van het Engelse werkwoord *to eat* haar op aangename wijze door het hoofd begon te spoken. Met genoegen accepteerde ze dus de uitnodiging om nog diezelfde avond bij hem thuis te komen dineren.

Enigszins beduusd belde ze op het afgesproken tijdstip aan bij het indrukwekkende Bloomsbury-adres dat hij haar had opgegeven. De deur werd geopend door een schepsel waarvan ze het geslacht niet kon vaststellen, zo zat het in lappen gewikkeld. Zonder een woord te spreken ging het haar voor door een hoge marmeren gang. Ergens hoorde ze het hoge, schelle getjilp van vermoedelijk zeer exotische vogels. Of waren het vrouwenstemmen? Ineens verstomde het geluid, en het volgende moment werd ze een vertrek in geschoven, waarna de deur zich discreet achter haar sloot.

Ze sperde haar ogen open van ongeloof.

Verspreid over de met weelderige tapijten bedekte vloer lagen en zaten vier gesluierde vrouwen, die haar nieuwsgierig opnamen. Een van hen klopte uitnodigend op een kussentje. Meubilair was er niet, met uitzondering van een soort theetafeltje, beladen met allerhande ooft en suikergoed. Ze ging op de grond zitten en probeerde niet al te perplex te kijken. Na een tijdje zei ze alsnog: 'Good evening.'

Maar voordat ze de kans kreeg de kennismaking voort te zetten, trad Nobel Ayad binnen. Hij droeg geen spijkerbroek meer maar iets gedrapeerds.

'A propos,' zei ze, 'zijn dit jouw vrouwen?'

'Jazeker,' zei hij. 'Alle vier. Kom, we gaan aan tafel.'

In een belendend vertrek stond onder een kristallen kroonluchter een lange tafel te wankelen onder vrachten voedsel die op z'n Arabisch de droom van Holle Bolle Gijs verbeeldden: een koe, een kalf en een heel paard half. Er was *mehchi flayfleh*, *kifta* en *bamieh okra*, *mnazleh*, *kibbe* en *lahmen b'ajin*, legde Nobel Ayad uit. Bovendien was er *foel*, tabouleh en pita. Er was maar voor twee personen gedekt.

'En dit, by the way,' zei hij, in de overdaad één schoteltje aanwijzend, 'heb ik zelf voor je gemaakt. Hummus.'

Ze was geen huilebalk, nooit geweest ook, anders waren de tranen haar nu in de ogen gesprongen. Zoveel mensen die speciaal voor haar uren in de keuken in de weer waren geweest. 'Eten de dames niet mee?' vroeg ze met een knikje naar het haremvertrek.

'Hoezo?' zei Nobel Ayad verbaasd. Hij laadde een bord vol dampende lekkernijen en schoof het haar toe. Toen wierp hij zich zonder dralen op de *mehchi flayfleh*. Met een vaart lapte hij zijn bord leeg. Een kreun van genot ontsnapte hem toen hij zich opnieuw opschepte. Gulzig graaide hij nu eens in deze schotel en dan weer in die, hij likte, schrokte en lebberde op een manier die veel goeds beloofde voor het werkelijke doel van hun samenzijn. Wat kon die man genieten. Zelf hanteerde ze nog even een vork, maar daardoor raakte ze te veel achterop. Proppen was hier het devies. Weldra at ook zij zo ongeveer met handen en voeten, ook haar brak het zweet aan alle kanten uit. Het gaf geen pas meer om te zeggen dat ze eigenlijk maar een kleine eter was. Ze kreeg steeds sterker het gevoel dat ze louter voor dit moment naar Londen was gekomen, en dat haar onderbewustzijn listig de opleiding voor haar had uitgekozen die haar hier en nu de gelegenheid gaf om haar elfjarige ik voorgoed achter zich te laten. Het schrokken en proppen had iets weg van een initiatie, het markeerde de overgang tussen wie ze was geweest en wie ze voortaan zou zijn: iemand die zelf zou heersen over al dan niet honger, al dan niet een volle maag.

Het deerde haar niet eens al te zeer dat Nobel Ayad, met de pijnboompitten nog tussen zijn tanden, op andere gebieden sneller verzadigbaar was. In een pauze tussen de gangen door nam hij haar in anderhalve minuuut op de vloer. Onvoldaan schoof ze onder hem vandaan, maar ja, je kon niet elke Libanees die je tegenkwam vanaf het fundament gaan bijspijkeren, temeer daar zijn religie het vast verbood om openlijk over dit soort zaken te spreken.

Nobel had blijkbaar alweer trek gekregen en reikte gekonfijte vruchten en andere zoetwaren aan. Ze voelde haar voeringen zowat knappen, maar toen ze voor de beleefdheid een vanillestokje nam, kreeg ze inspiratie. 'Weet je aan welk woord vanille verwant is?' vroeg ze met neergeslagen ogen. 'Vanille komt van het Spaanse *vainilla*, een verkleinvorm van vaina, wat schede betekent, afkomstig uit het Latijn: vagina. Kennelijk werkten de kokervorm van de vanillevrucht en de plooien ervan zo op de Spaanse verbeelding, dat vanille "kleine vaina" werd genoemd. Er zijn trouwens nog veel meer etenswaren die aan dat lichaamsdeel refereren. Mosseltje, oestertje, nou ja, je weet wel, van alles wat je in je mond kunt steken.' Met nastrevenswaardige vlijt begon ze aan de lekkernij te zuigen.

Hijgend keek Nobel toe. De smulpaap! Ze voorzag dat hieruit een verrukkelijke uitbreiding van zijn schamele repertoire zou voortvloeien: ze zou worden behandeld als een prinses uit *Duizend-en-een-nacht*. Niet opnieuw zou ze zich na de daad voelen als 'thee, gezet met water, dat net niet heeft gekookt', zoals iemand ooit dichtte.

Het volgende moment lag ze op haar rug op tafel, met Nobels knieën aan weerskanten van haar hoofd. Bij de banaan van de profeet, hij dacht hier blijkbaar alleen maar eigen voordeel uit te kunnen halen. Maar met het oog op de geneugten die ze zelf wenste te smaken, was er natuurlijk niets op tegen om eerst hem ter inspiratie de gewenste behandeling te geven. Dus zo gezegd, zo gedaan. Maar toen het vice versa nog. Het werd verdorie een heel karwei, dat ermee eindigde dat ze het verhitte hoofd van haar liefdesprins met weinig tact in de goede richting begon te sleuren.

Voort zwoegden ze tussen de etensresten en de glibberige borden en halfvolle schalen. En al doende raakte Nadine geheel in olie, feta, graankorrels en uienringen gemarineerd, waardoor Nobel Ayad de smaak ineens toch zo te pakken kreeg dat hij alle conjugaties van het werkwoord *to eat* in een verrassend tempo onder de knie had.

'Zullen we maar toetasten?' zei Derek.

Ze suisde terug naar het restaurant waar de ober net kwam aanlopen met een schaal tabouleh. De drie kolossale *fatayer b'jibnehs* lagen nog onaangeroerd op haar bord.

'Je hebt toch wel trek?' Hij knipperde innemend met zijn rechteroog.

'Jawel, hoor.' De damp sloeg van het eten af, ze kon niet langer dan een paar tellen in gedachten verzonken zijn geweest.

'O gelukkig, want er komt nog een heleboel.'

'Je hebt flink uitgepakt.'

'Ik dacht: dan zit er in elk geval iets tussen wat ze lekker vindt.'

'Dat had je anders ook gewoon aan haarzelf kunnen vragen.'

'Ik dacht: ze vindt het vast heerlijk om eens verwend te worden en niet altijd alles zelf te hoeven beslissen.'

'Jij dacht: het vrouwenkiesrecht is ook maar een achterhaald idee. En weet je waar ík net aan dacht? Aan hoe ik ooit zeven pond ben aangekomen in een harem.'

Het scheelde weinig of hij stootte zijn wijnglas om.

'Een harem in Londen.'

'Vertel!' riep hij uitbundig. 'Nette meisjes zijn er al genoeg.'

Wat zou ze zeggen? Iedere avond, Derek, stond er bij Nobel Ayad speciaal voor mij een banket klaar, nadat ik al de hele dag gesuikerde koekjes en Turks fruit in het vrouwenvertrek had zitten eten, op een kussen. Als we niet snoepten, olieden en zalfden de vrouwen en ik elkaar, we frunnikten en frutselden en leerden elkaar woorden in onze eigen taal. Het was net een lome, luie droom. Zeven dagen per week werd ik vertroeteld en gevoederd en dat had in principe driehonderdvijfenzestig dagen kunnen duren, maar na anderhalve week kon ik niet meer slapen van het maagzuur. Toen ik vertrok, omhelsden de echtgenotes me alle vier, en niet zonder reden. Ik had hun gemaal de beste tafelmanieren bijgebracht die een vrouw zich kan wensen.

Ze kreeg een beter idee. 'Zeg,' ze tikte haar glas tegen dat van Derek, 'weet jij toevallig waar het woord vanille van is afgeleid?'

Vijf

Ze verlaat de tennisbaan pas als ze zeker weet dat de gasten aan het diner zitten. In de keuken schept ze voor zichzelf een portie amaranthsalade op en prikt er landerig in.

'Nadine! Dus hier ben je!' Met een nijdig gezicht komt Derek binnen. Hij heeft de kleine ijsbeer onder zijn arm zoals een ander een dossiermap zou dragen.

'O, Derek.' Ze is acuut van haar stuk gebracht. 'Jij ook een hapje? Of ga je eerst de salon klaarmaken voor Van Gogh en Gauguin?'

'Wat is er in vredesnaam in je gevaren?'

Ze legt haar vork neer. Op haar hoede zegt ze: 'Ik merkte vanmiddag heus wel dat je de pest in kreeg, hoor, toen ik tegen Helmut zei dat we de privacy van onze gasten horen te respecteren.'

'Maar waarom moest dat zo lomp? Zo'n moeite is het toch niet om iemand een beetje vriendelijker tegemoet te treden?'

'Hoor wie het zegt. Hij is een zwerver die misbruik van de situatie probeerde te maken.'

Derek plant de ijsbeer op het aanrecht. 'Ik meende anders begrepen te hebben dat jij hem hier zelf over de vloer had gehaald.'

Hij denkt blijkbaar dat de aanval de beste verdediging is. Ze snauwt: 'Het is ons beléíd om geen adressen van gasten door te geven. Discretie, weet je wel?'

'De toon en de muziek, Nadine. De toon en de muziek. Maar wat ik eigenlijk bedoelde...'

'O, Sand. Die is zich natuurlijk bij je komen beklagen over mijn onbeleefdheid van daarnet. Neem me niet kwalijk hoor, maar die man was zelf ronduit onbeschoft.'

'Waar heb je het nu weer over?'

'Ik ben ook maar een mens, al vinden sommigen hier dat ik een fulltime heilige zou moeten zijn.'

Hij grijpt haar bij haar schouders. 'En nou hou je op met die afleidingsmanoeuvres! Het ligt er namelijk wel erg dik bovenop.'

'Afleidingsmanoeuvres? En dat zeg jij?' Ze rukt zich los uit zijn greep, grist het pluchen beest van het aanrecht en smijt het in één vloeiende beweging in de afvalcontainer.

Ongelovig kijkt Derek van de container naar haar en weer terug. Dan loopt hij naar de kraan, schenkt zichzelf een glas water in en drinkt het in drie, vier teugen leeg. Aan zijn rug is te zien dat hij heel veel moeite moet doen om het niet op de grond aan gruzelementen te gooien.

Verward denkt ze: dit is mijn man.

Hij draait zich om. 'Wat ik hoopte met je te bespreken, is waarom je dat meisje in huis hebt toegelaten. Ik zag haar net lopen.'

'O. Hedwig.' Ze strijkt een lok haar van haar voorhoofd. 'Dat is de dochter van Voetemans. Vader en dochter, het was een packagedeal. Dat heb ik je toch verteld? We hebben het samen besproken.'

'Dat kind heeft een eetstoornis.'

'Dat heeft iedereen hier.' Haar woede laait weer op. Waar was hij toen Hedwigs vader haar de duimschroeven aandraaide en toen Johnny en Sandra haar gezag probeerden te ondermijnen? Wat heeft hij al die tijd in Reykjavik gedaan, nadat hij van het congres was weggelopen en uit zijn hotel was vertrokken?

'Over haar specifieke eetstoornis heb ik je niet gehoord. Wat bezielt je, Nadine? Zo iemand kun je hier toch niet binnenhalen?'

Ze moet op haar lippen bijten, zo verleidelijk is het om

nu doodleuk tegen hem te zeggen: Maar dat heb ik je toch écht verteld. Alleen had jij je gedachten er niet bij. Vanwege je presentatie, vermoed ik. Zullen we het daar trouwens eerst eens even over hebben?

In de hal gaat de deurbel. Ze kijken allebei met een ruk op, twee hoofden aan één touwtje.

Het moet de vrouw van Van Gogh en Gauguin zijn, die komt altijd te vroeg. Nadine gooit de inhoud van haar bord in de container. Half bedolven onder amaranth en granaatappelpitten staart de ijsbeer haar verwijtend aan. Terwijl ze het deksel dichtslaat sist ze tegen Derek: 'De salon!'

Ze heeft zichzelf nog maar net onder controle als ze de spreekster naar binnen leidt. 'Esther, wat ben je toch altijd heerlijk bijtijds. Derek is nog bezig met de stoelen. Heb je een goede reis gehad?'

De spreekster ontdoet zich van haar paarse sjaal. 'Er stak een ree vlak voor mijn auto de weg over,' begint ze spraakzaam.

'Hoe bestaat het. Ik ga gauw koffiezetten.'

In de keuken breekt ze een vers pak bonen aan, momenteel even niet een 100 procent Arabica van een kleinschalige, lokale koffiebrander, maar een arglistige *dark roast* van de Hema, die alleen de grootste pietlut onder de gasten als zodanig kan ontmaskeren, wat trouwens geen halszaak zou zijn, want deze koffie is Rainforest Alliance-gecertificeerd en niemand wil erop betrapt worden dat hij door zijn consumptiepatroon bijdraagt aan de ondergang van het regenwoud, niet in hun segment gasten in elk geval.

Ze stapelt kopjes en schoteltjes op de trolley, zet er glazen naast, vult twee kannen met ijswater en verse munt.

Als ze de hele santenkraam de salon binnenrijdt, is al meer dan de helft van de gasten aanwezig. Uit haar ooghoek ziet ze Derek en Sand in een gesprek verwikkeld. Ze haast zich naar minder vijandelijk gebied en overhandigt Harkema en Stumpel Schot hun koffie. Dan loopt ze door naar Staffijn, Gomperts en Van Zaanen, die gedempt met elkaar staan te praten. Het is een mirakel dat het haar na al die jaren nog steeds lukt om die stroom inwisselbare mannen uit elkaar te houden. Maar daarvoor is ze mevrouw Ravendorp: ieders baken.

'Begrijp ik het goed dat niet alleen onze vriend de filmproducent ons vandaag heeft verlaten?' vraagt Van Zaanen haar langs zijn neus weg. Hij is de hoofdredacteur van een landelijk dagblad. 'Wegens gezondheidsredenen' wordt hij momenteel vervangen door zijn jonge, ambitieuze adjunct en hij besteedt zijn tijd in het William Banting dan ook opvallend goed. Nog maar een week, schat ze.

'Dat klopt,' zegt ze. 'De heer Helmut is weggeroepen in verband met een belangrijke verplichting elders.'

Van Zaanen trekt een zuinig mondje. 'Ik dacht dat dat hier niet was toegestaan.'

'Inderdaad, dus we zullen hem niet terugzien.'

'Jammer,' verzucht Van Zaanen. 'Amusante vent.'

Gomperts monkelt tegen Staffijn: 'Het moet wel iets heel belangrijks zijn geweest dat hij er zijn borg voor heeft opgegeven.'

'Puissant rijk,' zegt Staffijn. 'Oud geld, voor zover ik begrepen heb. Daar kunnen gewone jongens zoals wij niet tegenop.'

Nu kijken ze alle drie naar haar, belust op informatie. 'Een prettige avond nog,' zegt ze. Helmut puissant rijk. Helmut oud geld, maar liefst. Opmerkelijk, voor iemand die doorgaans onder een brug slaapt.

Als ze zich afwendt, staat Hedwigs vader voor haar neus. Voetemans senior lijkt om de een of andere reden minder gedesoriënteerd dan de meeste gasten zijn bij de aanvang van hun verblijf in het William Banting. Alleen zegt dat nog niets. Sommige mensen reageren secundair.

Met een knikje naar Derek, die opvalt te midden van de grijze joggingpakken, vraagt hij: 'Kunt u me even aan uw man voorstellen? Ik wil ook hem graag bedanken voor uw hulp aan mijn dochter.'

'Ik geloof dat hij net in gesprek is. Wilt u een glas water bij de koffie? Hier, kijkt u eens. We moeten een beetje vaart maken, want ik zie dat onze spreekster staat te popelen om te beginnen.'

'Gaat het goed met Hedwig?'

'Ze heeft in ieder geval enorm veel zelfdiscipline. Hopelijk kunnen we haar leren dat ze die ook kan aanwenden om gezonder te gaan leven.'

Ze duwt de trolley verder en parkeert hem dan naast de schouw. Straks kan iedereen zichzelf desgewenst van een tweede consumptie voorzien, als hun worstenvingers dat tenminste toestaan. Automatisch wil ze zichzelf over die hatelijke gedachte tot de orde roepen, maar waar staat eigenlijk geschreven dat zij geen eigen mening over haar gasten mag hebben? Geen mens wordt vanzelf zo moddervet. En dan nog de hele dag gepamperd willen worden ook.

Abrupt loopt ze naar het midden van de salon. 'Heren! Mag ik uw aandacht? Vanavond wacht ons een lezing die ons naar het Zuid-Franse Arles zal voeren, ver weg van dit tranendal waar u zo ongenadig wordt beproefd.' Er wordt besmuikt gelachen. 'Vergeet uw eigen misère even en laaf u aan die van twee andere mannen, die óók niet de minsten waren. Esther, ga je gang.'

Ze voelt Dereks ogen op haar rusten. Hij vindt waarschijnlijk dat ze haar brutale toon had moeten temperen. Doe het dan zelf, Derek. Maar spreken in het openbaar laat hij liever aan haar over. Alsjeblieft, Nadine, dat kun jij veel beter dan ik.

Ze gaat lukraak ergens zitten en vouwt haar handen in haar schoot, het hoofd schuin, een en al aandacht. Sneed

Van Gogh zijn eigen oor af of was het zijn vriend Gauguin die hem te lijf ging? Ze kan het hele verhaal dromen. Esther vertelt het altijd even gloedvol, met een stem die heel prettig is om naar te luisteren. De hypotheses, het onderzoek, de bewijslast.

Als ze weer opkijkt, ziet ze Derek bij de deur staan. Hij wenkt haar met zijn hoofd. Het liefst zou ze hem negeren. Alleen schiet ze daar niets mee op. Met lood in haar schoenen komt ze overeind.

In de hal zegt hij: 'Laten we even een eindje gaan lopen.'

Beklemd volgt ze hem over het schelpenpad en daarna over het duinpad onder de hoge zeedennen, richting strand. Ze zwijgen. Het is een stilte die ze niet kan peilen. Wat is het doel van deze wandeling? Gaat Derek haar eindelijk bekennen wat er in Reykjavik is gebeurd, maar wacht hij op een voorzet van haar kant? Ze pijnigt haar hoofd zonder een neutraal begin te vinden. Algauw lijkt iedere stap haar alleen maar verder weg te voeren van de mogelijkheid iets te zeggen, iets te doorbreken. Haar behoefte aan opheldering maakt plaats voor een heel ander gevoel. Stel dat het gesprek waarnaar ze zo dacht te verlangen, een zwart gat zal blijken te zijn waarin haar hele leven verdwijnt. Wil ze eigenlijk wel horen wat hij haar te vertellen heeft? Hoe zal het zijn als ze straks naar huis teruggaan? Wat hebben ze dan achter de rug?

Of loopt Derek helemaal niet te worstelen met wat hij haar moet opbiechten? Ze maken zo vaak 's avonds nog even een ommetje, in woordeloze eendracht. Misschien denkt hij wel: als we nu maar doen wat we altijd doen, dan is er verder geen vuiltje aan de lucht en dan zijn wij een doodgewoon echtpaar op een avondwandeling, niks aan de hand. Typisch Derek.

Onder aan de strandafgang staat hij stil. Op conversatietoon zegt hij: 'Over Sand hoef je niet in te zitten, hoor. Hij zei tegen me dat ik maar bofte met zo'n temperamentvolle vrouw.'

'Je probeert me af te leiden, hè?'

'Nee, ik probeer je gerust te stellen. Had je trouwens niet een jasje mee moeten nemen? Het is best fris.' Ook typisch Derek.

Ze capituleert. 'Ja, het is fris. Dus laten we maar gauw teruggaan en thuis warme chocolademelk maken en nog lang en gelukkig leven. O, kom op, schatje. Gooi het toch van je ziel. Waarom ben je in IJsland niet komen opdagen voor je presentatie?'

Hij vraagt niet hoe ze dat te weten is gekomen. Hij lacht nerveus. 'Omdat ik op dat moment alweer op de terugreis was.'

'Hoezo? Je bent vanmiddag pas aangekomen.'

'Ja, nee, ik ben dinsdag al uit Reykjavik vertrokken.'

'Wat? En waar was je dan?'

'Ik had even tijd voor mezelf nodig.'

Ze voelt de wereld kapseizen. Sprakeloos laat ze zich in het zand zakken. 'Nou,' zegt ze als hij niet verdergaat, 'begin maar bij het begin. Of waar dan ook.'

Vrijdag

Een

En toch gaat de volgende ochtend tegen zeven uur boven het William Banting Instituut de zon weer op. En ook blijft twee kilometer verderop de branding onverstoorbaar op het strand ruisen. In zee zwemmen nog steeds ontelbare vissen argeloos rond, totdat ze in het net van een trawler omhooggehesen zullen worden en druipend op de visafslag belanden.

Ooit zwommen we zelf als blinde vissen in de oceanen, voordat we aan land kropen en na een lange omweg besloten om in holen te gaan wonen, bij voorkeur op plekken waar bessen, noten en paddenstoelen groeiden. Geleidelijk kwamen we op de vooruitziende gedachte om in de zomer al voedsel te verzamelen voor de schrale winterdag, later gingen we het zelfs eigenhandig verbouwen. We ontdekten dat we niet alleen een maag maar ook smaakpapillen hadden. Om die te bevredigen zweepten we ons op tot meer en meer inventiviteit, waarbij we, als de kroon op ons werk, zelfs het raadsel van de onaanzienlijke pit van de vrucht van de cacaoboom wisten te kraken. Eerst fermenteerden en droogden we de bonen. Vervolgens roosterden, braken, zeefden en vermaalden we ze. Toen persten we het vet uit de aldus ontstane pasta en verpulverden we het residu tot poeder. Daarna besloten we het poeder te walsen, te concheren, te temperen en te schudden, enfin, lang verhaal kort: voilà, chocola!

In latere tijden werkte het Amerikaanse bedrijf Mars Inc het concept nog verder uit door er karamel en hazelnoten aan toe te voegen. De voorlopig laatste evolutionaire stap op dit terrein werd vijfentwintig jaar geleden gezet, toen in

The Carron Fish Bar in Stonehaven in Schotland de gefrituurde Mars werd uitgevonden, in een jasje van deeg.

'Nee, ik beheers me,' zegt Marise terwijl ze de menukaart dichtklapt. 'Ik neem alleen een mocha-light-frappuccino.'

Nadine en zij zitten op hun vaste plek op de Grote Markt, zij het niet op hun gebruikelijke tijdstip. Het is elf uur, ze zijn de eerste gasten. Het is stom geluk dat Marise vanochtend de gelegenheid had alles uit haar handen te laten vallen om Nadines relaas aan te horen.

Derek heeft vannacht op de bank geslapen.

'Ik kan niet geloven waarin ik ben beland,' zegt Nadine. Ze is rillerig, haar tanden klapperen bijna. Ze wil haar verhaal kwijt en ze wil advies, maar tegelijkertijd vreest ze dat de hele toestand onomkeerbaar en werkelijkheid wordt als ze erover praat. Ze wil niets liever dan haar vriendin in vertrouwen nemen, maar dat betekent dat ze haar de beschamende feiten moet vertellen, en zelfs nu heeft ze nog de neiging Derek uit de wind te houden, het voor hem op te nemen, zijn daden te vergoelijken.

Ze bestellen hun koffie.

'Hij is dus thuisgekomen,' zegt Marise. 'Dat is tenminste wat.'

'Hij is maar één nacht in IJsland geweest. De rest van de tijd heeft hij in een hotel op Schiphol gezeten.'

'Wat zeg je nou?'

Haperend begint ze te vertellen hoe haar man maandagavond geheel volgens plan in het Centrum Hotel in Reykjavik was gearriveerd, er had gedineerd en de volgende ochtend al vroeg naar het congrescentrum was gewandeld voor zijn soundcheck. Ze ziet hem lopen, grote passen, de kaken strak van de spanning: een man met een missie. Hij gaat het William Banting een nieuwe toekomst bezorgen. Hun formule, werken met een borgsom, is geknipt voor andere kuuroorden in hun segment. En waarmee kunnen die zich betrouwbaarder profileren dan met een keurmerk van het vermaarde William Banting Institute from The Netherlands? Vijfentwintig jaar van bewezen onkreukbaarheid plaveien nu voor andere partijen de weg. Tegen een vaste jaarlijkse afdracht kunnen zij zich onder de WB-vlag scharen die hun gasten garandeert dat hun vertrouwen nooit beschaamd zal worden. En draait het in onze sector niet allemaal om vertrouwen?

'Dat klinkt heel doordacht,' zegt Marise aardig.

'Franchising,' zegt ze. 'Ik vond het luchtfietserij. Misschien omdat ik me niet kon voorstellen dat wij groot genoeg voor zoiets zijn.'

'Dat is het verwaarloosde kind in jou,' zegt haar vriendin. 'Jij kunt niet geloven in je eigen waarde.'

'Marise, bewaar me, over twee jaar ben ik zestig! Zullen we eens ophouden over het kind in mij?' Maar ergens is ze blij dat ze van onderwerp zijn veranderd.

'Ieder ander zou het ervan op z'n zenuwen krijgen om altijd omringd te zijn door mensen met deprivatieverschijnselen. Jij kunt er je schouders over ophalen omdat je uit eigen ervaring weet dat niemand doodgaat van minder eten. Of heeft er soms ook weleens een soort wraakgevoel meegespeeld? Hé, maar Derek ging dus naar IJsland met dat franchiseplan...'

Ze krijgt een brok in haar keel. Pas vannacht heeft haar man haar verteld hoe gegriefd hij zich had gevoeld over haar gebrek aan enthousiasme en ondersteuning. Hoe hij op weg naar het congrescentrum had gedacht: maar wij horen toch twee handen op één buik te zijn, Haasje?

Weer ziet ze hem lopen, door de straten van Reykjavik, precies zoals hij haar heeft verteld. Van agitatie trekt hij bij elke stap zijn knieën hoog op. 'Je lijkt wel een paard,' zou zij tegen hem hebben gezegd.

Ze slikt even.

Nu moet hij volgens het stippellijntje op zijn plattegrond rechtsaf. En dan door die boog van blauwe ballonnen het gebouw in, de roltrap op. Hij belandt in een ruime hal. Het wemelt er van de jonge vrouwen met zorgvuldig geplooide sjaals om. Hij ziet logo's, statafels, informatieborden, maar geen balie. Waar moet hij zich melden? Of kijkt er iemand naar de sprekers uit?

Hij stelt zich goed zichtbaar op. Om zich een houding te geven checkt hij zijn telefoon. Een bericht van Nadine. Zijn hart springt op. Maar ze meldt alleen zakelijk dat het binnenhalen van die man van die nieuwe televisiezender is gelukt. In de lijst staat ook nog een berichtje dat Joey hem de avond ervoor stuurde toen de ober net zijn *Moby Dick on a stick* voor hem neerzette. Daarna is hij vergeten ernaar te kijken. Hij opent het bericht alsnog en leest dat Nadines neef Helmut veilig is gearriveerd.

'Mr. Ravendorp?' Hij wordt op zijn schouder getikt.

Een struise blondine gebaart hem haar te volgen. Van de wijs gebracht klapt hij zijn telefoon dicht.

Zigzaggend tussen de statafels gaat hij achter de vrouw aan, naar een deur die toegang geeft tot een slecht verlichte gang, een trap af, een bocht om, een trap op. Hij probeert de route in zijn hoofd te prenten, het is te hopen dat hij die vanmiddag niet op eigen kracht hoeft af te leggen. Ze komen in een krappe, lage ruimte waar een technicus met een koptelefoon op achter een mengpaneel zit. 'Good morning,' roept Derek luid, om zichzelf af te leiden van zijn latente claustrofobie.

De blondine wenkt hem met haar ene hand en wijst met de andere waarschuwend naar een bundel kabels waar hij overheen moet stappen. Dan wordt hij opeens omringd door een doolhof van zwarte gordijnen. Op de tast ploetert hij tussen de muffe lappen door. Alsof hij gelijk Jonas door een walvis is verzwolgen en nu vermalen zal worden in de vreselijke peristaltiek van het monster. Dan wordt hij uitgespuugd, op het toneel. Op zoek naar houvast voelt hij aan zijn das.

Er komt iemand op hem af die een headset achter zijn oren haakt en de accu ervan tussen zijn broekband stopt. Iemand anders voert hem naar het spreekgestoelte, midden op het toneel. Hij vat weer enigszins moed als hij ziet dat op het projectiescherm de eerste dia van zijn presentatie al klaarstaat: een zonovergoten opname van het William Banting, met pal daarachter de blinkende zee. Het zijn geen praters, hier in Reykjavik, maar met apparatuur kunnen ze goed overweg.

Uit een onbekende bron dondert het: 'Go ahead.'

Onthand tuurt hij de immense zaal in. Zijn mond wordt zo droog dat hij geen woord kan uitbrengen. Hoeveel mensen zitten hem hier straks aan te gapen? Hoeveel kaken zullen een geeuw moeten onderdrukken?

'Your text is in front of you.'

Hij tast in zijn linker zak naar zijn leesbril, nee, borstzak, en klapt hem open. Hij probeert de poten onder de haken van zijn headset door te wrikken, maar komt niet verder dan halverwege. Met de bril op het puntje van zijn neus is hij gedwongen zijn hoofd verder dan comfortabel is achterover te houden om de tekst te kunnen lezen. 'It's a great pleasure to be here today,' brengt hij uit.

Een klap licht slaat hem in het gezicht.

'Continue.'

Hij worstelt zich door de volgende zinnen heen, die geen van alle een begin of een einde lijken te hebben, laat staan een betekenis, het zijn de loze flarden van een krankzinnige. Op zoek naar samenhang drukt hij zijn bril naar zijn neuswortel, de headset vergetend die meteen van zijn ene oor floept zodat het microfoontje nu onder zijn kin bungelt. Als hij het weer omhoogduwt, kapseist zijn bril.

'Please put on your glasses first.'

Een jongen in een leren jack schiet toe en begint aan zijn hoofd te sjorren. Zijn adem ruikt naar een zak mosselen. Als de headset weer goed zit, geeft hij Derek onverwachts een bemoedigend schouderklopje dat hem nog meer uit zijn evenwicht brengt.

Tien minuten later, als hij door de blondine weer in de hal wordt afgeleverd, is hij tot op zijn ondergoed doorweekt. Verwilderd pakt hij de badge en de congresmap aan die hem in de handen worden gedrukt en laat zich naar het koffiebuffet voeren. Over een half uur is de feestelijke opening. Het begint al behoorlijk druk te worden. De deelnemers zijn opvallend jong. Veel zelfverzekerde dertigers en veertigers, strak in het pak.

Nadine zou zeggen: 'Joh, al zie je er nog zo tegen op, over een paar uur is het alweer voorbij.'

Makkelijk praten, Nadine.

Zou ze soms hebben gedacht: dit lukt Derek toch niet en dat is dan mooi meteen het einde van die idiote plannen van hem?

Dat zullen we nog weleens zien. Hij clipt de badge aan zijn revers. Hij opent de map. Zes inleiders, een Fin, twee IJslanders, een Kroaat, een Italiaan en een Duitser, verzorgen het ochtendprogramma. Na de lunch is hij de tweede spreker. Het klopt allemaal precies met wat er de afgelopen tijd schriftelijk met hem is gecommuniceerd. Iedere andere vrouw zou er trots op zijn dat haar man een plek had veroverd in een ambitieus internationaal programma over een onderwerp dat voor de westerse wereld in toenemende mate prangend wordt: hoe blijven we op gewicht?

Op het glanzende papier is zijn foto pijnlijk scherp afgedrukt. Maar wat dan nog als hij hier zo ongeveer de oudste is? Leeftijd geeft statuur. Leeftijd betekent ervaring.

Hij bladert terug naar het ochtendprogramma, dat 'Afvallen zonder dieet' als thema blijkt te hebben. Dr. Orvokki

Puumalainen zal het spits afbijten met een inleiding over het verbeteren van de contourlijnen van het lichaam door middel van *water assisted liposculpture*, een weefselsparende vetafzuigtechniek, ondersteund door een klantvriendelijk financieringsplan. De twee IJslanders gaan het hebben over cryolipolyse, waarbij het verliezen van vet wordt bewerkstelligd door bevriezing, een pijnloze behandeling omdat de koeling tevens een verdovend effect heeft. De Kroaat gaat dieper in op het gebruik van ultrasound om de celwand van de vetcel te vernietigen, waardoor de inhoud ervan, de zogeheten triglyceriden, via het lymfe- en vaatstelsel naar de lever wordt vervoerd om vervolgens, net als vet uit voedsel, via normale lichaamsprocessen te worden verwerkt. Italië en Duitsland presenteren drastischer maatregelen: ze zijn beide vertegenwoordigers van de denkrichting *Slimming Without Surgery Is An Illusion*. In hun presentaties over obesitaschirurgie, traditioneel gezien vooral maagverkleiningen met behulp van maagband, -lap, -ring of -ballon, komen zij met revolutionair nieuws over de jongste mogelijkheden. Italië met up-to-date informatie over de maagbypass, en Duitsland met een warm pleidooi voor de maagpacemaker, een nog te zelden gebruikt elektrode-implantaat dat de impulsen tussen de hersenen en de maag blokkeert.

Derek voelt dat hij wat frisse lucht nodig heeft. Dankzij zijn badge zal hij straks zonder problemen weer naar binnen kunnen. Hij neemt de roltrap naar beneden. Eenmaal op straat begint hij steeds harder te lopen.

'En toen?' vraagt Marise, terwijl ze Nadine in het café op de Grote Markt aankijkt. Hun koffie is allang op. Het is half één. Tijd om eens na te gaan denken over de lunch.

'Ik doe wel lang over dit verhaal, hè?' zegt Nadine.

Op het gezicht van haar vriendin blijkt niets van ongeduld.

'Sorry, Marise. Laten we wat bestellen. Die gerookte forel is net iets voor jou.'

Marise tuurt op de kaart. 'Of de ciabatta met zalm? Kreeg Derek soms een aanval van plankenkoorts en is hij ervandoor gegaan?'

'Zoiets,' zegt Nadine. 'Maar het was niet alleen plankenkoorts.'

Twee

Dereks benen blijken hem als vanzelf terug te voeren naar zijn hotel. Daar rapen zijn handen eigenmachtig zijn toiletartikelen bij elkaar en pakken zijn koffer in. Voordat hij er erg in heeft, staat hij al bij de receptie om uit te checken. De baliemedewerkster vraagt verontrust of er iets niet naar wens was. Verandering van plan, zegt hij kortaf. Hij kan haar moeilijk vertellen dat hij ergens tussen het lezen over cryolipolyse en de maagpacemaker besefte dat zijn eigen presentatie een aanfluiting uit de vorige eeuw is. Het is een raadsel hoe zijn synopsis door de selectie is gekomen, tenzij het de bedoeling was om een moment van grote hilariteit in te lassen.

Weggedoken in de kraag van zijn anorak loopt hij even later met zijn koffer door de stad. Beter ten halve gekeerd. In een park dumpt hij de congresmap en zijn badge in een prullenbak, gedurende een moment is hij opgelucht, maar dan is het alsof er kortsluiting in zijn brein plaatsvindt. Het punt is helemaal niet dat hij een belachelijke oude man met achterhaalde ideeën is. Het is veel erger. Hij heeft iets vreselijks over het hoofd gezien. Het had weinig gescheeld of hij had zijn eigen graf gegraven.

Paniek overspoelt hem. Hij kijkt op zijn horloge. Zullen ze naar hem op zoek gaan als hij vanmiddag niet komt opdagen? Reykjavik is geen grote stad. Hij moet hier weg, voordat iemand van het congresbureau hem vindt en hem alsnog die zaal in sleept.

Hij neemt een taxi naar het vliegveld. Zijn ticket naar huis kan moeiteloos naar vandaag worden omgeboekt, alleen zal hij tot het einde van de middag op zijn vlucht moeten wachten. In het selfservicerestaurant in de vertrekhal drinkt hij een flesje berkenbastwater. Zijn telefoon trilt een paar keer, maar dat negeert hij.

Als er belangstelling voor zijn franchiseplan was geweest, had hij inzage in de boekhouding moeten geven. Er zou een accountantsverklaring vereist zijn geweest. En hoe had hij ooit gedacht daar heelhuids doorheen te komen?

Gejaagd loopt hij een souvenirwinkel binnen, waar hij een kleine pluchen ijsbeer met een gebreide muts op koopt. Daarna rest hem, totdat zijn vlucht zal worden omgeroepen, niets anders dan te gaan zitten wachten, ten prooi aan zichzelf.

Iedere ondernemer kent de noodzaak van creatief boekhouden, zo nu en dan. Ook hij heeft de afgelopen periode administratief nogal moeten improviseren; in hun branche schommelt het rendement vaak, dat is niet iets om je druk over te maken. Er waren gewoon wat gaten gevallen die overbrugd moesten worden. Tijdelijke maatregelen, niks structureels. De ervaring leert dat de wind uiteindelijk altijd weer uit een gunstiger hoek gaat waaien. Daar heeft hij zo blindelings op gerekend dat hij er rotsvast in is gaan geloven. De kost gaat nu eenmaal voor de baat uit. Maar wat heeft hij zichzelf wijsgemaakt? Hij kan het beter onder ogen zien. Hij zit in de shit. Het William Banting zit in de shit.

Weer gaat zijn telefoon. Gaar van ellende kijkt hij op het scherm. Nadine. Heeft de congresorganisatie haar gebeld in de hoop hem te traceren – of is het veel erger en heeft ze eindelijk ontdekt waarom hij de administratie de laatste maanden zo angstvallig voor haar heeft weggehouden? Jij hebt het al druk genoeg, Haasje. Belt ze om hem de huid vol te schelden? Maar alles lijkt hem plotseling beter dan aan zichzelf overgeleverd te zijn, en uitkomen zou het toch. Hij bedenkt het allemaal in minder dan een halve seconde en neemt op voordat zijn telefoon voor de tweede keer overgaat.

'Hé, daar,' brengt hij uit.

'O, Derek,' zegt ze. 'Ben je te storen? Ik moet je iets vervelends vertellen.' Meteen barst ze los in een verhaal over een dronken autorit.

Stom hoort hij haar aan. Het is niets voor haar om met een slok op achter het stuur te gaan zitten, en waarom begint ze hier uitgerekend nu over? Automatisch maakt hij wat sussende geluiden.

'Ik schaam me zo,' zegt ze. 'Je mag gerust boos op me worden, hoor.'

Hij voelt een glimpje hoop opkomen. Probeert ze soms de weg voor hem te effenen door zelf óók met de billen bloot te gaan? Niemand is perfect, schatje. Strekt ze haar armen naar hem uit zoals alleen zij dat kan, om zijn bekentenis te vergemakkelijken? Maar dan vraagt ze zonder overgang hoe zijn presentatie ging.

'Prima,' zegt hij afwerend terwijl hij aan zijn vrije oorlel trekt.

En voort kletst ze weer, nu over die onbekende neef van haar over wie Joey hem ook al appte, en over Myriam, over de gasten, over allerlei ditjes en datjes die hem even onsamenhangend voorkomen als zijn eigen tekst tijdens de benauwende soundcheck van vanochtend. Een wee gevoel maakt zich van hem meester: ze weet nog van niets. Ze heeft hem helemaal niet ontmaskerd. Ze belt zomaar. Weer vraagt ze naar zijn presentatie, net op het moment dat de omroepinstallatie dingdongt omdat zijn vlucht begint met boarden. Snel maakt hij een einde aan het gesprek.

Als hij aan boord is komen zijn manisch malende hersenen wat tot rust. Het lijkt hem bij nader inzien niet ondenkbaar dat hij hoofdzakelijk op het congres heeft ingetekend om gewoon een paar dagen weg te zijn, zodat Nadine de kans zou krijgen om tijdens zijn afwezigheid zijn transacties te ontdekken. Het is niet redelijk om nu kwaad op haar te worden omdat ze blijkbaar heeft nagelaten de boekhouding in te kijken, maar redelijkheid is niet altijd op commando te mobiliseren.

Op Schiphol loopt hij linea recta naar het dichtstbijzijnde hotel.

Hij pakt zijn koffer uit. Scheerschuim en tandpasta op de toilettafel, overhemden en ondergoed in de kast. Sinds zijn ontbijt van *súrmjólk* en *pönnukökur* met haring heeft hij niets meer gegeten, maar een gevoel dat grenst aan schaamte weerhoudt hem ervan naar beneden te gaan om iets te eten. In zijn minibar vindt hij een zakje pinda's.

Ruim twee lege dagen strekken zich voor hem uit. Het grootste deel van de tijd zal hij met de televisie aan op bed blijven liggen, verbeten hopend dat Nadine haar tijd beter besteedt en alsnog de gelegenheid aangrijpt om de administratie eindelijk eens te checken. Het moet toch een keer tot haar doordringen dat je elkaar hoort te controleren?

Af en toe maakt hij diep weggedoken in zijn kraag een landerige wandeling door de van kerosinegeur doordrenkte buitenlucht, of hij kijkt wat rond in het winkelcentrum in de aankomsthal, blijkbaar een populaire bestemming voor gezinnen uit de provincie. Hoe heerlijk onopzienbarend moet het leven zijn van mensen die opgetogen raken bij het vooruitzicht van een dagje Schiphol. Hij probeert zichzelf te midden van hen voor te stellen, met aan iedere hand een springende peuter. Ach, een allang gepasseerd station, volgende week wordt hij zestig. De vraag of zijn leven anders was verlopen als Nadine en hij kinderen hadden gehad, is niet meer relevant. Of ergens toch wel, want de combinatie van een gezin en het William Banting was misschien nooit lang vol te houden geweest. En in dat geval had hij nu niet noodgedwongen het ene gat met het andere lopen te dichten om de zaak drijvende te houden. Door Nadines miskramen is hij in deze positie beland. Hij is verdomme geen fraudeur of zelfverrijker. Elke transactie was alleen maar bedoeld om de toekomst veilig te stellen van het enige wat zij tweeën samen hebben voortgebracht: hun instituut.

Een toenemend deel van zijn tijd brengt hij door op de wc in zijn hotel, waar hij vruchteloos op de pot zit te persen totdat hij zichzelf zowat een anale prolaps bezorgt. Het lijkt of zijn darmen niet meer weten hoe ze voedsel met sappen en bacteriën moeten bewerken, het moeten kneden, verteren, indikken en afvoeren.

Hij voelt zich opgeblazen en winderig als ten slotte de dag van zijn geplande aankomst aanbreekt. Hij wordt geacht al om twaalf uur zijn hotelkamer te verlaten. Daarna gaat hij met zijn ziel onder de arm bij een Starbucks zitten wachten. Hij weet inmiddels niet meer wat hij het meeste vreest: dat zijn vrouw intussen eindelijk achter zijn malversaties is gekomen, of dat ze nog steeds niet weet wat een puinhoop hij ervan heeft gemaakt. Maar ook in het laatste geval zal ze boos en ongerust zijn omdat hij al dagen zijn telefoon niet heeft beantwoord. Of zal ze van opluchting juist regelrecht in zijn armen vliegen? Als ze maar niet verwacht dat hij vanavond zin heeft, na drie nachten gescheiden slapen.

Intimiteit heeft haar prijs: je moet ervoor in staat zijn je bloot te geven. En dan is hij ook nog eens getrouwd met iemand die voordat ze hem ontmoette, druipend van de olijfolie in een harem zat. De gedachte aan haar avontuurlijke verleden heeft hem altijd opgewonden, maar de laatste maanden voelt hij zich er vooral door geïntimideerd. De lat ligt wel erg hoog, en hij faalt al in zoveel andere opzichten.

Zijn darmen spelen op als hij op zijn horloge kijkt. Voor de stank van zijn eigen scheet uit loopt hij met zijn koffer naar een van de monitoren in de hal. Zijn vlucht is geland. Hij is weer thuis.

Door de menigte navigeert hij naar zijn gate. De eerste passagiers komen al door de glazen deuren naar buiten. In alle drukte ziet hij haar toch meteen. Daar staat ze, met haar tas tegen zich aan geklemd. Ze is allang niet meer dat meisje uit die harem, ze is een vrouw met het grootste gedeelte van haar leven achter zich. De stand van haar schouders duidt erop dat ze moe is, al probeert de rest van haar lichaam dat trots en koppig te weerspreken. Door zijn toedoen heeft ze misschien nachtenlang wakker gelegen, maar haar halsstarrigheid heeft haar er weer doorheen gesleept: in haar agenda stond immers dat hij nu zou arriveren.

Als zijn vrouw niet in zijn thuiskomst had geloofd zou hij als een verkeerd gelanceerde raket in een hulpeloze, eindeloze, eeuwige baan rond de aarde zijn beland, voorgoed van alles en iedereen verstoken.

'Haasje,' zegt hij dankbaar, terwijl hij haar schouder aanraakt.

Drie

'Waar het op neerkomt,' zegt Nadine tegen haar vriendin, terwijl ze het restant van haar lunch van zich af duwt, 'is dat Derek zo'n gigantisch talent voor verdringing heeft dat hij pas in Reykjavik besefte dat hij het keurmerk van het William Banting niet louter op z'n blauwe ogen kon verkopen. Hij zou inzage in de boeken moeten geven. En dan zou hij tegen de lamp zijn gelopen. Want om de hypotheek en de salarissen van het personeel te kunnen betalen, en de kosten van al die peperdure onderhoudscontracten voor de tuin en de sauna en het zwembad en alle apparatuur, heeft hij maandenlang geld geleend van de rekening waarop onze gasten hun borg storten.' Zo geformuleerd klinkt het nog half als een handeling die weliswaar dubieus genoemd kan worden, maar die niet per se onrechtmatig is.

Marise trapt er niet in. Ze vouwt secuur haar servet op en legt het naast haar bord. 'Hoe groot is de schade?'

Nadine kijkt een tijdje naar haar nagels. Dan zegt ze: 'Het is al begonnen met de aanleg van de waterval en de renovatie van de fitnessruimte, dat waren achteraf geen verantwoorde investeringen omdat het aantal gasten ineens terug begon te lopen. Die verdomde tennisbaan hadden we toen ook nog maar net. En van de winter hebben we binnen al het houtwerk moeten laten schilderen. Derek is al tijden met enorme bedragen aan het schuiven.'

Waarom is ze zo nalatig geweest en heeft ze niet op hun rekening gekeken toen Voetemans haar van de week berichtte dat hij zijn borg en de aanbetaling voor de verblijfskosten had overgemaakt? Dan was ze in één klap uit de droom geweest. Er hadden zestien jaarinkomens op moeten staan, in plaats van amper een ton. Als Voetemans niet net bijtijds de kas van het William Banting had gespekt, had zij gisteren filmproducent Peperkoorn bij zijn vertrek niet eens zijn complete borgsom kunnen terugbetalen! Als Voetemans en zijn dochter een paar dagen later waren gearriveerd, of als ze eenvoudigweg nooit waren gekomen, had zij met lege handen gestaan. Aan dat risico heeft Derek haar blootgesteld terwijl hij op Schiphol zat omdat hij 'tijd voor zichzelf nodig had'. Tegen de volgende gast die zijn streefgewicht bereikt, zal ze moeten zeggen: 'Sorry, de pegels zijn op. Uw inleg is verdampt omdat mijn man die nodig had voor onze eigen uitgaven. Even goede vrienden, hoop ik?'

Eindelijk perst ze het hoge woord eruit: 'We kunnen tegenover niemand van onze gasten meer aan onze verplichting voldoen, Marise.'

Marise knijpt met haar ogen van de schok.

'Als er morgen iemand afzwaait, zijn we verloren. Ik schaam me dood. Dat geld is in goed vertrouwen bij ons geparkeerd en we zijn contractueel verplicht het terug te storten. Wat moet ik in godsnaam beginnen?' Ze vraagt het mechanisch, zonder hoop op een antwoord.

'Wacht nou even. Zou er binnenkort niet een artikel in de krant komen? Stel dat je daar meteen reserveringen door krijgt...'

'Dan blijven we nog steeds achter de feiten aan hollen, want dan moeten we de nieuwe borgsommen gebruiken om de oude terug te betalen en hoe moet het dan met de nieuwe? Op alleen de verblijfs- en behandelkosten halen we dit nooit meer in. Tenzij plotseling niemand meer zijn doel zou bereiken, ja, dan zouden we snel uit de sores zijn. Alleen is dat in vijfentwintig jaar nog nooit gebeurd.' En precies daaraan, denkt ze bitter, danken we onze goede naam.

'Wat zul je razend zijn,' zegt Marise zacht.

Terwijl zij er zelf over piekerde welke consequenties haar

beschonken autorit voor het William Banting zou kunnen hebben, was Derek systematisch bezig de zaak te flessen. Om te redden wat er nog te redden viel, zegt hij, maar dat maakt zijn handelen niet minder frauduleus. 'Ik voel me vooral een sukkel,' zegt ze mat. 'Ik had mijn eigen man beter in de gaten moeten houden.'

'Niet doen.' Marise pakt haar hand en knijpt erin. 'Ga jezelf geen verwijten maken.'

Maar haar vriendin is niet getrouwd met een man die haar zo graag met zorgzaamheid omringt dat hij haar paradoxaal genoeg nog liever aan zijn problemen ten onder laat gaan dan haar ermee te belasten en haar er tijdig in te kennen.

'Luister,' zegt Marise, 'het enige wat ik zeker weet is dat paniek een slechte raadgever is. Je moet niet onbesuisd iets ondernemen. Daarvoor staat er te veel op het spel.'

'Zeg dat wel,' mompelt ze. Hun bedrijf. Hun huwelijk. Hun toekomst. Hun vrijheid. Derek en zij zullen voor oplichting en verduistering de bak in draaien. Vreselijke termen voor vreselijke daden die niet in haar leven thuishoren.

'Er kan toch niets gebeuren totdat jullie volgende gast klaar is? Staat er iemand op het punt om te vertrekken?'

'Nee. Nee, niet de komende dagen, geloof ik.' Als die eigengereide Sandra tenminste niemand op het laatst nog even een lekker zetje in de rug geeft. 'O hemel, Van Zaanen! Die bereikt volgens mij over een week zijn streefgewicht! Die man is de hoofdredacteur van een landelijk dagblad, Marise!'

'Rustig aan. Je hebt dus in elk geval nog een week om met de bank te praten en te onderzoeken of schuldsanering mogelijk is.'

Nadine veegt het zweet van haar bovenlip. 'Het is toch om van door de grond te zakken?'

'Ja. Sorry, ik klets ook maar wat. Je zit in een afschuwelijk parket.'

'En wat doe ik met Derek?'

'Probeer hem maar heel te houden.'

Ze glimlachen waterig en enigszins ontwijkend naar elkaar.

Een ober verschijnt bij hun tafeltje. Ze schudden beiden het hoofd, ze hoeven geen koffie meer. 'De rekening is voor mij,' zegt Marise snel. 'Ga jij maar.'

Nadine pakt haar tas in. Ze wil nog iets aardigs zeggen, maar ze lijken opeens alle twee verlegen te zijn. Als er iets beschamends is uitgewisseld, is dat kennelijk voor beide partijen een even grote last.

Buiten, op de Grote Markt, begint het carillon net te beieren. Het is drie uur. Op een verre planeet die het William Banting heet, beginnen de nietsvermoedende gasten zich al op de theepauze te verheugen. Ze kan het niet opbrengen om hun onder ogen te komen. In plaats van naar haar auto in de parkeergarage te gaan, loopt ze een van de winkelstraten in. Ze voelt zich merkwaardig poreus, alsof iedereen haar schaamte kan zien. Opgelaten schiet ze een winkel binnen, het blijkt een parfumerie te zijn. In een spiegel doemt haar eigen gezicht op, leeg en verkreukeld als een stuk papier waarop met harde hand alles is uitgegumd wat er ooit op stond.

Straks, op weg naar huis, moet ze tanken. Een groot deel van haar leven heeft ze gedachteloos haar bankpas in pinautomaten kunnen steken, maar voortaan zal iedere betaling met vrees beladen zijn: staat er nog genoeg saldo op hun lopende rekening? Peperkoorns gigantische fooi voor Sandra schiet door haar hoofd. Naar zijn duizend euro kan die kleine betweetster fluiten, wat haar betreft. Per slot van rekening heeft Sandra het William Banting drie, vier dagen aan verblijfs- en behandelkosten van de filmproducent door de neus geboord.

Ze koopt een aanstootgevend duur wenkbrauwpotlood. En daarna, in de winkel naast de parfumerie, een nieuwe tas.

Nu komt ze op stoom. Heeft ze niet ook recht op dat rokje in die etalage daar? Pas als ze in een schoenenzaak vier paar pumps voor zich heeft laten uitstallen, weet ze zichzelf een halt toe te roepen. Zonder nieuwe schoenen sluipt ze met haar overige aankopen de parkeergarage in.

Een half uur later treft ze in de hal van de villa Myriam aan, die de stofzuiger als een onwillige hond achter zich aan sleept. Boven het geraas uit roept ze: 'Maandagochtend kom ik een paar uur later, hoor. Dan heb ik een sollicitatiegesprek.'

'Prima,' zegt Nadine toonloos. Dat zou al één salaris schelen.

Buiten op het gazon zitten de gasten genoeglijk aan de thee, die blijkt te worden geserveerd door de overijverige Sandra. Nadine staat een moment in de opening van de terrasdeuren zonder dat iemand acht op haar slaat. Zo te zien kan ze best gemist worden. Misschien moet zij ook uitkijken naar een geschikte vacature elders. Kan Derek hier ondertussen puinruimen.

Ze wil niet aan hem denken. Ze wil niet stilstaan bij wat ze voor hem voelt.

'Mevrouw Ravendorp!' Ze is toch opgemerkt; Sandra komt op haar af. 'Daar bent u. Ik ben maar vast aan de thee begonnen.'

'Dat zie ik. Dank je.'

'We moeten nog met uw man over Hedwig Voetemans praten. Heeft hij nu tijd?'

'Nee,' zegt ze botweg. Hoe kan iemand menen dat Derek hier de wijsheid in pacht heeft?

'De andere gasten klagen over haar. Meneer Sand, meneer Staffijn en meneer Gomperts zeiden net nog...'

'Misschien heeft Hedwig ook wel klachten over meneer Sand, meneer Staffijn en meneer Gomperts. Wat een aanblik moeten die haar wel niet bieden.'

De diëtiste doet een stap achteruit. De slotjes op haar tanden blikkeren als ze zegt: 'Het lijkt me dat onze reguliere gasten hier de norm zijn, en niet dat anorexiageval.'

'Hedwig is ook een gast. Ik wil niet hebben dat je zo over haar praat. Hoe die papzakken haar noemen is hun zaak, maar jij...'

'Papzakken?'

Ze probeert in te binden. 'Ze zitten hier niet voor hun zweetvoeten. Ze zouden Hedwigs aanwezigheid ook als inspirerend kunnen opvatten.'

Sandra verschiet van kleur. 'Is dat uw bedoeling met haar? Denkt u serieus dat iemand haar als een voorbeeld zal beschouwen?'

'We leggen iedereen al genoeg in de watten. Een schokeffect kan soms heel heilzaam zijn.'

'Dan kunnen we ook wel meteen foto's van Afrikaanse hongeroedeembuiken in de eetzaal ophangen. Obesitas heeft een genetische component, mevrouw Ravendorp. Corpulente mensen worden al veel te vaak ten onrechte bespot. Daarvoor komen ze niet naar het William Banting. Ik zit hier de hele dag op de werkvloer en ik voorspel u: als die freak niet verdwijnt, gaan er mensen weglopen.'

Even duizelt het Nadine. Iedere gast die uit walging voor Hedwig de handdoek in de ring gooit, zou bijdragen aan de oplossing van deze crisis, zonder dat iemand er iets van merkt: gasten die vertrekken voordat ze hun streefgewicht hebben bereikt, kunnen geen aanspraak maken op hun borg, het staat zwart op wit in hun contract.

'Maar gelukkig is ze zelf al bezig haar conclusies te trekken,' zegt Sandra triomfantelijk. 'Ze klaagde vanmiddag dat ze zich zo vies en vol voelt. Ik kon nog net verhinderen dat ze bij me op de weegschaal sprong.'

'Als ik merk dat jij er tegen haar op zinspeelt dat we haar willen laten aankomen...'

'Ze is niet gek. Dat soort meiden zijn echte profs. Maar we zouden haar behandelplan eerst met uw man bespreken. Dat hebt u eergisteren al beloofd.'

'Eergisteren was eergisteren,' zegt Nadine. 'Dat geldt voor jou net zo goed als voor mij.' Ze beent ervandoor zonder een weerwoord op deze orakeltaal af te wachten. Ja, de andere gasten klagen wel, maar ze zetten heus geen jaarinkomen op het spel omdat de aanblik van een graatmagere tiener ongemakkelijk voor hen is. Daar zijn ze stuk voor stuk veel te berekenend voor.

De enige die hier dreigt weg te lopen is Hedwig. En met Hedwig raken ze onverbiddelijk ook haar vader kwijt, die in zijn contract de uitzonderlijke clausule heeft bedongen dat zijn volledige borgsom in dat geval wél aan hem zal worden gerestitueerd.

Vier

De heer Voetemans bevindt zich bepaald niet onder in de voedselketen. Eten of gegeten worden, dat is voor een man in zijn positie geen vraag. Voetemans rules. Hij verdient ruim drie keer de balkenendenorm met het bedenken en internationaal verkopen van tv-formats die meestal survival als thema hebben en waarin jonge, hersenloze mensen met een strijkplank als middenrif op exotische locaties strijd leveren om een kokosnoot of een opgegraven knol.

Nadine hoeft zich geen enkele illusie te maken dat ze Hedwigs vader op welke wijze dan ook naar haar hand zal kunnen zetten, maar ze is radeloos genoeg om toch een poging te wagen. Voor de tweede keer binnen een week stapt ze de fitnessruimte binnen. Ditmaal blijft haar entree niet onopgemerkt. Apparaten komen tot stilstand. Opgeblazen, bezwete gezichten draaien zich naar haar toe.

'Doorwerken, guys,' roept Joey. 'Het is nog lang geen dinner time.'

Maar de gasten zijn allemaal geslepen genoeg om een smekeling te herkennen als ze er een zien. In hun gewone leven hebben ze doorlopend te maken met mensen die een gunst van hen nodig hebben.

'Meneer Voetemans,' zegt ze met geknepen stem, 'hebt u even?'

Ieders adem stokt hoorbaar.

'Dat werd ook weleens tijd, mevrouw Ravendorp,' mompelt aannemer Sand.

Hijgend als een blaasbalg stapt Voetemans van de loopband en slaat zijn badjas om zijn natte lichaam. Op soppende slippers schuifelt hij achter haar aan. Nog voordat ze de deur van het vertrek weer heeft gesloten, hoort ze de speculaties binnen losbarsten. Wie denkt dat alleen vrouwen roddelen, is nog nooit in het William Banting geweest.

'Is er iets met Hedwig?' Voetemans heeft nog steeds zijn adem niet terug. Zijn doorweekte haar zit aan zijn kop gepleisterd.

'Komt u eerst even een beetje bij.'

'Dit kan niet gezond zijn,' zegt hij. Hij drukt zijn handen diep in zijn overbloezende lendenen en buigt zich voorover.

'Laten we in beweging blijven, anders koelt u te veel af.'

Verderop bloeien de magnolia en de krentenboompjes. Het onderhoudscontract van de tuin is tenminste al voor het volledige volgende kwartaal betaald. Wie maakt er zo'n keuze in de wetenschap dat er maar één vertrekkende gast nodig is om het hele kaartenhuis in elkaar te laten storten? Binnenkort hoeft er hier helemaal niet meer te worden gemaaid, geschoffeld, gesnoeid en gewied.

'Hedwig, inderdaad,' zegt ze.

Hij richt zich op. 'Ik schaam me, mevrouw Ravendorp, dat ik u moet vragen hoe het met mijn dochter gaat. Is ze goed aan het aankomen?'

'Zoals u weet wordt iedereen maar één keer per week gewogen, te beginnen op de dag van aankomst. Maar wat ik met u wilde bespreken: er zijn klachten over haar aanwezigheid.'

'Tja. Dat lijkt me vooral uw pakkie-an.'

Dat kan ze niet goed hebben verstaan. 'De andere gasten ervaren uw dochters verschijning als... nogal provocerend.'

'Overal waar mensen samen zijn, en zeker onder deze omstandigheden, ontstaan er spanningen. Kom, u hebt vast vaker met dat bijltje gehakt.'

Hij moet de weerstand tegen zijn dochter beslist hebben opgemerkt. Maar zo doe je dat in zijn wereld: vervelende verantwoordelijkheden delegeer je aan een ander. Ze voelt dat ze onwillekeurig al haar spieren spant als ze zegt: 'Ik breng graag onder uw aandacht dat er geen sprake is van nalatigheid van onze kant als Hedwig hier niet langer kan verblijven en u daarom ook weg zou gaan. In dat geval zijn de financiële consequenties dus voor uzelf.'

'Welnee. We hebben een contract dat hierin pico bello voorziet, mevrouw Ravendorp. Het is niet mijn gewoonte om terug te komen op gemaakte afspraken, en dat verwacht ik ook niet van u.' Hij zegt het zonder enige dreiging. Voor hem is het een uitgemaakte zaak.

Ze durft niet nog explicieter te zeggen dat hij zijn borgsom wel kan vergeten wanneer Hedwig en hij hier voortijdig vertrekken. Ze kán het ook niet zeggen zonder een onbetrouwbare partner te zijn. Iemand die contractbreuk pleegt. Een sjoemelaar. Een fraudeur.

De uitkomst van het veel te korte gesprek is haar zo helder als glas: Hedwig mag onder geen beding vertrekken. Ze zal alles op alles moeten zetten om het meisje die tien dagen hier te laten uitzitten, totdat haar vermaledijde moeder terug is uit Bali.

Voetemans trekt de voorpanden van zijn badjas wat vaster om zich heen. 'Ik vertrouw erop dat u ervoor zorgt dat mijn dochter zich hier welkom weet. En dan ga ik nu snel terug naar de loopband. Geweldige uitvinding, ook heel stimulerend voor de geest. Ik krijg er fantastische ideeën door. Zou u geïnteresseerd zijn in een realityshow over kannibalisme? Die vliegramp in het Andesgebergte, weet u nog? Die zit wereldwijd ingeklonken in het collectieve bewustzijn, lijkt me, door al die boeken en films erover. Dus als je in een spelshow kandidaten in een soortgelijke setting laat overleven, moet daar een grote markt voor te vinden zijn.'

'Ik wens u veel succes,' zegt ze strak.

Al is ze nog zo uit het lood geslagen, ze moet zich op zien te pompen voor een confrontatie met Hedwig. Over welke boeg zal ze het gooien, nu het kind het spel al zo goed als door lijkt te hebben? Er komt een gevaarlijke, maar hoogst verleidelijke gedachte bij haar op. Wat zou er gebeuren als ze gewoon open kaart met haar speelt? Inderdaad, Hedwig, wij zijn erop uit om je wat vet op je botten te bezorgen. Tel toch liever je zegeningen, meisje. Besef je wel dat achthonderd miljoen mensen iedere dag onvrijwillig met een lege maag naar bed gaan?

Hedwig zal zeggen: 'Wat heb ik daarmee te maken?' Of waarschijnlijk hebben haar ouders deze boodschap al zo vaak verkondigd dat ze een goed gedocumenteerd antwoord klaar heeft. 'Een derde van al het voedsel dat wereldwijd wordt geproduceerd, gaat verloren doordat er jaarlijks 1,3 miljard ton eten in supermarkten en huishoudens in het Westen wordt weggegooid. Er is helemaal geen tekort aan voedsel, want al die verspilling leidt juist tot overproductie: er wordt genoeg eten verbouwd voor 14 miljard mensen, twee keer zoveel als de huidige wereldbevolking. Het komt alleen niet op de juiste plaatsen terecht.'

Krijg daar maar eens een speld tussen. Eigenwijs stuk vreten, onze Hedwig.

Wat voor soort verplichting heeft ze eigenlijk aan haar? Hedwigs moeder laat op dit moment haar vlees kneden door een ayurvedische masseur en haar vader is verdiept in de commerciële mogelijkheden van het kannibalisme. En of zij hun dochter ondertussen maar wil binnenleiden door de stralende poort die toegang geeft tot hún zielenrust.

Meteen staat haar besluit vast. Als ze Hedwig – en daarmee Voetemans senior – maar op één manier in huis kan houden, namelijk door haar ongestoord verder te laten hongeren en afvallen, dan zou ze wel gek zijn om haar dat niet toe te staan. De liefdeloosheid van de wereld is al zo groot dat één enkele beslissing van haar er echt niet meer toe doet.

Ze kijkt op haar horloge. Half zes. In de Matroos installeert Hedwig zich nu voor haar verplichte rustuurtje. Ze gaat erheen, en wel meteen.

Op de trap naar de zolder spitst ze haar oren. Geen geschuifel, geen gebonk, geen enkel geluid dat duidt op stiekeme activiteit. Ze klopt aan, wacht twee seconden en gaat dan naar binnen.

Het gebeurt maar hoogstzelden dat ze gasten in hun privévertrek bezoekt, maar het valt haar toch op hoe anders het in de Matroos ruikt dan in de overige suites. Daar hangt altijd het aroma van aftershaves in geurpaletten die iets te nadrukkelijk aan tweedjasjes met leren elleboogstukken doen denken, of aan peperige jachttaferelen. Hier ruikt het naar niets, niet eens neutraal naar meisje, alsof er te weinig Hedwig is om zelfs maar een vleugje van haar aan de atmosfeer af te staan.

Ze ligt met haar hoofd onder haar kussen in bed. Op de tafel bij het raam staat nog het dienblad waarop vanmiddag haar lunch is gebracht. Een leeg bord, een lege kom, een leeg glas.

'Goedemiddag,' zegt Nadine.

Hedwig komt onder het kussen vandaan. Haar ogen zijn roodomrand. 'Ik probeer heus wel te slapen, hoor,' zegt ze verschrikt.

'Dat zie ik. Ik kom even kijken hoe het met je gaat.'

Het meisje pulkt aan het elastiek om haar pols. 'Hartstikke goed.'

'Weet je het zeker? Ik hoorde net van de diëtiste iets anders.'

'Ach, die. Die vindt mij gewoon stom.'

'Waarom denk je dat?'

'"Ik zeg maar één ding, Hedwig: je lichaam is een tempel. Een tempel."' Het is frappant hoe goed ze Sandra's slepende, lispelende stem imiteert.

Nadine verbijt een zenuwgiechel. 'Met Johnny kun je het wel goed vinden, hoop ik?'

'Die zegt ook maar één ding. Slowly, Hedwiek, slowly.'

'Zou je er zelf liever wat meer vaart in willen zetten?'

Hedwig strijkt het dekbed glad over haar opgetrokken knieën. Ze begint te blozen. Dan zegt ze bijna onhoorbaar: 'Ik zou het liefst willen dat iedereen net zo was als u.'

Hemel, dit wordt hoogst ongemakkelijk. 'Dus je bent niet helemaal tevreden over de begeleiding die je hier krijgt.'

'Ik wil het programma volhouden, hoor!'

'Echt? Is dat zo? Tegen Sandra zei je vanmiddag nog...'

'Sandra is zelf een liegbeest. Weet u wat ze zei? Dat het de bedoeling is om me vet te mesten.'

Nadine laat zich op het voeteneinde van het bed zakken, sprakeloos van woede. Dan ziet ze de schittering in Hedwigs ogen. Zeker, ze acht Sandra blindelings in staat tot subversieve acties, maar wie zegt dat Hedwig de diëtiste niet maar wat in de mond legt om op die manier haar eigen vermoedens te kunnen ventileren? Op internet stond het ook al: deze meisjes kunnen manipuleren als geen ander en liegen alsof het gedrukt staat. 'Waarom denk jij dat Sandra zoiets zou zeggen?' vraagt ze recht op de man af, de hele poppenkast opeens meer dan beu.

Hedwig krabt omslachtig aan haar arm.

'Zeg het maar.'

'Omdat ze jaloers op me is. Ze wil me kwijt. Ze heeft zelf zúlke tieten.'

'Wie,' zegt Nadine mat, 'zou niet jaloers zijn op jou?'

'En ze werd helemaal link toen ik me wilde wegen.'

'Oké, duidelijk.'

'Nu bent u boos op me!' Hedwig wordt panisch. 'Want wegen is tegen de regels.'

'Ja, omdat het demotiverend is. Maar niet iedereen is gelijk, en regels zijn er vooral voor de zwakke broeders. Eigenlijk denk ik dat jij wel wat meer vrijheid aankunt. Kijk nou maar niet zo verbaasd. Jij doet zo je best; ik vind dat je wat privileges verdient.'

Hedwigs mond hangt half open. 'Mag ik dan ook op de loopband?'

'Met mate, natuurlijk,' zegt Nadine met het holle gevoel dat ze haar ziel aan de duivel verkoopt. 'Maar voor wat hoort wat. Als ik jou de vrije teugel geef, dan wil ik dat jij mij belooft dat je niet ineens met een kwaaie kop de benen neemt als je resultaten tegenvallen. Problemen kom je eerst met mij bespreken en dan passen we de behandeling zo nodig aan. Mij best als je zelf verantwoordelijk wilt zijn voor je gewicht, maar...'

'Nee,' fluistert Hedwig, 'nee, nee, dat wil ik niet. Ik was nou net zo blij dat ik het niet meer helemaal zelf hoefde te doen. Ik kan het heus wel, maar soms is het gewoon zo...' Onder het dekbed drukt ze haar knokige voet als een schuwe kat even tegen Nadines heup. 'Zo zwaar.'

Een moment kan ze geen woord uitbrengen.

'Anders kan ik net zo goed naar huis gaan,' mompelt Hedwig.

Nadine is voor het blok gezet. Het is haar eigen schuld. Nu moet ze het kind nog actief gaan helpen afvallen ook. Onmachtig stelt ze voor: 'Ik zeg niet dat je het alleen móét doen. Weet je wat? Je maakt een lijstje van de dingen waarbij je hulp nodig hebt. Wij staan hier allemaal voor je klaar.'

Ten afscheid geeft ze haar een onhandig klopje op de knie om haar niet te hoeven aankijken. Doorgaan met liegen voor Hedwigs eigen bestwil was beslist te prefereren geweest. Deze nieuwe aanpak kan het meisje immers in geen enkel opzicht ten goede komen.

Vijf

Nog even en de gong voor het diner zal gaan. Zullen Derek en zij straks gezamenlijk in de keuken een bord eten opscheppen en het mee naar boven nemen, of sluipen ze dan nog steeds steels achter elkaars rug langs? Ze hebben elkaar de hele dag succesvol weten te ontlopen. Terwijl ze snel nog een kwartiertje achter haar bureau gaat zitten, hoort ze hem in de salon bezig met de voorbereidingen voor de bridgedrive van vanavond. In haar hoofd is het leeg op de plek waar decennialang deze zekerheid huisde: we worden samen oud, schatje.

Ze heeft het koud.

Over krap twee weken moet ze voorkomen voor een te hoog alcoholpromillage. Als ze dan tenminste nog op vrije voeten is. Hoe gaat zoiets bij financiële malversaties? Word je meteen in voorlopige hechtenis genomen als die aan het licht komen?

Ze zet haar computer aan, verzamelt al haar moed en logt in bij de bank. Ze staart naar het restant van hun saldo. Het is pas halverwege de maand, het duurt gelukkig nog even voordat de salarissen uitbetaald moeten worden, maar er zijn doorlopend hoge out-of-pocketkosten met elke dag mensen voor het avondprogramma over de vloer, samen soms wel goed voor zo'n tien mille per week. Toch opent ze een overschrijvingsformulier en tikt traag het bedrag in, één een en drie nullen. 'Fooi Peperkoorn' zet ze in de omschrijving. Het is niet anders. Als straks de nood aan de man komt, zal ze Sandra in ieder geval met open vizier kunnen afvoeren en vanwege haar proeftijd nog zonder verdere kosten ook, net zoals de stagiaires in de keuken. Myriam, efficiënt als altijd, is al aan het solliciteren, en de poetshulp is een oproepkracht. Joey en Johnny, dat wordt lastiger.

Is het waar wat ze vanmiddag in het café tegen Marise zei en had ze beter op Derek moeten letten? Maar hij is haar man en haar zakenpartner, en niet een klein kind. Waar beginnen en eindigen je verantwoordelijkheden jegens elkaar, maar vooral jegens jezelf? Moet je dus niet ook onder ogen zien dat je doorgaans zelf een aandeel hebt in wat je lijkt te worden aangedaan? Er bestaan zeven soorten honger en ze resulteren er allemaal in dat je, als je niet uitkijkt, eigenhandig voedsel in je hoofd propt.

Derek weet nog niet eens dat ze voor Voetemans die contractuele uitzondering heeft gemaakt. Als hij het waagt daarover aanmerkingen te hebben, heeft ze genoeg ammunitie om hem lek te schieten. Alleen voelt ze weinig strijdlust bij die gedachte. Ze is er te murw voor. De woede en de teleurstelling die haar gisteren als wilde beesten hun hol in sleurden, hebben haar inmiddels tot op het bot kaalgekloven.

Ze komt overeind, zet zich innerlijk schrap en gaat naar de salon.

Derek staat met zijn rug naar haar toe aan een van de bridgetafels. Ze hoort het droge geknap van biddingboxen. Hij heeft er het geduld nooit voor om die met gepast beleid open te maken, de kaartjes er netjes rechtop in te zetten, al dat gepruts.

'Laat mij maar,' zegt ze.

Even staan ze zwijgend schouder aan schouder. Dan vraagt hij: 'Hoe is het met je?'

'Ik weet het niet. En met jou?'

'Ik heb de bank gebeld. We hebben maandag een afspraak. Misschien kunnen ze iets doen met de hypotheek.'

Nu pas kijkt ze hem aan. Hij ziet er moe en bang uit. 'Zeiden ze dat, of hoop je dat?'

'We gaan het gewoon proberen. Het huis moet ondertussen een gigantische overwaarde hebben.'

'Weet je wat jouw slechtste eigenschap is, Derek?' Ze vraagt het niet beschuldigend. Eerder berustend.

'Ja, mijn optimisme.'

Het is nog veel te vroeg om te zeggen: 'Ach, dat heeft ons ook altijd een hoop gebracht.' Ze zitten midden in een crisis. Maar met in een hoek blijven mokken is nog nooit iets tot stand gebracht. 'Ik heb vanmiddag met Marise geluncht. Ze zei dat ik maar moest proberen je heel te houden.'

De boodschap dat ze de situatie met haar vriendin heeft besproken doet hem ineenkrimpen. Maar het gaat nog veel erger worden, Derek. De hele wereld zal het te weten komen. Ze ziet aan hem dat hij bij het idee al bij voorbaat duizend doden sterft. Snel verandert hij van koers. 'O ja, voordat ik het vergeet,' zegt hij terwijl hij onder zijn colbert tast. 'Kijk eens. Ik vond een weesbeer op zoek naar een familie.'

Weet je wat je op één na slechtste eigenschap is, Derek? Je bent de grootste kop-in-het-zandsteker van het Europese continent. Maar terwijl ze de ijsbeer, schoongemaakt en zo te zien zelfs geborsteld, van hem aanpakt, overvalt haar de gedachte dat het vermogen tot verdringing ook waardevolle kanten heeft. Want hoe zou het een man met een zo evidente kinderwens anders ooit zijn gelukt om bij haar te blijven?

Op kantoor begint de telefoon te rinkelen.

'Laat maar gaan, hoor, het is vrijdagavond,' zegt hij.

'Nee, nee, er staan nog een paar opties voor boekingen open en je weet toch dat ze altijd op de vreemdste momenten bellen?'

Ze rent naar kantoor, grist de hoorn van de haak en blaft, helemaal vergetend om haar telefoonstem met een glimlach te verwarmen: 'Het William Banting Instituut.'

'Ik hoop dat u nog niet aan de frikandellen met frites zit, mevrouw Ravendorp?'

'Meneer Peperkoorn. Wat een genoegen dat u belt. Hebt u thuis alles goed aangetroffen?' Ze bellen nooit als ze hier eenmaal weg zijn. Wat wil de filmproducent van haar? Snel zegt ze: 'Onze Sandra is helemaal in de wolken met uw blijk van waardering.'

'Mooi. Ik dacht: ik bel tegen de klok van half zeven, als iedereen klaar is met z'n programma. Is het mogelijk dat u mijn makker Helmut even voor me aan de telefoon haalt? Ik had hem mijn kaartje willen geven, maar dat is er bij ingeschoten.'

'De heer Helmut is...'

'Nog niet beschikbaar? Zeg, zit die ouwe filantroop nog steeds op zijn fiets?' Peperkoorn stoot een lach uit die verzadigd lijkt van romige boterjus.

'Hij is vertrokken. Pal na u. Hij was erg teleurgesteld dat u zomaar opeens weg was.'

'En dat hebt u laten gebeuren?'

Ze denkt: ik zou niet weten waarom niet.

'U hebt hem toch wel mijn gegevens verschaft?'

'U kent ons privacybeleid, en hoe konden wij weten dat u contact met hem wilde?'

'Ik dacht dat ik kenbaar had gemaakt dat ik een documentaire over zijn project overweeg.' Aan zijn toon te oordelen bliksemen zijn ogen nu achter die aanstellerige bril van hem.

'Dat hebt u niet tegen ons gezegd. En zijn gegevens heb ik helaas ook niet voor u, want hij heeft geen vaste verblijfplaats.'

'Nee, dat is nu eenmaal onderdeel van zijn werkwijze.'

'We hebben hem wel gevraagd ons volgende week even te bellen, zodat... Zijn wérkwijze noemt u dat?'

'Een geniale vondst, dat zult u met me eens zijn.' Peperkoorn gnuift. 'Wanneer verwacht u zijn telefoontje?'

'Dinsdag, geloof ik,' zegt ze, van de wijs gebracht.

Het is alsof ze hem aan de andere kant van de lijn met zijn vingers op zijn bureau hoort trommelen. 'Dan moet ik maar even geduld hebben. Hij is een man van zijn woord, dunkt me.'

Hoe kan hij zo naïef zijn? Helmut is een wandelend verzinsel, hij héét niet eens Helmut, hij is een profiteur en een praatjesmaker. Maar het is haar zaak niet. De wereld wil kennelijk bedrogen worden. 'Ik zal hem vragen contact met u op te nemen als hij belt,' zegt ze afrondend. 'Een prettige avond nog.'

Ze slaat de agenda open en kijkt naar de afspraak met de bank die Derek heeft genoteerd. Pas daarna zal het duidelijk zijn of en welke juridische hulp ze moeten inroepen. Maar eerst verschijnt morgen het artikel over het William Banting in de krant. Ze zal vroeg naar het dorp gaan om een paar exemplaren te halen. Zo strekt er zich altijd wel iets van een toekomst voor je uit.

Ze gaat terug naar de salon. In gedachten verzonken staat Derek naar het arrangement van de tafels te kijken, alsof hij zich afvraagt of dit hun laatste bridgedrive zal zijn. Opnieuw valt haar op hoe versleten hij eruitziet. De vraag is helemaal niet of ze samen oud zullen worden, ze zijn het al.

Zaterdag

Een

In het William Banting zijn de weekends een precaire aangelegenheid. Er is op vrijdagavond geen enkele reden voor een afrondend en voldaan 'Hèhè', en op zaterdag en zondag bestaat er geen enkel excuus om een beetje in te kakken, noch enige mogelijkheid om het er eens royaal van te nemen. De gasten ontwaken elke dag van de week met het onveranderlijke vooruitzicht weer aan de bak te moeten. Terwijl Joey en Johnny zich thuis onder de dekens nog een keer omdraaien, staan er hier al twee jonge weekendtrainers klaar om de zwepen te laten knallen. Het zijn leden van de plaatselijke hockeyclub, keurige jongens uit keurige families met een aangeboren talent voor discretie. In de keuken wegen een paar al even beschaafde scholieren nauwgezet parelgort en kokosmeel af volgens de instructies die Sandra daar in hanenpoten heeft opgehangen. Tussen de bedrijven door trekken ze in de suites de bedden recht en maken ze de badkamers schoon.

Een paar maanden geleden zei Derek dat het maar voor even zou zijn, deze noodoplossing. Zodra de reserveringen aantrokken, zou het weer de moeite waard worden om ook buiten de weekdagen een professionele staf in te huren. Toen al hadden er bij Nadine alarmbellen moeten gaan rinkelen. Maar ze had zichzelf alleen maar aangemaand om in de weekends extra alert te zijn: overal in huis en op het terrein konden zich rampen voltrekken, met al dat ongeschoolde personeel over de vloer.

Tot op de dag van vandaag lijken de invallers hoofdzakelijk zonder al te desastreuze gevolgen te functioneren doordat de gasten zelf, als knaagdieren in een looprad, vasthouden aan hun vertrouwde routines.

Op kantoor blijkt Derek al vroeg bezig een dossier samen te stellen voor het gesprek met de bank, als een kind dat strafwerk moet maken. Er is weinig meer over van zijn deemoedige houding van gisteravond. Hij is zichtbaar kwaad op de cijfers en de feiten.

'Ik ga even naar het dorp om de krant te halen,' kondigt ze aan.

'Neem je een paar repen en zo mee?' vraagt hij zonder op te kijken.

Ze ziet een spreadsheet op zijn scherm staan. 'Maak het nou niet weer mooier dan het is, hè?'

'Je hoeft het me niet in te wrijven. Als je me niet meer vertrouwt, mag je het gerust zelf doen.'

'Doe niet zo belachelijk. Je bent boos op jezelf, hoor, niet op mij.'

'Weet je wat zo fijn van jou is, Nadine? Je kent me als je broekzak. En dat niet alleen. Jij hebt overal verstand van.'

Ze is hem weer kwijt. Ze is hem weer helemaal kwijt. Vannacht heeft hij in haar armen liggen huilen. Maar bij daglicht is alles anders, kennelijk.

'Mevrouw?' zegt Hedwig in de deuropening.

Nooit kun je hier een gesprek of zelfs maar een gedachte afmaken zonder dat er weer iemand om je aandacht vraagt. Nadine draait zich om. 'Hedwig, dit is mijn man. Ik geloof dat ik jullie nog niet aan elkaar heb voorgesteld. Maar we zijn net bezig elkaar heel te houden, dus misschien kun je later terugkomen.'

'Hedwig.' Derek komt overeind, waarbij hij zijn stoel bijna omvertrapt. 'Wat is het probleem?'

'Johnny is er niet,' fluistert het meisje achteruitdeinzend.

'Johnny heeft vandaag en morgen vrij.'

'Ja, dat zei die Bob al, maar hij en die andere jongen kunnen mijn trainingsschema nergens vinden, dus ik moest aan u gaan vragen wat ze met me moeten doen.'

Nadine wil er niet bij stilstaan hoe de weekendtrainers zojuist naar Hedwig hebben gekeken. 'Wat stom van Johnny,' valt ze uit. Maar dat is niet eerlijk. Ondanks haar toezegging aan de staf hebben ze nog steeds geen officieel behandelplan voor Hedwig.

'Ach, stom, stom,' relativeert Derek op luide toon. Hij is bij het raam gaan staan, alsof hij zo ver mogelijk bij Hedwig vandaan wil zien te blijven. 'Er is gelukkig geen man overboord. Jij hebt de intake van deze jongedame toch zelf gedaan? Jij weet precies wat ze nodig heeft.' Dit is jouw verantwoordelijkheid, Nadine, dit heb jij je zelf op de hals gehaald.

'Prima,' perst ze eruit. Iedereen maakt fouten, ja, alleen niet in dezelfde orde van grootte. Ze grist haar spullen bij elkaar en wenkt Hedwig met een hoofdknikje. Meekomen, jij.

Walging werkt zich als gal naar haar keel terwijl ze voor het meisje uit naar de parkeerplaats loopt. Merci, Derek. Ze rukt het autoportier open. 'Stap maar in. Het is weekend. Dan heb je vrij. Had ik je dat niet verteld?'

Hedwig blijft staan. 'Maar iedereen is aan het trainen!'

'Daarnet ontschoot het me, maar natuurlijk heeft Johnny voor jou geen schema achtergelaten. Mensen van jouw leeftijd geven we in het weekend rust, om het ritme van het proces te bevorderen. Je bent vijftien. Dat vraagt om een heel ander contingent van belasting dan bij volwassenen.'

'Ik dacht dat ik vandaag op de loopband mocht.'

'Dat mag je pas als je voor me hebt opgeschreven waarmee je wel of niet geholpen wilt worden. Tot dat moment hou je je aan mijn regels. Anders gaan allerlei systemen elkaar doorkruisen.'

Hedwig gaat zitten en gespt met trillende handen haar gordel om.

'We gaan naar het dorp,' kondigt Nadine aan terwijl ze de auto start. 'Dat vind je vast wel leuk.' Ze kijkt even opzij. Hedwig zit erbij alsof ze in shock is. Het zou allemaal een stuk makkelijker zijn als er íéts aan het meisje was dat haar vertederde. Maar wie in de greep van een obsessie verkeert, is een onbereikbare zombie.

Gedurende de hele rit zwijgen ze allebei. Wie in haar hart vrede over haar man wil voelen in plaats van een vreselijke, ondermijnende onrust, is ook niet op haar best.

Het is druk in het dorp. Stapvoets rijdt ze achter auto's aan waarvan de bestuurders azen op een parkeerplaats. Pas bij de kerk vindt ze een plekje. Nu moeten ze het hele eind teruglopen naar het begin van de straat, waar een supermarkt zit die kranten verkoopt. Onderweg zullen bekenden haar vast staande houden, terwijl ze vragend naar Hedwigs bizarre verschijning kijken. Ze ziet zich al achter haar hand smiespelen: 'Ja, mijn nichtje uit Almelo, heb ik nooit over haar verteld?' Ze kan haar bezwaarlijk als een hond in de auto opsluiten, met het raam op een kiertje. Ze waarschuwt zichzelf. Dit kind kan het niet helpen dat zij tot elkaar veroordeeld zijn. 'We gaan die kant op,' wijst ze. 'Als je winkels ziet waar je even naar binnen wilt, zeg je het maar. We hebben alle tijd.'

Zonder animo sloft Hedwig naast haar voort, terwijl Nadine doet alsof ze in etalages kijkt. Straks op het stukje langs de poelier, de vishandel en de bakker gaat het nog lastig worden. 'Zullen we hier oversteken?' stelt ze bij voorbaat al voor.

Hedwig staat weer stil. 'Iedereen kijkt naar me.'

'Dat denk je maar.'

'Ik zie er niet uit.'

'Ach,' begint ze, maar dan daagt het haar. 'Sorry, Hedwig,

ik had je natuurlijk de kans moeten geven om je even om te kleden. Weet je wat? We gaan... een mooie sjaal voor je uitzoeken.' Ook niet slim. Ze kan zich helemaal geen overbodige uitgaven meer permitteren.

Op Hedwigs ondoorgrondelijke gezicht breekt een lachje door. 'Ik weet iets veel beters!'

Haar tandglazuur ziet eruit als een gevel die langdurig aan zure regen heeft blootgestaan. Geschrokken wendt Nadine haar blik af.

'Ik ga een cadeautje voor ú kopen. Omdat u me zo helpt.'

'Nee, nee, dat is...' Dat is gewoon mijn werk?

'O, fuck. Ik heb geen geld bij me.'

'Ook weer opgelost. Kom, we gaan even een krant halen.'

'Maar u houdt het te goed, hoor.'

'Dat is lief.' En nu ophouden, ophouden, Hedwig.

'Okidoki,' zegt Hedwig ongewoon monter. Ze lijkt tevreden.

Nadine denkt: ik heb van de week al een cadeautje gekregen. Van mijn man. Een ijsbeer met een muts met roodwitte strepen. Zeg eens eerlijk, wat vond je van hem toen je hem vanochtend ontmoette?

Ze voelt dat Hedwig haar mouw even vastpakt als ze een terrasje passeren waar net geurige appeltaart wordt geserveerd. Zelf snakt ze naar een kopje koffie, maar dat zal ze moeten vergeten, ze kunnen hier niet neerstrijken te midden van al die etende, kauwende mensen.

Voor de supermarkt worden ze aangeklampt door een jonge verkoper van de daklozenkrant die niet veel dikker is dan Hedwig. 'Dames! Ik bied jullie een onvergetelijke kans!'

Ze negeert hem. Doorlopen, Hedwig. We gaan linea recta naar de servicebalie, daar staat het rek met de dagbladen. Doe je ogen maar dicht als ik meteen wat snoepgoed voor Derek meeneem, of anders leg ik je wel uit dat het in zijn geval om een medicinale toepassing gaat, mijn man verbrandt namelijk ongelooflijk veel energie omdat hij een zwendelaar is. Misschien moet hij zijn eigen repen maar kopen.

'Mevrouw Ravendorp,' zegt de caissière achter de balie, 'voelt u zich niet lekker?'

'Hé, Barbara. Alles goed?'

'U trok even helemaal wit weg.'

Ze legt drie exemplaren van de krant op de counter en haalt haar portemonnee tevoorschijn. Munten kletteren over de toonbank en op de vloer. Hedwig mompelt: 'Ik raap ze wel op.'

Naar dat scharminkel kijkt niemand, iedereen kijkt naar haar, naar Nadine Ravendorp van het William Banting Instituut, Nadine die samen met die charmante man van haar geld als water verdient aan andermans zwakheden, eigenlijk zijn het gewoon uitvreters, die twee in hun kast van een villa in de duinen.

Met de kranten als een schild tegen haar borst gedrukt werkt ze zich de winkel uit.

'Dames! Dames!' De magere daklozenkrantverkoper verspert hun opnieuw de weg. 'Ik bied jullie de kans om je medemenselijkheid te tonen. Is dat niet fantastisch?'

'Nee,' zegt ze.

'Maar je weet niet wat je mist! En ook niet wat het je oplevert. Kom op, laat je hart eens spreken.'

Ze moet zich bedwingen om hem niet opzij te duwen. Snel stapt ze naar links, naar rechts, maar hij springt als een reusachtige vlo met haar mee.

'Je hebt toch wel een hart? Komt dat zien, mensen, komt dat zien, een vrouw zonder hart!'

'Hier, kneus, twee euro,' zegt Hedwig schel. Ze geeft de verkoper een van de muntstukken die ze daarnet van de vloer heeft opgeraapt.

'Dat bedoel ik,' zegt hij terwijl hij haar een krantje toesteekt. 'Wat kunnen die paar rooie rotcenten je schelen? En jij voelt je op slag een beter mens. Dat is toch onbetaalbaar?'

Twee

Nadine komt tot bedaren zodra ze op een bankje bij de kerk de weekendbijlage heeft opengeslagen. Naast haar zit Hedwig met haar benen te wiebelen en op haar nagels te bijten.

Het artikel over het William Banting ziet er in elk geval indrukwekkend uit. Het beslaat twee hele pagina's, met links een foto van Derek en haarzelf, afkomstig uit hun brochure, waarop ze allebei hun enigszins geretoucheerde tanden blootlachen. Het is haar nooit eerder opgevallen, maar ze lijken wel wolven. Op de rechterpagina staat een grote foto van de villa. Ze laat de krant op haar knieën zakken.

Het zal toch niet gebeuren dat de bank eist dat ze het huis verkopen? Ze hebben er vijfentwintig jaar in geïnvesteerd. Ze zijn er vijfentwintig jaar lang wakker geworden met de zilte geur van de zee door het open slaapkamerraam en met beneden de stemmen van de gasten op weg naar het ontbijt, waardoor iedere dag vanzelf zin en betekenis kreeg.

'Moeten we zo niet terug?' merkt Hedwig onrustig op, maar dan valt haar blik op de opengeslagen krant. 'Hé, dat bent u.'

Nadine heeft de neiging om wat opzij te schuiven. 'Hier. Ik heb het al gelezen.'

Hedwig pakt de krant van haar schoot. 'Dankzij het succesvolle ondernemersechtpaar Derek en Nadine Ravendorp...'

'Ik zei: ik heb het al gelezen.' Het bloed is haar naar het hoofd gestegen. Die Kristel moest eens weten.

Even is het stil. 'Gegarandeerd gewichtsverlies! Dat staat hier.'

'Ja,' zegt ze. 'Dat heb ik je toch verteld?' Derek zal trouwens wel opmerken dat ze geen akkoord had mogen geven voor de term 'gewichtsverlies'. We zijn de Weight Watchers niet.

'Een indrukwekkende staat van dienst,' leest Hedwig voor.

Nog meer vurige kolen op haar hoofd. Toen ze het stuk van de week binnenkreeg, klonk het allemaal veel minder opgeschroefd. Zou een eindredacteur erin hebben zitten rommelen? Of zijn de woorden exact dezelfde gebleven, maar maken de omstandigheden ze plotseling zo patserig?

'Gaaf,' mompelt Hedwig.

Om niets terug te hoeven zeggen grijpt Nadine de daklozenkrant die ze zich in de handen hebben laten stoppen. Zonder op de inhoud te letten, bladert ze er wat in. Dan trekt een kop haar aandacht: LEVEN VAN ANDERMANS MEDEMENSELIJKHEID. Daar had die opdringerige verkoper het dus vandaan. Onwillekeurig leest ze de eerste zinnen van het artikel. Het is een betoog van iemand die beweert al jaren op andermans zak te leven zonder zelf een cent uit te geven. Het klinkt als een broodjeaapverhaal. Bestaat er überhaupt nog informatie die je kunt vertrouwen en die niet van leugens aan elkaar hangt, of spreekt hier haar eigen geweten?

Naast haar vouwt Hedwig de krant dicht. Het gewiebel begint weer. Alsof ze met een kleuter op stap is.

'Moeten we zo niet terug?' vraagt Hedwig opnieuw. 'Het is al twaalf uur geweest. Of gaat het in het weekend met eten ook anders?'

'Wacht even, ik heb dit nog niet uit.' Ze heeft niet de geringste aanvechting om het strijdtoneel van het William Banting weer te betreden. Je zult zien dat Sand, het is zijn eerste weekend, iets aan te merken heeft op de invalkrachten. Ze durft zijn kritiek nu niet eens meer met Kristels artikel te pareren. De kuil die ze zelf hebben gegraven, moet niet nog dieper worden.

'Ik wil alleen maar dat mijn schema niet in de war raakt,' mompelt Hedwig.

Zonder op te kijken zegt ze: 'Daar zorg ik wel voor.'

'Hoef ik in het weekend soms niet te eten? Dat was het eerste wat ik dacht toen ik vanochtend geen ontbijt kreeg.'

Dus Sandra heeft niets aan de keuken doorgegeven en er is geen dienblad naar de Matroos gebracht. Als dat geen regelrechte werkweigering is. Hoe bedoelt u, mevrouw Ravendorp, er is toch helemaal geen behandelplan en ik heb zelfs nog niet eens een dossier van u gekregen.

'Hoef ik in het weekend niets te eten?' herhaalt Hedwig.

'Je eet wel degelijk, alleen volgens een ander schema. Heb je trek?'

Afwerend schudt Hedwig haar hoofd. 'Helemaal niet.'

Nadine kan het niet langer vermijden haar aan te kijken. Het treft haar dat het meisje er minstens twee keer zo oud uitziet als ze is. Alles aan haar lijkt verschrompeld. Ze heeft kerfjes bij haar mondhoeken, haar ogen staan dof, zweet parelt op haar neus. Ze heeft niet ontbeten, en al hebben ze de afgelopen etmalen geprobeerd stiekem duizend calorieën per dag bij haar naar binnen te werken, ze is nog steeds structureel ondervoed en zo daas van de honger dat ze het signaal niet eens meer registreert. Ineens is Nadine bang dat het kind voor haar ogen in elkaar zal storten. Gejaagd staat ze op. 'We gaan een broodje kopen.'

Hedwig klemt haar handen om de rand van de zitting van het bankje. 'Ik mag geen brood.'

Ook zij zet zich in postuur. 'Je weet toch dat je juist bepaalde vezels en koolhydraten moet eten om te blijven afvallen? Hoe minder je eet, hoe trager je spijsvertering wordt. En dat wil je niet, want dan verbrand je nauwelijks calorieën meer. Daarom is verder afvallen onder een zeker gewicht altijd zo moeilijk. We gaan je metabolisme eens even een boost geven met wat extra brandstof.'

Wat ze zegt is allemaal waar, maar Hedwig blijft koppig zitten, turend naar haar schoenen.

'Als je langdurig weinig eet, denkt je maag dat het een noodtoestand is, Hedwig. Bij schaarste gaat hij op eigen houtje zo langzaam mogelijk werken. Laat jij je maag de baas over je zijn?'

Nee, dát kan Hedwig natuurlijk niet laten gebeuren.

Terug naar de supermarkt is weer een heel eind lopen. Nadine pakt het meisje bij haar elleboog en loodst haar mee naar de snackbar aan de overkant.

Een geruststellende omgeving kan dit in Hedwigs ogen niet zijn. Als levensgevaarlijk radioactief afval liggen in de vitrine knaloranje kaassouflés uitgestald, hardroze hotdogs, allerhande korrelig gepaneerde cilinders, kroketten, frikandellen, loempia's, kipcorns, gehaktballen en hamburgers, naast kuipen vol opbollende huzarensalade, bakken hardgekookte eieren en fluorescerende vleeswaren. Erachter staat een vat frituurvet te borrelen.

Ook Nadine, die hier nog nooit een voet over de drempel heeft gezet, moet iets overwinnen. Ze bestelt twee bruine pistoletjes gezond, er het beste van hopend. Vanuit haar ooghoek houdt ze Hedwig in de gaten, die bij de deur van het ene been op het andere hipt.

'Met boter of met mayo?' vraagt de vrouw achter de counter, terwijl ze twee afbakbroodjes uit de oven haalt.

'Geen van beide.'

'Uw dochter ook niet?' De vrouw dempt haar stem. 'Moet die niet een beetje aansterken? Gottogot. Hier, ik doe er voor haar een extra plak kaas op. Beterschap, hè?'

Weer buiten zegt Hedwig meteen: 'Ik hoorde het wel, hoor, van die kaas.'

'Maak je niet druk. Ik neem dat broodje wel. Even kijken.

Hier, één plakje kaas.'

Hedwig neemt het broodje niet van haar aan. 'Ik kan niet eten waar iemand anders bij is.'

'Dat begrijp ik. Want dan zien ze dat je niets in je mond steekt. Hoe los je dat thuis op? Stop je je eten dan in je mouwen, of zo?'

Hedwig lacht geluidloos. 'Zal ik het voordoen?'

Drift bespringt haar. 'Ga je gang. Van mij hoef je niets te eten, hoor. En als je het niet kunt verdragen dat ik dat wel doe, kijk je maar de andere kant op.' Ze neemt een hap van haar eigen broodje. Op de korst van het afbaksel ontmoeten haar kiezen veel meer prettig knapperige weerstand dan ze had verondersteld, en vervolgens zinken ze weg in een smurrie van groenten en kaas die een verrassend aangenaam mondgevoel teweegbrengt en die moeiteloos naar binnen glijdt. Zonderling gesterkt propt ze het zakje in elkaar.

Half van haar afgewend neemt Hedwig een hapje van een flinter komkommer die ze uit haar broodje heeft getrokken.

'Sta niet zo ontzettend te miezemuizen.'

'Ik kauw alleen maar goed. Ze dacht dat u mijn moeder was, hè?'

'Wie?'

'Die vrouw in de snackbar. Ze zei...'

'Ik ben veel te oud om je moeder te zijn.'

Hedwig begint aan een schijfje tomaat. 'Ik vond het wel leuk dat ze dat dacht.'

'Niet met volle mond praten. En laten we maar weer even gaan zitten, want zo te zien duurt dit nog wel even.'

'Kauwen is het begin van de spijsvertering, hoor.'

'Zeker, maar je kunt ook overdrijven. Ons bankje is nog steeds vrij. Kom.' Ze zet zich in beweging.

Achter haar gaat Hedwig spraakzaam door: 'Zijn uw kinderen al lang het huis uit?'

'Ik wil je niet meer horen zolang je dat broodje nog niet ophebt.' Ze gaat zitten en slaat demonstratief de daklozenkrant weer open, maar haar handen beven plotseling. Wat heeft ze Derek tekortgedaan. Niet eens door hem geen kinderen te schenken, dat had iedereen kunnen gebeuren. Maar hoe kan ze het hem kwalijk nemen dat hij heeft gezwegen over zijn gesjoemel met de boekhouding terwijl zij hem zelf altijd in de waan heeft gelaten dat zij evenveel verdriet over haar miskramen had als hij? Wat hebben ze elkaar gesteund en getroost. Tot op de dag van vandaag heeft hij er geen weet van hoe dankbaar ze was voor het mislukken van haar zwangerschappen. Haar opluchting daarover heeft zij heel wat langer verborgen gehouden dan hij zijn geschuif met de cijfers. Ook voor haar was het een kwestie van redden wat er te redden viel. Ze wilde hem niet kwijt. Dan maar leven met een leugen.

'Hu, ga weg, engerd,' roept Hedwig tegen een meeuw die met gestrekte nek naast haar op de leuning van het bankje neerstrijkt.

'Hij ziet dat je brood hebt,' zegt ze kortaf. Ze wil naar huis om tegen Derek te zeggen dat ze van hem houdt, wat er ook is gebeurd. De waarheid is misschien wel nooit eenvoudig, en soms kan een welgekozen leugen minder leugenachtig zijn dan je op het eerste gezicht denkt. Het is maar wat ermee wordt beoogd.

'Ik ben opeens zo misselijk,' klaagt Hedwig.

Ze komt half tegen haar aan hangen, en er druppen een paar tomatenspetters uit haar broodje op de opengeslagen pagina van de daklozenkrant, precies op het artikel over leven van andermans medemenselijkheid. Ontwaak, burgers, de voedselbanken kunnen de rijen behoeftigen niet aan terwijl meeuwen vliegende ratten geworden zijn doordat mensen hele broden van de galerij van hun flat gooien, zoiets zal de onderliggende boodschap van het stuk wel zijn. Maar ze oordeelt weer eens te snel.

De mensheid, betoogt de schrijver, is in wezen goed, gul, onbaatzuchtig en barmhartig. Dat heeft hij zelf mogen ondervinden in alle jaren waarin hij op andermans zak leefde. Zoveel goedheid verdient een bijzondere beloning, en gelukkig stellen zijn persoonlijke omstandigheden hem in staat om nu op zijn beurt een passend gebaar terug te maken.

Terwijl ze met stijgende verbazing verder leest, bekruipt haar het gevoel dat ze een deel van dit verhaal al eerder heeft gehoord. Waarom klinkt het vaag bekend? Dan valt haar blik op het kleine, grijze fotootje onder het stuk. Waterige ogen kijken haar aan. 'Was getekend,' leest ze, 'uw weldoener Jacob de Heer.'

Het is neef Helmut.

Drie

Onderweg naar huis denkt ze koortsachtig na, terwijl Hedwig naast haar zit te dommelen na haar buitensporig zware lunch van vier happen brood.

Waarheen kan Helmut de steven hebben gewend toen hij uit het William Banting vertrok? De nachten zijn nog veel te koud om buiten te slapen. Grote kans dat hij die momenteel doorbrengt in een of andere opvang. Ze ziet zichzelf al met de opengeslagen daklozenkrant langs uitgewoonde panden trekken: 'Kent u deze man? Ik heb goed nieuws voor hem, maar ik weet niet waar ik hem kan vinden.'

Helmut, of beter gezegd Jacob de Heer, zal het vast waarderen als blijkt dat zij zoveel moeite doet om hem te kunnen vertellen dat Peperkoorn hem zoekt voor de documentaire die hij wil maken. Als hij dat optelt bij de blijken van medemenselijkheid die ze hem al heeft betoond, kan hij maar tot één conclusie komen. Topwijf.

Wat is het makkelijk om je hoofd op hol te laten brengen als je in het nauw zit. Ze heeft die man in bad gedaan. Zag hij er toen uit als degene die hij nu in dat artikel voorwendt te zijn? Ze heeft hem dagenlang om zich heen gehad. Was er toen iets wat er in de verste verte op wees dat hij géén zwerver was? Onzin. Hij moet dat hele verhaal uit zijn duim hebben gezogen. Het is een soort parabel. Het is te onwaarschijnlijk om waar te kunnen zijn.

Maar is het op zich niet even onwaarschijnlijk dat er mensen bestaan die de kost verdienen aan het uithongeren van soortgenoten die zichzelf zo hebben volgepropt dat ze amper nog op hun benen kunnen staan? Het begrip waarschijnlijkheid krijgt rekbare dimensies, als je maar lang genoeg in het William Banting vertoeft. En zou een doorgewinterde zakenman als Peperkoorn zich zomaar iets op de mouw hebben laten spelden? Hij is niet voor niets geïnteresseerd in Helmuts 'project'.

Trouwens, als Helmut zoals hij in zijn artikel beweert werkelijk al jaren bezig is in de praktijk bewijsmateriaal te verzamelen voor zijn gewaagde stelling dat de mensen het liefst goeddoen, waartoe hij ze graag in staat stelt, dan kan ze zich de moeite besparen om naar hem op zoek te gaan in daklozenshelters; dan heeft hij allang een nieuw onderkomen weten te vinden waar de gebakken eieren hem vanzelf in de mond vliegen. Wie zegt dat hij dat stuk niet louter heeft geschreven met de bedoeling zichzelf overal een warm welkom te bereiden? Dat past veel meer bij het beeld dat ze van hem heeft.

Ze draait het autoraampje wat verder open. Stel nou, louter hypothetisch, dat ze zich in hem heeft vergist. Als je die Jacob de Heer helemaal niet kent, hoe ervaar je dan zijn bevindingen als 'undercoveronderzoeker die ondertussen weleens met pensioen wil' en die nu bezig is 'de balans op te maken om een passend gebaar terug te kunnen maken'? De beloning die hij zegt te gaan uitloven voor al het goeds dat hem is toegevallen, onderstreept nog eens hoezeer de term 'weldoener' op hem van toepassing is.

Je kunt wel denken: wie léést de daklozenkrant na het fijne gevoel er twee euro voor te hebben overhandigd, maar je moet niet uitsluiten dat er opeens allerlei aasgieren zullen opduiken. Ze moet Helmut zien op te sporen voordat iemand anders de kans krijgt ervandoor te gaan met de kluif die hij zijn lezers voorhoudt.

Naast haar snurkt Hedwig zo hard dat ze er zelf wakker van schrikt. Ze smakt met haar droge lippen. 'Waar zijn we?' vraagt ze, verdwaasd overeind komend.

'Bijna thuis.'

'Ik droomde dat ik een heel brood opat.'

'Wat een mens in z'n dromen allemaal niet uithaalt.'

Hedwig lacht onzeker. 'Ja, in je dromen doe je maar wat. Maar in het echt heb je principes nodig.'

'Principes bezorgen je anders meestal meer last dan plezier, hoor.' Ze draait de oprijlaan op. Ze trekt de handrem aan. 'Kom.'

Hedwig stapt niet uit. 'Dat zegt mijn vader ook altijd, van die principes!'

'Iedereen die maar lang genoeg leeft, komt om en nabij tot dezelfde conclusies, vermoed ik.'

'Maar ik dacht dat u anders was.'

Haar hart zinkt. 'Je zou nog een lijstje voor me maken, dat lijkt me een mooi karweitje voor vanmiddag.'

Onverhoeds timmert het kind met beide handen op het dashboard. 'U luistert niet naar me! Ik dacht dat u ánders was!'

'We zijn niet verantwoordelijk voor elkaars verwachtingen, Hedwig,' zegt ze stijf. 'En ik kan geen gedachten lezen, dat heb ik je al eerder verteld, dus schrijf zo meteen nou maar duidelijk op waarmee je wel en niet geholpen wilt worden.'

Hedwig begint met gierende uithalen te huilen. 'Ik dacht dat u me begréép.'

Ze haat zichzelf. Waarom geeft ze het meisje nu geen aai over haar bol? Het spijt me, Hedwig, het spijt me, maar ik wist op voorhand dat ik zou falen. Dat wist ik al tientallen jaren voordat jij werd geboren. Ik heb geen idee hoe andere mensen dat met kinderen doen, en dan ook nog eens zo vanzelfsprekend, alsof ze een boterham eten, gewoon, omdat de natuur het dicteert. Maar het mes heeft aan twee kanten gesneden. Niet alleen heb ik goddank geen moeder hoeven te worden, ook de kinderen die ik had kunnen hebben is een hoop bespaard gebleven.

'Ik dacht dat u me begréép. Maar u bent net zoals de rest.'

Ze doet een manhaftige poging: 'Ik snap best dat het heel moeilijk is om jou te zijn, in deze fase van je leven.'

Hedwig veegt de tranen van haar schrale bovenlip.

'En ik bewonder je, hoor, je bent een doorzetter.' Ze krijgt een laffe smaak in haar mond. Decennia van gasten paaien en naar de mond praten schieten door haar hoofd. Wat goed van u, meneer Ramakers! U kunt het echt wel, meneer Staffijn! Gewoon nog even doorbijten, meneer Van Zaanen! Is het werkelijk waar dat ze er haar levensdoel van heeft gemaakt om mannen zonder een greintje ruggengraat dag in dag uit aan te moedigen?

'Hup,' zegt ze met onvaste stem. 'Ga een lijstje maken van de dingen waarmee ik je kan helpen.'

'Mijn moeder zegt ook altijd dat ze me wil hélpen. En ondertussen gooit ze overal room in.'

Bijna zegt ze: Besef je niet dat dat iets is om dankbaar voor te zijn? Maar ze zegt: 'Wees dan maar blij dat ik je moeder niet ben.' Afgemat trekt ze de sleutels uit het contact. 'Blijven we hier zitten wortelschieten, of gaan we aan de slag?'

'Ik had een cadeautje voor u willen kopen,' memoreert Hedwig nors, maar ze opent eindelijk het portier.

'Als je klaar bent, kom je me je lijstje maar brengen,' zegt ze.

Ze haalt een paar keer diep adem als het kind is uitgestapt om zich naar de Matroos te slepen. Dan pakt ze de kranten van de achterbank en gaat naar binnen.

Derek zit nog steeds achter zijn bureau naar het beeldscherm te turen. Ze gaat achter hem staan en probeert zijn stemming aan te voelen alvorens haar armen om zijn hals te slaan.

Zonder groet zegt hij: 'Ik kan wel een Mars gebruiken.' Irritatie en ongeduld hangen als bijna tastbare dampen om hem heen.

'Je lijkt Helmut wel. Maar moet je dit eens zien. Je zult van je stoel vallen.'

De telefoon rinkelt. Met een plof legt ze de kranten op zijn bureau neer en neemt op. Jazeker, daar spreekt u mee. Natuurlijk, we sturen u graag een brochure. Een afspraak maken is soms zelfs nog verhelderender. O, dat kan op heel korte termijn, we zijn gewend flexibel te werken. Even zien. Maandag in de namiddag, zei u?

Ze kijkt in de agenda. Voor volgende week staat in Dereks blokschrift nog steeds alleen maar de afspraak met de bank genoteerd. Wat had ze dan verwacht? Dat er al twaalf geïnteresseerden zouden hebben gebeld? Veel mensen lezen de krant pas vanavond of op zondagochtend. Nieuwe gasten zullen het probleem van de oude borgsommen niet oplossen, maar bij een volgeboekte agenda zal de bank vast behulpzamer zijn dan wanneer er geen reserveringen zijn. En de bank zal helemaal toeschietelijk zijn als zij erin slaagt Jacob de Heer, alias neef Helmut, achter zich te krijgen.

Derek zit voorovergebogen Kristels artikel te lezen. 'Gewichtsverlies?' citeert hij verbolgen.

'Het werkt blijkbaar, want er belde net een belangstellende. Maar kijk nou even in de daklozenkrant, want...'

'Dat je dat hebt laten staan!'

'Lees dat andere stuk nou. Dat gaat over Helmut, en...'

'Dit gaat over óns.'

Over ons, denk ze. Wij? Alsof zij beiden het William Banting zíjn. Alsof het William Banting geen gebouw en geen methode is, alsof de ogenschijnlijke bakstenen en de filosofie in werkelijkheid hun vlees en bloed zijn. Alsof heel deze vet aftappende onderneming een levend organisme is: het hunne. Ze kokhalst bijna.

'Die Helmut heeft vanochtend trouwens al gebeld,' zegt Derek. 'Ik heb hem Peperkoorns nummer gegeven. Maar neem me nou niet kwalijk dat ik gewichtverlies geen slimme zet van je vind, Nadine. Als we nu ook nog gaan downgraden... Is er wat?'

Gelukkig, ze heeft alweer greep op zichzelf. 'Lees nou eerst dat artikel dat hij heeft geschreven. Hier.' Ze schuift de daklozenkrant onder zijn neus.

Waar anders dan in het William Banting had Helmut in contact kunnen komen met een loslopende filmproducent die niet door secretaresses en assistenten werd afgeschermd en die alle tijd van de wereld had om zijn verhaal aan te horen? Waarschijnlijk heeft hij hier pas beseft dat hij via iemand zoals Peperkoorn veel meer publiciteit voor de grande finale van zijn project zou kunnen genereren dan met alleen maar een stuk in de daklozenkrant.

Derek leest hardop voor: 'Ze zeggen dat de wereld bezig is ten onder te gaan aan graaizucht, onverschilligheid en egoïsme. Het valt inderdaad niet te ontkennen dat er een hoop klojo's rondlopen. Maar, mensen, laten we niet vergeten dat we in wezen allemaal oneindig veel gelukkiger worden van geven dan van ontvangen.' Hij knijpt in zijn neuswortel. 'Best aandoenlijk, vind je niet?'

'Schiet nou op.' Ze kijkt naar hem terwijl hij verder leest. In haar hoofd is de term aandoenlijk helemaal niet opgekomen. Flauw dat ze daarnet uit woede geen chocola voor hem heeft gekocht.

'Wacht even. Hij zegt dus dat hij jarenlang een soort sociaal experiment heeft uitgevoerd om aan te tonen...' Derek begint te lachen.

'Ja. Ik dacht eerst ook: wat een originele manier om klaplopen goed te praten. Maar lees nou verder.'

'Wát?' zegt Derek na enkele ogenblikken. 'Zelf ook maar stomtoevallig geboren met een gouden lepel in zijn mond?'

Ze houdt het niet meer uit. 'Het zong hier in huis al rond dat hij stervensrijk is, maar dat leken me praatjes.'

Haar man tikt met zijn wijsvinger op de krant. 'Dat kunnen het nog steeds zijn, Haasje.' Hij leest voor: 'Ik heb kind noch kraai, dus wat zou je dan op je familiekapitaal blijven zitten. Een tijdlang heb ik met de gedachte gespeeld om alles wat ik zelf niet nodig had, weg te geven. Maar het werd me steeds duidelijker dat ik daarmee de indruk zou wekken dat geld gelukkig maakt, terwijl het juist de wortel van alle hardheid en onverschilligheid in de wereld is. Dus daarom heb ik tot deze aanpak besloten.'

Derek kijkt even op. 'Een zendeling,' zegt hij, maar hij zegt het mild.

'Of een fantast. Maar als het wel waar is, kan het interessant zijn. Helmut laat zijn lezers namelijk weten dat hij als sluitstuk van zijn project zijn vermogen testamentair gaat nalaten aan een organisatie of een goed doel waarin hij zijn eigen humanitaire filosofie herkent.'

Vier

Oké, dan gaat ze er zelf wel achteraan. Derek en zij zijn niet voor niets zo'n goed team: hij zorgt voor de shit, zij voor de oplossingen.

Op weg naar haar auto stuit ze helaas op aannemer Sand. Hij staat breeduit naar de villa te kijken zoals ze hem al eerder heeft zien doen, als het ware kauwend op een imaginaire sigaar. Ze kan hem niet ontwijken.

'Mevrouw Ravendorp. U ziet er verhit uit.'

'Meneer Sand. Hoort u niet aan het trainen te zijn?'

'Uw weekendkrachten zijn nogal laks.'

'Ach, wat vervelend om te horen, maar heel goed dat u het meldt.'

'Zodat u er iets aan kunt doen, net zoals u die kwestie met het meisje Voetemans zou oplossen? U stelt me teleur. Ik dacht dat u van wanten wist.'

Levendig ziet ze voor zich hoe ze hem met een van de zware zilveren kandelaars uit de eetzaal een klap op het hoofd geeft, hem daarna in een braadslede schuift en de oven op tweehonderd graden zet.

'Ik heb uw klachten over Hedwig doorgegeven aan haar vader. Gek trouwens dat hij u er zelf nooit over had gehoord.'

'Mevrouw Ravendorp, mevrouw Ravendorp. U zit hier nota bene op een triple-A-locatie, maar soms lijkt u wel wereldvreemd! Vindt u het de taak van uw gasten om onderlinge geschillen uit te vechten?'

'Nee, meneer Sand, daar hebt u natuurlijk gelijk in. U bent hier niet om elkaar de waarheid te zeggen, maar om in uw eigen voordeel stevig te netwerken.'

Zijn ogen vernauwen zich. Dan geeft hij haar een sponzig klapje op haar arm. 'Er is nog hoop voor u.'

'Dat doet me genoegen,' zegt ze. Ze stapt in haar auto en rijdt zo hard weg dat het grind opspat.

Haar navigatie voert haar naar de grachtengordel in Amsterdam. Ze heeft een hekel aan rijden in de binnenstad, met al die links en rechts opduikende fietsers. Ze is opgelucht als ze haar auto eindelijk voor een klein vermogen heeft geparkeerd.

Peperkoorn woont in een royaal pand op wat Sand vast eveneens een triple-A-locatie zou noemen. Zijn filmproductiemaatschappij is er ook gevestigd, ziet ze. Ze blijft even voor de deur staan om haar kalmte te herwinnen. Als ze een hysterische indruk maakt, gooit ze haar eigen glazen in. Het is al gewaagd genoeg om die man op zaterdagmiddag thuis te overvallen. Voormalige gasten zitten er niet op te wachten dat zij in hun privébestaan opduikt. Ze verzamelt al haar moed en belt aan.

Haar adem stokt als de intercom kraakt. 'Nadine Ravendorp,' brengt ze uit. De deur klikt meteen open.

Ze stapt een hoge gang in waarvan de muren van boven tot onder zijn behangen met ingelijste zwart-witfoto's. Links en rechts zijn deuren. Ze wacht, niet wetend of ze nu geacht wordt ergens aan te kloppen. Ze weet niet eens wie haar heeft binnengelaten. Misschien was het zijn vrouw. Ze voelt zich opgelaten bij de gedachte de echtgenote te ontmoeten van iemand die op haar netvlies staat in een openhangende vochtige badjas, op een hometrainer vechtend tegen zijn eigen dril.

'Wat verschaft me het genoegen?' vraagt Peperkoorn zonder veel warmte, terwijl hij door de gang komt aanlopen. Hij draagt een witte polo en een donkerrode ribbroek. Zijn rossige haar is heel kort geknipt, het staat hem goed. Zijn eigen leven zit hem weer als gegoten, dat is aan alles te zien. Zijn verblijf in het William Banting was maar een onbeduidend intermezzo.

'Ja, u zult wel denken...' Ze grabbelt in haar tas naar de daklozenkrant. 'Maar ik moest hier toch in de buurt zijn, dus ik dacht: dit geef ik even bij u af aangezien u zo geïnteresseerd bent in de heer Helmut. Ik bedoel, in de man die wij allemaal kennen als de heer Helmut.'

Peperkoorn lijkt maar heel even verbaasd. Er verschijnt een geamuseerde uitdrukking op zijn gezicht terwijl hij de krant van haar aanneemt. 'Komt u verder.'

Ze herkent de geur van zijn aftershave weer, wat haar om de een of andere reden in verwarring brengt. 'Nee, nee, u hebt vast wel wat beters te doen. Het is dat ik hier in de buurt was.'

Hij houdt een kamerdeur voor haar open.

Ze schudt haar hoofd. 'Ik ga geen beslag op uw tijd leggen.' Ze draait zich al half om. 'O ja, als de heer Helmut een dezer dagen contact met u opneemt, zou u hem dan willen vragen of hij ons nog even belt? Het is wel stom, want mijn man had hem vanochtend zelf nog aan de lijn, maar het is zo'n ongewone situatie, iemand zonder vast adres of telefoonnummer, dat hij helemaal vergat te zeggen...' Ineens is ze haar tekst kwijt. Dit is haar enige kans om Helmut te traceren, en nu dreigt ze die nog te verspelen ook.

'Dat treft,' zegt Peperkoorn. 'Hij is hier.'

Ze sluit met een bijna hoorbare klap haar mond.

'Hij belde me meteen nadat hij uw man had gesproken. Dus toen heb ik er maar geen gras over laten groeien en heb ik hem, geheel in de geest van zijn project, uitgenodigd om hier zijn intrek te nemen. Zo kunnen we samen mooi alvast beginnen aan de eerste opzet van onze documentaire. Jacob! Er is bezoek voor je.'

'Mijn hemel,' zegt ze. Dit gaat veel te snel, hier is ze niet op voorbereid.

Helmut zit in een zwartleren chesterfield in een groot vertrek dat te zakelijk lijkt om een woonkamer te zijn, maar dat ook weer te bohemien is voor een kantoor. Hij is op kousenvoeten, blijkbaar al helemaal ingeburgerd. Hij draagt het pak dat Peperkoorn bij zijn aankomst in het William Banting aanhad en dat hem bij zijn vertrek veel te groot geworden was. Ook Helmut zit het aan de ruime kant. Met een leesbril met een blauwgeblokt montuur op zijn stompe neus is hij verdiept in een stapel papieren. Op de glazen tafel voor hem ligt al een exemplaar van de daklozenkrant.
'Krijg nou wat,' zegt hij, opkijkend.

'Mevrouw Ravendorp was zo vriendelijk je artikel even te komen brengen,' zegt Peperkoorn.

'Dat is nogal een mijl op zeven, Evelien.'

'Ik moest hier toch in de buurt zijn,' zegt ze voor de derde keer.

Peperkoorn wuift naar een stoel. 'Gaat u zitten. Koffie?'

'Dus je hebt mijn stuk gelezen.' Taxerend kijkt Helmut haar aan.

'Ik vind het een erg origineel experiment.'

'Suiker en melk?' vraagt Peperkoorn terwijl hij koffie inschenkt.

Dit is de omgekeerde wereld. Een glas water erbij, meneer Harkema? En u, meneer Gomperts? 'Nee, dank u.'

'Zo.' Hij schuift haar een kopje toe. 'En voor mij twee klontjes.'

Ze slaagt er nog net in haar mond te houden.

'Origineel?' zegt Helmut. 'Ik ben gewoon geen man om te golfen of renpaarden te houden, dus dan moet je wat anders met je tijd en je leven.'

Ze knikt. 'Een zinnige invulling.'

Peperkoorn en Helmut wisselen een blik die ze moeilijk kan peilen. Kom op, ze hebben allebei onder haar dak haar zorg genoten en zonder haar hadden ze elkaar niet eens leren kennen. Ze slaat haar ene been over het andere en neemt een slok van haar koffie, die opmerkelijk goed is. Al had haar gastheer wel in wat eleganter serviesgoed mogen investeren, dat doen Derek en zij per slot van rekening ook. Je gaat ervan uit dat mensen in dit segment gevoel voor kwaliteit hebben.

Helmut grijnst. 'Ik heb de afgelopen jaren in elk geval een hoop lol gehad. Niks mis mee, hoor, met eigenbelang. Anders hou je zoiets niet vol. Maar zeg eens eerlijk: had je het achter me gezocht?'

'Geen tel. Je was een erg overtuigende zwerver.'

'Als kind had ik al geen zin in tandenpoetsen en haren kammen en dat soort mikmak. Dat is een mentaliteit, snap je? Ik ben gewoon geen negen-tot-vijfman of iemand voor een huisje, een boompje en een beestje.'

'Ik ben er vierkant in getrapt,' zegt ze. 'Ik dacht echt dat je een dak boven je hoofd nodig had.'

'Hoho. Je had me aangereden. Ik was net een paar dagen op stap met wat drinkmaten, ik zocht helemaal geen onderdak. Maar jij drong aan. Je dacht: als ik die knakker niet mee naar huis neem, geeft-ie me misschien wel aan bij de politie. Doe mij trouwens nog maar zo'n plakkie cake, Bennie.'

Ze voelt dat ze rood is uitgeslagen.

'Mevrouw Ravendorp?' Peperkoorn houdt haar een schaal voor. 'Vooruit, we zitten hier niet in uw instituut.'

'Gekke tent is dat,' mijmert Helmut. 'Hoe komt een mens op het idee?'

Ze moet zich razendsnel weer bij elkaar zien te pakken. Dit is haar kans. Barmhartigheid, samen delen, medemenselijkheid, dat zijn de kernbegrippen. 'We wilden een maatschappelijke bijdrage leveren, daar begon het eigenlijk mee,' zegt ze in het wilde weg. 'Veel bedrijven kijken alleen maar naar de cijfers, maar wij wilden iets toevoegen.

Het is niet ons enige doel om mensen te leren bewuster met voedsel om te gaan. Wij trekken het breder. We zien het als een keten: wie ophoudt onnodig veel te eten, draagt óók bij aan een rechtvaardiger verdeling van grondstoffen en middelen, en zorgt voor vermindering van overproductie en verspilling. Dat zijn zaken die de hele wereld ten goede komen. Door onze gasten bij te brengen hoe ze verstandig eten, bieden wij ze dus vooral de kans om iets voor hun minderbedeelde medemens te betekenen.'

Helmut loert over de rand van zijn leesbril. 'Heb jij dat ook als zodanig ervaren, Bennie, toen je daar zat?'

Peperkoorn schudt zijn hoofd. 'De focus ligt in het William Banting Instituut helemaal niet op voedsel. Het is per slot van rekening geen ordinaire dieetclub. Ik was er om mijn leefstijl bij te punten.'

Het lukt haar er een lachje uit te persen. 'Maar al doende, meneer Peperkoorn, hebt u wel degelijk uw CO_2-voetafdruk teruggebracht en daardoor onze planeet een beetje leefbaarder gemaakt.'

'En je maakt mij niet wijs, Bennie, dat je bij Evelien niet voor het eerst van je leven hebt meegemaakt wat honger is. Op zich best een leerzame ervaring, toch?'

'Juist,' zegt Nadine, 'jij hebt onze werkwijze ook aan den lijve ondervonden. We zijn niet alleen op aarde, dat is ons credo, al hangen we het niet aan de grote klok. Als we daar te veel op zouden hameren, zouden onze gasten zich misschien niet meer comfortabel voelen. We spelen het via de band van hun eigenbelang, want zoals je zelf net zei, daar is helemaal niets mis mee. En al doende hopen we, zeg maar undercover, een mentaliteitsverandering teweeg te brengen.' Tersluiks veegt ze haar natte handpalmen af aan haar rok. Voor een pure improvisatie was dit niet eens zo gek. Derek met zijn bedenkingen.

'Wat u in feite zegt,' Peperkoorn kucht achter zijn hand,

'is dat een humanitair georiënteerde instelling zoals het William Banting Instituut ruimschoots in aanmerking komt voor het legaat dat Jacob ter afsluiting van zijn experiment in gedachten heeft. Nietwaar?'

Helmut begint te lachen. 'Die Bennie is een Snelle Jelle, hoor.'

'Ja, waarom zou mevrouw Ravendorp je anders willen spreken?' Hij kijkt haar onbewogen aan. Het daagt haar dat hij haar persoonlijk op geen enkele manier erkentelijk is voor het feit dat hij bij haar in huis veertig kilo is geslonken. Dat was zijn eigen werk. Als zij in zijn bestaan al een rol speelt, dan is het geen aangename: zij was getuige van de gevolgen van zijn vraatzucht.

'Hopelijk zit je niet acuut op zwart zaad, Evelien, want ik lig nog lang niet onder de zoden,' gniffelt Helmut. 'Ik ben kerngezond, ik ga nog wel even mee.'

Ze kan wel door de grond zakken. Er komt geen enkel snedig weerwoord in haar op. Een nog enigszins waardige aftocht lijkt niet meer mogelijk.

'Ik krijg een subliem idee, Jacob,' kondigt Peperkoorn aan. 'Als mevrouw Ravendorp dit hele verhaal over haar instituut en ook over jouw aankomst nu eens op camera vertelt.'

'In mijn documentaire?'

'Kijk, die krant met jouw artikel is nog maar net uit, maar na het verhaal van mevrouw Ravendorp vermoed ik dat we nog veel meer undercoverfilantropen aan de deur zullen krijgen. Het lijkt me een bijzondere toevoeging aan onze film als we jouw weldoeners zelf aan het woord laten komen over hun lofwaardige daden en projecten. Misschien moeten we zelfs de mogelijkheid overwegen om de kijkers hun stem te laten uitbrengen op het project dat volgens hen getuigt van de meest belangeloze naastenliefde en dat dus als eerste in aanmerking komt voor jouw legaat. Bent u zelf ook niet ontzettend benieuwd, mevrouw Ravendorp, hoeveel stemmen u zou krijgen?'

Zijn minachting is zo voelbaar dat ze ervan siddert. Ze pakt haar tas. 'Ik zal u verder niet ophouden tijdens uw brainstormsessie.'

Ook Peperkoorn gaat staan. 'Ik vergeet nog helemaal te informeren naar dat ondervoede meisje dat bij u rondloopt. Misschien moet ik haar ook in het script schrijven. Dat geeft uw missie nog veel meer reliëf. Enfin, u hoort zo snel mogelijk van ons. Een van mijn assistenten zal de ins en outs dan nog even met u doorspreken. U weet waarschijnlijk al dat u voor de camera beter geen gestreepte of geruite kleding kunt dragen? Mooi. Komt u er zelf uit?'

Vijf

Ze gelooft geen tel dat Peperkoorn haar alleen maar zat uit te dagen met zijn suikerklontjes en zijn cake. Hij geeft nu alweer toe aan zijn oude zwakheden. En hij vindt háár verachtelijk?

In haar spiegel ziet ze dat ze rakelings langs de scooter van een pizzakoerier is gescheurd. Voorzichtig rijden, Nadine.

Dus hiervoor heeft de mensheid zich gedurende honderden millennia geëvolueerd: om mateloze bunkeraars zoals Peperkoorn voort te brengen. Je zult er maar mee getrouwd zijn. Je zult er maar mee in bed moeten liggen. Peperkoorn zien is beseffen dat er enige waarheid moet schuilen in de theorie dat bij de prehistorische mens niet seks maar voedsel de ware verbintenis tussen koppels vormde. Ooit verzekerden vrouwen zich van een gestage voedselvoorziening door zich aan een jagende man te verbinden en stelden mannen hun dagelijkse bord warm eten garant door een vrouw te beschermen. Je moet er niet aan denken wat er in die schemertijd kon gebeuren wanneer loslopende kerels ergens de geuren van een kookpot roken. Al trekt Peperkoorn zes rode ribbroeken aan en hangt hij een ton artistieke foto's aan zijn muren op, hij is in wezen nog steeds de eerste de beste holbewoner.

Ze is vast niet op tijd thuis voor de thee. Nou, dan maar niet. Waarom zou ze zo nodig de perfecte gastvrouw willen zijn als er toch nooit iemand met enige warmte aan haar terugdenkt? Het is niet alleen uit gêne dat de gasten hun verblijf in het William Banting het liefst zo snel mogelijk willen vergeten. Peperkoorn heeft zojuist bewezen dat het nog veel erger is. Ze koesteren ronduit een wrok jegens haar, de vrouw tot wie ze zich hebben moeten wenden omdat het ze aan zelfbeheersing ontbrak, de vrouw die ze hebben moeten betalen om weer een normaal mens te worden. De vrouw die hen gezien heeft op hun ergst, hun slapst, hun zwakst.

Wat is er al die jaren in de *man cave* over haar gezegd? Welke wraakfantasieën zijn daar avond aan avond besproeid met vochtige lachsalvo's? Hoe hebben ze tegen elkaar zitten opbieden? Wat hebben ze haar toegewenst terwijl ze ogenschijnlijk beschaafd met haar in de fauteuils met fleur-de-lisdessin in de salon over de Azteken of de neokubisten keuvelden? Eén groot toneelstuk, iets anders is het nooit geweest.

Eenmaal thuis parkeert ze haar auto op z'n vaste plek. Bijna vijf uur al, mooi zo. Ze zijn zich allemaal weer in het zweet aan het werken. Derek zal er wel de pest over in hebben dat ze hem voor de thee heeft laten opdraaien, en nu komt ze nog met lege handen thuis ook. Haar plan is als een bom in haar gezicht ontploft. Snel onderdrukt ze het opnieuw opvlammende gevoel van vernedering. Ze slaat het autoportier dicht en gaat naar binnen.

Op haar bureau ligt het dossier voor de bank dat Derek heeft samengesteld en geprint. Hij is er niet. Misschien speelt er zich elders in huis een vreselijke calamiteit af. Dat merkt ze dan vanzelf wel. Naast het dossier ligt een vel papier dat met een rond handschrift is beschreven. Hedwigs lijst. Nadines verlangen gaat naar geen van beide documenten uit. Zaterdagmiddag tien voor vijf: andere mensen hangen dan lekker onderuit of doen iets gezelligs. Dat hebben Derek en zij al vijfentwintig jaar niet gedaan.

Ze zit nog niet of de telefoon gaat. Vanzelfsprekend. Wij zijn altijd bereikbaar.

'Evelien!'

Ogenblikkelijk kan ze wel weer door de grond zakken.

'Ik dacht, ik bel je direct even. Anders zit je maar te wachten.'

Er wordt wel beweerd dat dingen vanzelf weer naar je toe komen zodra je ze loslaat. Pas als je de bodem hebt bereikt, keren je kansen. Misschien is neef Helmut werkelijk een goed mens.

'Bennie Peperkoorn is nogal een grapjas. Ik vond het zo sneu als je zou denken dat hij het meende.'

'Helmut,' hakkelt ze. 'Sorry, Jacob. Ik...'

'Dus dat je niet verwacht dat je echt een uitnodiging voor die opname krijgt. Het was maar flauwekul.'

Met een klap zit ze weer in zichzelf. 'Dat is heel attent van je,' zegt ze stroef, 'maar je had je geen zorgen hoeven te maken.'

'Ik heb het je al eerder gezegd, Evelien: een vrouw alleen, zoals jij, wordt gauw overal de dupe van. Dat wilde ik niet op mijn geweten hebben. Dat was het. Toedeledoki.'

Willoos blijft ze nog een tijdlang met de telefoon tegen haar oor gedrukt zitten. Ze worden niet gered. Wat heeft ze vanmiddag eigenlijk allemaal uitgekraamd over de zogenaamde filosofie van het William Banting? Een rechtvaardiger verdeling van grondstoffen en middelen. Het verminderen van overproductie en verspilling. 'We zijn niet alleen op aarde, dat is ons credo.' Ze kermt zowat.

Komt dat zien, mensen, komt dat zien. Een vrouw die maar één ding dacht: met het vooruitzicht op een legaat zal de bank vast wel een overbruggingskrediet geven. Om haar doel te bereiken scheelde het niet veel of ze had zonder blikken of blozen tegen Helmut en Peperkoorn gezegd dat het de belangrijkste doelstelling van hun instituut is om de honger in de wereld te bestrijden.

Ze laat haar hoofd in haar handen zakken. Godindehemel, waarom wil ze het William Banting eigenlijk tegen iedere prijs redden? Het instituut is nota bene bezig haar geweten op te vreten, misschien zelfs haar ziel. Ze moet zien te redden wat er van haarzelf nog te redden valt.

Decennialang heeft ze hier met inzet van haar hele hebben en houden gewerkt om het non-valeurs met een moddervette bankrekening naar de zin te maken. Mannen van wie het bij elkaar opgetelde vermogen de complete begroting van de minister van Ontwikkelingssamenwerking overtreft, maar die hun rijkdom louter aan hun eigen gewichtsproblemen besteden. Er heeft hier nog nooit iemand een voet over de drempel gezet die zich om iets anders bekommerde dan om zichzelf.

Ze mag Helmut verdomme wel dankbaar zijn dat hij het William Banting niet heeft gered. Binnen deze muren is zij onopgemerkt getransformeerd tot iemand die even monumentaal zelfzuchtig is als haar gasten. Net zoals een stom kistkalf niet doorheeft dat hij alleen maar kan eindigen als een karbonade op iemands bord, heeft zij niet tijdig ingezien wat haar onvermijdelijke bestemming als mevrouw Ravendorp was: dat er van haarzelf maar weinig zou overblijven.

Ze begint te zweten van afgrijzen. Derek en zij moeten weg uit deze vergiftigende omgeving. Hoeveel mensen van hun leeftijd beginnen er niet een B&B in Wales of gaan druiven telen in Frankrijk? Niemand is tot het einde der tijden veroordeeld tot z'n eerdere keuzes, dat leerde Derek haar lang geleden al. En het is hun beiden per slot van rekening al een keer eerder gelukt zichzelf opnieuw uit te vinden. Waarom zouden ze niet van de nood een deugd maken, hun koffers pakken en stilletjes verdwijnen om elders in de luwte een nieuw leven op te bouwen? Dan gaan ze ook geen zenuwslopende weken van soebatten met de bank tegemoet, van ontluisterende inventarisaties en allerhande calculaties met een onzekere uitkomst, terwijl ze ondertussen moeten bidden dat geen van de gasten zijn streefgewicht bereikt.

Ze hoeven helemaal niet voort op het ingeslagen pad, ze kunnen van koers veranderen en zich deze vernedering besparen.

Ze loopt naar het raam en staart naar het glooiende gazon. Precies, Nadine, zo redeneert iemand die uitsluitend aan zichzelf denkt. Wil zij zo iemand zijn? En Derek zou er trouwens ook nooit mee instemmen om op de loop te gaan. Een man een man, een woord een woord. Al heeft hij hun financiële situatie nog zo onhandig aangepakt, ook hij was alleen maar in de ban van de dwanggedachte dat het William Banting niet ten onder mocht gaan. Maar de ontbrekende borgsommen zullen wat hem betreft tot op de laatste cent aangezuiverd moeten zijn voordat hij ook maar zal overwegen de deur hier achter zich dicht te trekken.

O, en nog een ander detail. Haar dagvaarding. Als zij binnenkort niet zou komen opdagen bij de rechtbank, wordt er misschien wel een opsporingsbevel uitgevaardigd. Ze zal zich de rest van haar leven schuil moeten houden en opschrikken van iedere klop op de deur. En zo begint en eindigt alles dus met dat ene moment van onmatigheid, die avond dat ze met Marise in de stad was.

Daar gaat de gong voor het diner alweer. En na de maaltijd wacht de gasten de zoveelste onderhoudende lezing. Vanavond zal het gaan over de vraag: wat onderscheidt de mens van het dier? De edele kunst van het koken, uiteraard. Van alle schepselen onder de zon is alleen de homo sapiens in staat gebleken het vuur te beheersen en er eten op te bereiden. Onze voorvaderen slaagden erin zich vier uur kauwen per dag te besparen door hun voedsel eerst te laten garen. Daardoor werd wat zij aten ook nog eens sneller verteerbaar. Dientengevolge veranderden hun gebit en hun maagdarmkanaal en de vorm van hun ribbenkast. En hun brein nam door het gekookte voedsel zelfs spectaculair in omvang toe. Het kreeg de kans om te groeien toen het niet langer het grootste deel van de tijd bezig hoefde te zijn met het aansturen van metabolische processen.

Een lezing over een aan voedsel gerelateerd onderwerp is bepaald niet zonder risico. Maar de gasten zullen er glunderend bij zitten in de wetenschap dat ze hun messcherpe brein te danken hebben aan bijna tweehonderdduizend jaar geroer in kookketels.

In het William Banting is over alles nagedacht. Alleen voelt Nadine bij die gedachte geen enkele trots meer. Ze heeft haar buik vol van het William Banting. Voor wie en voor wat zullen Derek en zij hier nog jaren moeten ploeteren? Om hun instituut uit deze crisis te laten herrijzen? Waarom?

Zondag

Een

Terwijl Derek met een grote mok geurige cappuccino naast hun bed staat zegt hij op samenvattende toon, alsof ze al minstens een kwartier in gesprek zijn: 'Dus naar aanleiding van dat artikel in de krant hebben we welgeteld één afspraak voor een oriënterend gesprek.'

'Ook goedemorgen.' Ze klopt uitnodigend op de rand van het bed.

'Nee, ik ga maar naar kantoor. Dan heb ik de agenda bij de hand als er nog iemand belt.'

'Misschien moeten we daar niet te hard op hopen. Ik bedoel eigenlijk...' Ze aarzelt. Hij is al zo gestrest. Dit is niet het meest geschikte moment voor de mededeling dat het William Banting haar niet langer bezielt. Gisteravond lukte het haar ook niet.

'Laat je koffie niet koud worden.' Hij loopt naar de deur.

'Derek?'

'Ik doe gewoon wat ik kan, Nadine.' En weg is hij.

Ze moet hem een kans geven zich te rehabiliteren. De man en zijn eergevoel, zegt Marise altijd, daar zou je een boek over kunnen schrijven. Ze hebben bovendien geen alternatief: ze kunnen de tent niet sluiten en de gasten naar huis sturen zonder hun inleg terug te betalen.

Om de paniek te dempen drinkt ze haar cappuccino. Derek is een uitstekende barista. Maar dan schiet Hedwig haar te binnen. Die wacht natuurlijk nagelbijtend op een reactie op haar verlanglijstje. Dat heeft ze gisteravond meegenomen naar het appartement en met een zucht gaat ze ermee in haar ochtendjas op de bank zitten.

'Beste mevrouw Ravendorp,' schrijft Hedwig, 'ik ben

superblij dat ik u alles mag vragen.' Op de plaats van de puntjes op de ij van blij heeft ze twee minuscule hartjes getekend. 'Mijn soort dingen vinden mijn ouders niks aan, mijn mentor ook niet. Maar nu ik hier bij u ben, hoef ik het gelukkig niet meer allemaal in mijn eentje te doen. U bent een SCHAT.'

Nadine denkt: slowly, Hedwiek, slowly.

'Ik wil graag uw advies over het volgende,' schrijft Hedwig ineens formeel, alsof haar ouders of haar mentor haar tenminste wel hebben geleerd hoe je bepaalde dingen op schrift moet inkleden. Dan barst ze zonder overgang los over een televisieprogramma over transgenders dat ze onlangs heeft gezien, 'dat zijn mensen die in het verkeerde lichaam zitten. Ze zijn bijvoorbeeld geboren als man, maar ze wéten gewoon dat ze eigenlijk een vrouw zijn. Andersom kan ook. En dan laten ze zich ombouwen.'

Daarna gaat het over internetsites voor mensen die 'zeker weten' dat ze met een arm of een been te veel zijn geboren en die pas 'zichzelf' worden wanneer hun als overbodig beschouwde ledemaat wordt geamputeerd, 'best smerig, maar het komt echt voor'.

Er volgt een nog veel warriger intermezzo over maagkankerpatiënten. 'Dan halen de artsen hun maag eruit, daar kun je allerlei folders over krijgen. Ze naaien je slokdarm vast aan je dunne darm of zoiets, en dan kun je nog heel lang leven, dat kan namelijk makkelijk zonder maag.'

O god, denkt Nadine. Wat belandt er nu op haar bord?

'Ik ben geboren in een lichaam met een maag,' schrijft Hedwig, 'maar dat klopt niet. Ik hoor geen maag te hebben. Zo iemand ben ik niet. '

Haar ogen vliegen langs de laatste regels. Dan trekt ze zonder te douchen in het wilde weg wat kleren aan en rent het appartement uit.

Onder aan de buitentrap staat aannemer Sand te praten

met een paar wildvreemden. Wie zijn die mensen en wat hebben ze hier te zoeken, maar wat kan het haar schelen, ze schiet de fitnessruimte in waar Bob en Robbie van de hockeyclub hun mannetje proberen te staan, ze ziet in één oogopslag dat Hedwigs vader er niet is, hij moet in de sauna zitten.

Ze stapt de geur van hars en eucalyptus in. Er hangen vijf blauwe badjassen aan de haakjes. De ruit van de cabinedeur is beslagen; iemand is blijkbaar goed met de wateremmer in de weer geweest. Ze tikt met haar trouwring op het glas. Geen reactie. Ze opent de deur op een kier en snakt meteen naar adem. 'Meneer Voetemans?'

'Erin of eruit, mevrouw Ravendorp, maar deur dicht, graag.' Dat is zo te horen Van Zaanen.

'Meneer Voetemans?' roept ze nogmaals.

'Er is ruimte genoeg. Komt u er gerust bij.' Staffijn? Gomperts? Soppende geluiden, vlees dat tegen vlees petst. 'Voor u schikken we met alle liefde een beetje in, hoor.'

Ze rukt de deur wijd open. In het halve duister ontwaart ze een kluit opgeblazen kikkerbekken. Het is zo heet dat ze op slag het gevoel heeft levend gekookt te worden.

'Mooi, we hebben u dus kunnen verleiden,' zegt Van Zaanen.

De anderen lachen daverend. Voetemans is er niet bij.

Zonder de deur te sluiten verlaat ze de sauna en gaat naar het zwembad. In het voorbijgaan pakt ze een handdoek uit een stelling en slaat die om haar nek.

Hedwigs vader is de enige in het bassin. Hij ploetert met een eigenaardig soort vlinderslag door het water, waarbij zijn bleke billen steeds door het oppervlak heen breken. Als ze zijn naam roept, die schel door de ruimte ketst, verliest hij vaart. Meer spartelend dan zwemmend werkt hij zich naar de kant.

Ze buigt zich voorover. 'Ik moet met u praten. Komt u eruit?'

Er verschijnt een gealarmeerde uitdrukking op zijn gezicht. Log en druipend hijst hij zich het trapje op. Met afgewende blik geeft ze hem de handdoek, die hij om zijn heupen slaat.

'Laten we er even bij gaan zitten.' Ze gebaart naar de rieten rustbedden.

'Dat klinkt niet goed,' zegt hij terwijl hij zich moeizaam laat zakken.

Ook zij gaat zitten. De bedden zijn laag en gemaakt om op te liggen. Als je op de rand ervan gaat zitten, moet je je knieën zo hoog optrekken dat je rok omhoogkruipt. Ongemakkelijk trekt ze de stof zo ver mogelijk over haar benen. 'Ik heb een brief van Hedwig gekregen waarvan ik erg geschrokken ben.' Pas nu dringt tot haar door hoezeer ze in gebreke is gebleven: die bombrief ligt al sinds gistermiddag te tikken.

'Wat heeft ze u geschreven?'

'Ik had haar gevraagd of ze haar wensen over de behandeling op papier wilde zetten, omdat het me niet duidelijk was waar ze wel of niet hulp bij wilde hebben.'

Hij verstrakt. 'Ik was in de veronderstelling dat ú de behandeling bepaalde.'

Ze negeert zijn opmerking en tast in de zak van haar jasje. 'Leest u zelf maar.'

Hij neemt de brief van haar aan maar kijkt er niet naar. 'Hedwig kan heel... manipulatief zijn. Dat hoort bij haar aandoening. Ze heeft haar moeder en mij ook weleens de stuipen op het lijf gejaagd. We hebben geleerd haar woorden met een korreltje zout te nemen.'

Ze sjort weer aan haar opkruipende rok, opgelaten. 'Goed, zal ik het voor u samenvatten? Uw dochter blijkt maar één wens te hebben, en vraagt mij daarover om advies. Moet ze om haar maag te laten oplossen chloor drinken, of kan ze beter gootsteenontstopper gebruiken?'

In de stilte na haar woorden is te horen hoe het water tegen de randen van het zwembad kabbelt. Zelfs de druppels die van Voetemans' torso op de grond vallen zijn hoorbaar. Alle kleur is uit zijn gezicht verdwenen. Met gestrekte arm brengt hij de brief omhoog terwijl hij zijn kin intrekt. 'Leesbril niet bij me,' mompelt hij, maar het lijkt er vooral op dat hij zelfs fysiek voor Hedwigs boodschap terugdeinst.

Ze kijkt naar haar knieën terwijl hij leest. Dan hoort ze hem moeizaam inademen. 'Het siert u dat u dit serieus neemt, mevrouw Ravendorp. Maar...'

'Uw dochter wil een meisje zonder maag zijn. Sterker nog, dat hóórt ze te zijn. Dat ís ze eigenlijk al, in haar eigen beleving.'

'Ja, dat schokt mij uiteraard ook. Maar ik lees hier toch vooral dat ze zich bij u veilig en gekend weet. Het verdient een groot compliment aan uw adres dat u haar vertrouwen hebt weten te winnen.'

Geschrokken zegt ze: 'Ik kan haar niet de hulp bieden die ze nodig heeft. Ik ben geen psychiater.'

'U bent iets veel beters: iemand in wie Hedwig gelooft. Iemand die zij durft te kennen in wat haar beweegt. U hebt haar weten te bereiken. U bent tot haar doorgedrongen.'

Ze staart hem aan.

'Ik ken mijn dochter, mevrouw Ravendorp. Ze is zo gesloten als een oester. Maar u hebt haar gekraakt.'

Haar handen zijn klam geworden, maar haar besluit staat vast. Ze wil eenvoudig niet langer een vrouw zonder hart zijn. 'Ik ga u verzoeken haar hier weg te halen.'

Hij slaat zijn armen over elkaar. 'Het siert u ook dat u dit kennelijk zelfs zo hoog opneemt dat u bereid bent ervoor in eigen vlees te snijden. Ik waardeer uw bezorgdheid bijzonder. Uw houding bewijst dat Hedwig groot gelijk heeft met haar vertrouwen in u.'

Met strakke kaken brengt ze uit: 'Dat vertrouwen is nergens op gebaseerd.'

Hij lijkt haar niet te hebben gehoord. 'U bent erin geslaagd mijn dochter uit te nodigen zich aan u bloot te geven. Als u haar nu wegstuurt, is alles voor niets geweest. Dat kunt en dat mag u haar niet aandoen.'

Is hij wanhopig of is hij ziende blind, wat bezielt die man? Of schat zij die brief zelf helemaal verkeerd in? Misschien herinnerde Hedwig zich een dramatisch verhaal over chloor drinken van zo'n onzalige pro-ana site en dacht ze dat ze Nadine daarmee definitief van haar toewijding zou overtuigen. Ik meen het serieus, hoor, ik ben niet zo'n slappeling als mijn vader. Haar brief kan een perverse test zijn: eens kijken aan welke kant Nadine nou echt staat. Of gaat het hier om de spreekwoordelijke schreeuw om aandacht die verschrikkelijke gevolgen kan hebben als je hem negeert?

Alsof hij haar gedachten raadt zegt Voetemans op bezwerende toon: 'Ik denk niet dat Hedwig alles wat ze heeft opgeschreven letterlijk zo bedoelt.'

'Zelfs dan is het een behoorlijk aangrijpende verwoording van haar diepste gevoelens.'

Hij gaat verzitten, waarbij het hem nog net op tijd lukt om de handdoek die om zijn buik spant vast te grijpen. 'Als klein kind verzon ze al van alles. Ze heeft een levendige fantasie. Maar ze kent het verschil tussen feit en fictie best.' Hij moet nog een keer een greep naar de handdoek doen, wat haar een ongewenst uitzicht biedt op de lendenen die Hedwig hebben voortgebracht.

Wie zegt dat ouders onvoorwaardelijk het beste met hun kinderen voorhebben? Het zijn ook maar mensen. Dat weet zij zelf al sinds haar elfde. Het was per slot van rekening niet in het belang van de kleine Nadine dat haar moeder ophield met koken, dat deed ze in een poging om zichzelf uit het drijfzand van burgerlijke verplichtingen te trekken. En toen ze dat besluit eenmaal had genomen, denkt Nadine met het gevoel dat ze er eindelijk een vinger achter krijgt, was er voor haar moeder geen weg terug meer. Ze had niet het lef om op haar schreden terug te keren.

'U kijkt alsof u een idee krijgt,' observeert Voetemans haar verheugd.

Enigszins bits zegt ze: 'Ik was alleen maar zo vrij om even een gedachte voor mezelf te hebben.'

Zijn blik wordt koel. 'Als u uw hoofd er niet bij houdt, komen we niet veel verder.'

'U bedoelt: daar betaalt u mij niet voor.'

Even lijkt hij van zijn stuk gebracht. Dat is ze zelf trouwens ook. Dan zegt hij: 'Ik begrijp die antagonistische toon opeens niet zo goed. Zullen we ons tot de zaak beperken?'

'Hedwig is geen zaak,' zegt ze.

'Zo ken ik u weer.' Hij staat op. 'Laat u zich door Hedwig niet overstuur maken, maar gaat u gewoon met haar door op de weg die u zo succesvol bent ingeslagen. In feite hebt u geen andere keuze. Nietwaar?'

'Die heb ik wel,' zegt ze. 'Er is altijd een weg terug. Altijd.'

Twee

Voordat ze met Hedwig kan gaan praten, moet eerst de chloorlucht van het zwembad uit haar kleren. Ze loopt een rondje door de tuin in het besef dat ze nog maar één stap verwijderd is van de onmogelijke situatie dat ze Voetemans' borgsom moet zien op te hoesten, want als ze zijn dochter naar een veiliger heenkomen verwijst, vertrekt hij zelf ook.

Het liefst zou ze teruggaan naar het appartement om weer in bed te kruipen. Maar ze moet handelen. Ze mag het meisje onder geen voorwaarde in huis houden. Hulpverleners met verstand van zaken dienen zich over haar te ontfermen. Ze is een gevaar voor zichzelf. Dan heeft haar vertrek maar financiële consequenties die het William Banting niet kan dragen. Daarmee wordt hun ondergang weliswaar versneld, alleen zie je nu precies hoe wankel het evenwicht is. Het is in feite allang een verloren zaak. En daarvoor kan ze Hedwigs lijfsbehoud niet op het spel zetten.

Ze blijft even staan bij een lijsterbes die op het punt van uitbotten is. Kom op, hoe reëel is de kans nou helemaal dat ze de complete cyclus van deze struik nog een keer zal meemaken, van de voorjaarsbloesems tot en met de bessen in het najaar? Hoe zou ze in hemelsnaam de komende herfst nog steeds hier kunnen zijn, als de merels en de koperwieken op de oranje bessen afkomen en de volgeladen takken in een mum van tijd kaalvreten, om vervolgens zelf ten prooi te vallen aan de eerste valken die komen overwinteren? Heel de natuur is één groot lopend buffet, ja, maar tegen die tijd zitten Derek en zij allang achter de tralies. Het vooruitzicht roept vreemd genoeg minder claustrofobische gevoelens op dan de gedachte dat ze hier dan nog altijd aan het werk zouden zijn.

Ineens twijfelt ze over haar eigen intenties. Ze is toch niet onbewust bezig via Hedwig de zaak te forceren om maar overal van af te zijn en niet langer te hoeven wachten op het zwaard dat onherroepelijk gaat vallen? Kwam die onheilsbrief op een bepaalde manier niet als geroepen, omdat hij het einde van het William Banting zou bespoedigen? En heeft ze er daarom misschien te veel gewicht aan willen toekennen? Voetemans kán gelijk hebben over zijn dochter, en haar eigen oordeel is momenteel bepaald niet loepzuiver. Eerst met het meisje praten voordat ze voorbarige conclusies trekt.

Terwijl ze naar de villa loopt, ziet ze Derek nog steeds op kantoor zitten. Ze gaat hem niet met deze kwestie belasten zolang ze zelf niets wijzer is. Bovendien is Hedwig háár probleem.

Hij merkt haar ook op en komt meteen naar het open raam. 'Ik dacht dat we beet hadden!' roept hij.

Dankbaar voor een moment uitstel leunt ze over de vensterbank naar binnen. 'Wat is er?'

'Er liep hier vanochtend een wildvreemd echtpaar rond, dus ik dacht...'

'O ja, ik zag ze ook. Wat kwamen ze doen?'

'Ik dacht: die hebben dat artikel gelezen. Die komen op zondagochtend even langs om te kijken hoe of wat. Dus ik naar buiten met een paar brochures.'

'En?' Wat doet hij toch zijn best. Hoopvol dendert hij maar door, hij wil nog steeds redden wat er te redden valt. Ze is het aan hem verplicht om de handdoek niet te snel in de ring te gooien. Wie weet wat er nog gebeurt. Alles gaat altijd anders dan je denkt, dat is zo ongeveer de enige zekerheid die je hebt.

'Nee, ik kreeg de kans niet. Ze waren al weg. Maar jij hebt die lui dus ook gezien?'

'Ja, ze stonden met Sand te praten.' Ze spert haar ogen open. 'Wacht eens, zou hij soms tegen ze hebben gezegd dat het hem hier bar is tegengevallen? "Ik zou u een verblijf hier niet aanraden." Jezus, Derek...'

'Waarom zou hij dat doen?' vraagt haar man ongewoon redelijk.

Ze denkt snel na. 'Heet dat niet smaad? Zouden we hem kunnen aanklagen? Wegens gederfde inkomsten en wegens...'

'Nadine, die man is aannemer. Die is met een hele staf van juristen doorlopend in rechtszaken verwikkeld. Die moet al procederen als het onvoorzien twee weken vriest. Nog even los van het feit dat dit misschien niet het meest gelukkige moment is om iemand aan te klagen vanwege het bezoedelen van onze goede naam.' Het is te zien hoeveel moeite die laatste woorden hem kosten.

'Sorry,' zegt ze na een moment, 'je hebt gelijk.' Ze leunt naar binnen en strijkt over zijn wang.

'Ik geloof dat ik degene ben die sorry moet zeggen. Leuke oorbellen, trouwens. Heb je die niet in betere tijden van je man gekregen?'

Alsof hij ooit zou kunnen vergeten bij welke gelegenheid hij ze haar gaf. Snel buigt ze zich nog verder voorover en drukt haar lippen op de zijne. Ze kent ieder hoekje van zijn mond, ze kent elke vulling in zijn kiezen. Dat zijn er heel wat meer dan toen ze nog jong genoeg was om de liefde te verwarren met het romantische begin ervan. Het samen kilometers maken, daar gaat het om. Dat je uiteindelijk als twee oude paarden hals aan hals naar de stal mag klossen, een beetje tegen elkaar aan leunend, allebei opgelucht dat je geheimen en leugens er allang niet meer toe doen.

'Wat hebben we toch altijd veel plannen gemaakt,' zegt ze onsamenhangend terwijl ze hem weer loslaat.

'En gerealiseerd. Heb je trouwens wel ontbeten?'

Terwijl hij het zegt klinkt de gong voor de lunch al. 'Ga je mee?' vraagt hij. Sunday lunch: een Britse patriciërstraditie, geknipt voor de sfeer die in dit huis altijd werd nagestreefd. William Banting heeft uitgebreid over dat wekelijkse culinaire hoogtepunt geschreven.

Hun eigen exemplaar van het geschrift van William Banting haalden ze ooit uit een graaidoos met tweedehandsboeken op een rommelmarkt. Als een toevallige aankoop van, omgerekend, minder dan één euro de richting van je hele leven kan bepalen, moet je er misschien niet raar van opkijken hoe snel je alles ook weer kwijt kunt raken.

'Ik moet eigenlijk even met Hedwig gaan praten.'

'Wat heeft er zo'n haast dan?' Derek klinkt geërgerd. 'Je wordt bij de lunch verwacht. Kunnen we niet beter proberen om alles zo gewoon mogelijk te laten verlopen?'

'Oké,' zegt ze na een korte aarzeling. Ze kan altijd nog vóór het dessert weggaan. En laat ze nu maar meteen besluiten dat ze dat zal doen ook.

Uit de eetzaal klinkt al geroezemoes. 'Goedemiddag meneer Harkema. Nee, na u, gaat u verder.'

Derek en zij nemen plaats aan de kopse kanten van de tafel, als de ouders van een enorm gezin. Ze zijn van elkaar gescheiden door meters met damast belegd tafelblad. Het zonlicht dat door de hoge ramen naar binnen valt, vonkt in de glazen en de driedubbele rijen zilveren bestek naast de borden. Niets verraadt dat er onder al deze weelde geen enkel fundament meer is.

'U weet niet wat u vanochtend hebt gemist,' zegt Van Zaanen, die schuin tegenover haar neerstrijkt. 'Er gaat niets boven een sauna om je weer helemaal mens te voelen.'

'Ik hoop dat u de waterval ook hebt benut.'

Hij leunt achterover. 'Dat is in mijn ogen meer iets voor een zwemparadijs voor kleuters. Zo, en wat schaft de pot vandaag?'

'Zijn we compleet?' vraagt Derek aan de andere kant van de tafel. 'O nee, de heer Sand ontbreekt nog.'

Maar daar komt de aannemer al binnen, tegelijk met de keukenhulpen, die allebei een soepterrine dragen. Nadine wil haar ogen afwenden, maar iets weerhoudt haar. De grijns op de vlezige ossenkop van Sand, de onnatuurlijk rode wangen van het voorste meisje. Ze zoomt in, net op het moment dat die twee een blik van verstandhouding wisselen voordat Sand gaat zitten. Haar hoofd begint te dreunen. Donderjaagt die oversekste opschepper met het personeel? Dat kind is minderjarig! En hij heeft thuis een hoogzwangere vrouw!

'Bon appetit,' zegt Derek op luide toon.

Werktuiglijk neemt ze een hap van de heldere waterkerssoep die een van de meisjes in haar bord heeft gelepeld. Er drijven minuscule stukjes rode peper in die voor aangename smaakexplosies zorgen, maar in essentie blijft het een plas groen water.

Seksuele intimidatie, wat hebben uw juristen daarop te zeggen, meneer Sand? Of zal ze dreigen met onthulling aan zijn echtgenote? Kalm aan, Nadine.

De soepborden worden weggehaald en er daalt een korte, gespannen stilte in de eetzaal neer. Bij de zondagse lunch is het hoofdgerecht altijd iets warms. Alleen dat idee biedt al verleidelijke beloftes: een pasteitje gevuld met ragout van reerug, een quiche die opbolt van exquise blauwe kazen en ambachtelijk spek dat is gewonnen van diervriendelijk gehouden varkens, een romige bouillabaisse waarin stukken gegratineerd authentiek Frans stokbrood ronddobberen. Iéts tenminste wat de bijna pornografische voedselfoto's bij recepten in de weekendbijlages evenaart.

Vandaag is de warme schotel een gegrild plakje aubergine, afgeblust met balsamicoazijn en omkranst met een spoortje frambozencoulis.

'Dank je,' zegt Nadine als het mooi opgemaakte bord voor haar wordt neergezet. Ze kijkt tersluiks op haar horloge.

Om haar heen breekt een enorm gekletter van bestek los. Met zo veel mogelijk omhaal gaan de gasten een schijf groente te lijf die in anderhalve hap te verorberen is, nog vastberadener om in hun maaltijd te geloven dan een klein kind dat langdurig met opgeblazen wangen op een denkbeeldig taartje kan kauwen.

Plotseling valt er een stilte. Stuk voor stuk kijken de eters op. Even denkt Nadine dat ze allemaal naar haar staren. Dan voelt ze een ijskoude hand op haar schouder. 'Mevrouw,' fluistert Hedwig.

Ze draait zich om. 'Kind, je laat me schrikken.'

'Ik kon u nergens vinden.'

Voetemans senior is opgestaan. 'Wat gezellig dat je erbij komt, Hedwig. Hier, neem mijn stoel. Ik vraag de keuken meteen of er nog een portie voor je is.' Voortvarend rept hij zich het vertrek uit.

Hedwig neemt geen enkele nota van haar vader. 'Ik hoopte zo dat u mijn brief al had gelezen,' zegt ze met neergeslagen ogen. De nood moet wel heel hoog zijn dat ze zich tussen de etende gasten waagt.

Schuldbewust zegt Nadine: 'Ja, dat heb ik gedaan en ik wilde er vanmiddag met je over praten. Eerder lukte niet. Sorry, Hedwig.'

'Dit hoeven we niet te tolereren,' zegt iemand luid.

Met een ruk kijkt ze om. Verontwaardiging op alle gezichten. We zitten nota bene aan tafel, mevrouw Ravendorp. Verwijdert u dat onsmakelijke mormel onmiddellijk, die zenuwslopende hongerkunstenares.

'Als iets u niet bevalt,' zegt ze ijzig, 'dan staat het u vrij om op te stappen. Dat geldt voor u allemaal. Of wacht u liever tot na het dessert?'

Er valt opnieuw een stilte.

'Dat is vandaag warme perzik met een havermoutkruimelkorst.'

Aan het andere uiteinde van de tafel kucht Derek.

'Ach meneer Gomperts, wilt u het water even aan mijn man doorgeven?'

Voetemans komt met een bord aubergine uit de keuken. 'Hier, Hedwig,' zegt hij verheugd.

Tartend kijkt Nadine de gasten een voor een aan. Niemand doet zijn mond open. Ze staat op. 'Smakelijke voortzetting nog, heren.'

Drie

Zonder doel of plan verlaat ze met Hedwig de eetzaal en loopt met haar naar buiten, de tuin in. Ze voelt zich wonderlijk voldaan in plaats van te denken: wat heb ik zojuist aangericht? En onder de zachtblauwe lentehemel verdwijnt verrassend snel het beeld van de idioten daarbinnen die de komende vijf minuten hun levensgeluk verwachten te vinden in een halve perzik bestrooid met wat vlokken havermout, alvorens zich vanmiddag weer urenlang hersendood te gaan trainen.

Een normaal mens zou wel een betere bestemming weten voor deze prachtige zondagmiddag. Die fietst fluitend langs rivieroevers, koestert zich op zijn balkon in de zon, maakt een boswandeling, of eet zich op een terrasje helemaal gelukkig aan een pannenkoek met appel en spek. Op de kustwegen zullen vanmiddag de eerste files van het jaar ontstaan. In zandbakken in parken zullen kinderen elkaar krijsend met schepjes te lijf gaan. Meisjes met meterslange benen zullen onherstelbare chaos veroorzaken. Verliefde mensen zullen elkaar roze koeken voeren.

Zo ziet de werkelijkheid eruit. Het leven in het William Banting is daar niet eens een afspiegeling van, het is een wezenloze realiteit op zichzelf, even onwerkelijk als de realityshows die Hedwigs vader bedenkt.

'We gaan picknicken op het strand,' zegt ze resoluut tegen het meisje. 'We gaan ons eens even gedragen alsof we doodgewone mensen zijn.'

Hedwig laat haar hoofd hangen.

'O, ik weet wel dat jij vindt dat er niets stommer is dan doodgewoon zijn. Neem nou maar van mij aan dat dat hoofdzakelijk je leeftijd is. Je groeit er vanzelf overheen.'

Hedwig lijkt tot in haar merg geschokt.

'Er valt in het leven nog meer te doen dan calorieën tellen. Sta daar niet als een zoutpilaar, kind. We gaan een picknickmand inpakken.'

'Ik snap niet waarom u zo doet.'

Nadine brengt haar gezicht tot vlak bij het hare. 'Ik ook niet.'

Hedwig stuitert achterwaarts. Dan begint ze onzeker te lachen.

'We gaan spijbelen. We nemen een paar uur vrij van onze verplichtingen en van onszelf. Zondag is een dag om alles even opzij te zetten.' Kordaat loodst ze het meisje achterom mee naar de keuken.

Een picknick vereist kipkluifjes, of anders gehaktballetjes, en sandwiches die gul met mayonaise zijn bestreken, een paar kruimige brownies en een fles ijskoude witte wijn. Merguezworstjes en cupcakes zouden ook lekker zijn.

Hedwig is op de drempel blijven staan. In zichzelf prevelt ze: 'Het hoort bij de behandeling, hoor. Op zondag spijbelen we. Dat hoort bij de behandeling.'

Het heeft niet veel zin om je keuken te verwijten dat die niets hapklaars bevat als je Nadine Ravendorp bent, of zegt te zijn, dat komt op hetzelfde neer. Snel wikkelt ze aluminiumfolie om een paar overgebleven plakken aubergine, ze vindt een pakje camu-crackers die de weekendhulpen vergeten zijn bij de waterkerssoep te serveren, een half blik perziken en een stronk bleekselderij.

Nu nog een leuke mand, een geblokt kleed om op te zitten, en wat olijfprikkers of zo.

De klapdeur zwaait open en de twee weekendhulpen rijden de trolley met lege dessertborden naar binnen. 'Maar hij meende het echt, hoor,' zegt het ene meisje tegen haar collega. 'O, dag mevrouw.'

'Is dit van jou?' vraagt Nadine terwijl ze een plastic tasje van het aanrecht pakt. 'Mag ik het even van je lenen?' Ze kiepert haar vondsten erin en grist uit de koelkast nog een fles bronwater mee. Weer buiten bedenkt ze pas dat ze tegen die meisjes iets over Sand had moeten zeggen. Kijk uit voor dat zwijn.

Op het pad tussen de zeedennen bonkt het plastic tasje bij iedere stap tegen haar been. Het is geen erg stevig exemplaar. Nog ver voor de ANWB-paddenstoel scheurt het hengsel al en moet ze hun picknick op haar heup hijsen, één arm eronder, de andere eromheen geslagen.

Er zijn zoveel zondagsfietsers dat ze tot aan de strandafgang in ganzenpas moeten lopen, Hedwig voorop. Ook op het strand ziet het zwart van de mensen.

'Zo,' zegt Nadine terwijl ze in het zand gaat zitten, 'als dit niet gezellig is dan weet ik het ook niet meer.'

Hedwig laat zich eveneens neer. Haar gezicht is vlekkerig van inspanning.

'Eerst maar een slokje water.' Nadine haalt de bedauwde fles tevoorschijn. De stronk bleekselderij glijdt uit het tasje. 'En dan een lekker hapje.'

Hedwig schudt haar hoofd terwijl ze gretig drinkt.

'Wat zei ik nou net? We nemen even vrij van onszelf.' Iedereen om hen heen zit in koelboxen te graaien en aan blikjes te lurken. Zo moeilijk kan het dus niet zijn. Ze steekt een hand in het tasje. Het geopende blik perziken heeft gelekt. De crackers zijn doorweekt. Ook de aluminiumfolie om de aubergine is plakkerig geworden, maar ze vouwt het pakketje uitnodigend open. 'Kijk eens, gegrilde aubergine.'

'Van aubergine krijg ik buikpijn.'

'Dan neem je wat bleekselderij.'

'Daar zit zand op.'

'Dat hoort zo bij een picknick. En anders spoel je het er maar af.'

Demonstratief keert het kind de lege fles om.

'O, dacht je dat ik geen dorst had?'

'Was dit het enige water, dan?'

'Het valt nog niet mee, hè Hedwig, om ook eens aan een ander te denken.'

Hedwig schokschoudert.

Om de een of andere reden is dat gebaar de druppel. En nou is het uit, prinses op de erwt. Maar hoever kun je gaan bij iemand die zo onevenwichtig is als Hedwig? Aan een fles chloor is gemakkelijk te komen. 'We moeten je brief nog bespreken,' zegt ze.

Hedwig gaat rechtop zitten.

'Daar schrok ik nogal van.'

Er glijdt een lachje over het gezicht van het meisje.

'Aha,' zegt Nadine ongelovig. 'Dus dat was precies je bedoeling: mij een rotschrik bezorgen.'

'Ja, ik ben toch niet gek,' roept Hedwig uit. 'Ik wou gewoon zien of u...'

'Of ik erin zou trappen?' Een eigenaardige kalmte maakt zich van haar meester. 'En nu moet ik zeker ook weer geloven dat je het allemaal niet meende.'

'Maar dat is echt zo, hoor!'

'Tja, hoe moet ik dat beoordelen? Geloof jij zelf altijd alles wat je wordt verteld? Jij weet ook niet of wij eerlijk tegen je zijn of dat we tegen je liegen.'

'Dat weet ik heus wel, hoor,' zegt Hedwig kleintjes.

Een felrode strandbal stuitert tussen hen in, rolt van de slappe aubergine naar de bleekselderij en blijft daar liggen.

'O ja? Wou je soms beweren dat je alweer een onderonsje met Sandra hebt gehad?'

'Nee, zeg.' Hedwig rolt met haar ogen. 'Ik begon laatst toch alleen maar over haar om u te laten merken dat ik best doorheb dat ik hier... niet zit om af te vallen?'

Nadine is perplex. En toch ook weer niet.

'Ik kon toch moeilijk zeggen: ú bent een liegbeest?'

'En waarom niet?' brengt ze uit.

Hedwig bloost. 'Daarom niet.'

Een blèrend kind komt de bal achternagerend en bedelft hun picknick onder het zand.

'Ik dacht dat u het snapte. Maar toen zei u dat ik het zelf maar moest uitzoeken. Nou, dat moet ik thuis ook altijd al.'

'Ik had de indruk dat je liever zelf verantwoordelijk wilde zijn,' begint Nadine. Maar dat is niet waar. Ze heeft Hedwig enkel de vrije teugel geboden in de hoop haar op die manier binnenboord te houden. Ze dacht uitsluitend aan het voortbestaan van het William Banting.

'Waarom moet ik zelf verantwoordelijk zijn? Dat wil ik juist helemaal niet meer! Daarom heb ik die brief ook geschreven. Ik dacht: als ik nou maar doe alsof het heel slecht met me gaat, dan mag ik hier wel blijven en dan wordt u weer streng.'

'Wie dit soort dingen op papier zet, vraagt om opname in een psychiatrische inrichting,' zegt Nadine ingehouden.

'O,' zegt Hedwig. Ze lijkt oprecht onthutst.

'En trouwens, waarom zou je in vredesnaam bij ons willen blijven als je ons ervan verdenkt dat we je vetmesten?'

Het meisje begint geluidloos te huilen, haar zanderige vuisten tegen haar ogen gedrukt. 'Ik vond het juist zo gaaf dat u me erin wilde luizen. Anders was ik toch afgegaan? Weet u wel wat ze over je posten als je stopt met vasten? Dan ben je echt een loser, hoor. "Hield je het niet meer vol, slappe zeug? Heb je geen ruggengraat?" Je bent gewoon helemaal niemand meer als je stopt. Dus ik kan toch niet zomaar uit mezelf beginnen met van alles te eten? Dat vind ik trouwens ook veel te eng. Want het is zo goor om dingen door te slikken als je weet wat er allemaal in zit. En als je ziet en voelt wat er dan met je lichaam gebeurt. Kijk dan.'

Ze trekt haar joggingshirt omhoog en bolt haar ingevallen buik op. 'Ze zeggen allemaal ook dat je hartstikke ziek wordt als je weer gaat eten. Je lichaam heeft helemaal geen voedsel nodig, dat heb je zelf bewezen toen je nog principes had.'

Er gaat Nadine een licht op. Goeie god, ze is Hedwigs dekmantel. Zolang zij het spel meespeelt en Hedwig luidkeels kan tegenstribbelen, is de eer van het meisje gered. Het is een ontknoping die al haar eigen bedrog in een ander daglicht stelt: onbedoeld deed ze dus precies het juiste. Alleen is het te mooi om waar te zijn. 'En waar komt je wens om... van levensstijl te veranderen zo plotseling vandaan?' vraagt ze. 'Nou?'

'Door die mannen,' zegt Hedwig.

Nadine fronst.

'Eerst voelde ik me supersterk toen ik hier al die fatso's zag. Die sukkels hebben hun hele leven alleen maar aan eten gedacht, net als mijn vader. Dat zei ik tegen Sandra, en toen zei zij...' Opnieuw vullen Hedwigs ogen zich met tranen. 'Ze zei: "Volgens mij doe jij vierentwintig uur per dag ook niets anders dan dwangmatig met voedsel bezig zijn, hoor. Zeg eens eerlijk, denk jij ooit níét aan eten en hoe je het kunt vermijden? Nou dan. Eten beheerst ook jouw hele leven. Jij bent net zo goed een wandelende maag."'

Na een moment zegt Nadine verbluft: 'Die Sandra.'

'Ze haat me.' Hedwig begint Sandra's stem weer feilloos te imiteren: '"Jij bent geen haar beter dan al die gasten op wie je zo neerkijkt, Hedwig. Jezelf uithongeren getuigt van net zo weinig respect voor je lichaam als je volproppen. En in beide gevallen levert het alleen maar allerlei afschuwelijke aandoeningen op, en verder niks. Tel uit je winst, Hedwig. Het rendement is hoe dan ook nul."'

'En toen dacht jij: waar zou ik al die moeite eigenlijk nog voor doen als ik toch ook maar een sukkel ben?'

Weer schokschoudert Hedwig afwerend, of beschaamd.

De gedachte dat het William Banting en z'n mateloze gasten het meisje iets goeds gebracht hebben, is zo zonderling dat Nadine er alleen maar het zwijgen toe kan doen. Maar dan valt haar iets in. 'Ik heb je brief aan je vader laten lezen. Ik kon dit niet in mijn eentje...'

'O,' zegt Hedwig, 'hij zei natuurlijk dat u het maar met een korreltje zout moest nemen. Die kan nooit iets anders verzinnen.'

Voetemans had gelijk, en toch voelt ze voor het eerst oprecht deernis voor het kind. 'Als na het volgende weekend je school weer begint, moet je bij ons weg. Sta je dan al sterk genoeg in je schoenen om op eigen kracht gezonder te gaan leven? Je hebt nog een lange weg te gaan en ik heb niet de indruk dat je ouders altijd even ondersteunend zijn, dus je zult...'

Verontwaardigd zegt Hedwig: 'Hé, het zijn wel mijn vader en mijn moeder, hoor.'

Vier

Als ze thuiskomt hoort ze Derek in de salon vloeken. Hij blijkt in gevecht te zijn met de beamer. Over zijn schouder zegt hij: 'Ik krijg dat onding niet aan de praat.'

'Die hebben we toch niet nodig voor Beter Focussen Met Mindfulness?'

'Henri belde net af. Voedselvergiftiging. Gisteren een verkeerde mossel gegeten, of zoiets. Dus ik dacht: dan doen we maar een film. Hebben we nog iets liggen wat geschikt is voor de zondagavond? Iets levensbeschouwelijks?'

'Je bedoelt iets over Wall Street of over Steve Jobs?'

Hij grinnikt even. 'Waar heb jij trouwens de hele middag gezeten?'

'Ik ben met Hedwig naar het strand geweest.'

Hij houdt op met maniakaal op de afstandsbediening te drukken. 'Dat was wel erg kort door de bocht, wat jij zei toen ze bij de lunch opdook. Het ene moment jaag je nog achter een legaat aan dat ons van de ondergang zou kunnen redden en het volgende moment schoffeer je alle gasten. Ik volg je niet helemaal. Waar ben je nou precies op uit, Haasje?'

'Ik wou dat ik het zelf wist.'

'Het is die Hedwig, hè? Dat kind is onder je huid gekropen. Ach, ik snap het wel, hoor.' Hij slaat een arm om haar schouder en trekt haar even tegen zich aan.

Nadine verstijft. Hij denkt toch niet dat haar veronderstelde moederlijke instincten opspelen? Maak je geen illusies, Derek. Je vrouw is veel ontaarder dan jij denkt. Het idee alleen al dat ik om dat kind zou geven. We zitten hier niet in een B-film. Bovendien heeft Hedwig zelf ouders.

'Hoe gaat het eigenlijk met haar?' vraagt Derek.

'Prima.' Ze maakt zich los uit zijn omhelzing. Haar opluchting over Hedwigs bekentenis maakt plaats voor een onbestemde boosheid. Die meisjes kunnen liegen alsof het gedrukt staat, die moet je blijven wantrouwen, zelfs als ze je zogenaamd opbiechten hoe de vork in de steel zit en ze je beloven hun leven te beteren. Je kunt er nooit op bouwen. Er staat in feite maar één ding vast: als die kleine dwarskop vanmiddag niet onverwachts haar kaarten op tafel had gelegd, had zij Voetemans senior moeten vertellen dat hij naar zijn borgsom kon fluiten, en dan was het verlossende zwaard tenminste gevallen.

Acuut voelt ze dat het haar krachten te boven gaat om hulpeloos te moeten wachten op de volgende wending. En wordt het trouwens ook niet eens tijd om eerlijk tegen haar man te zeggen dat het William Banting haar geen enkele inspanning of strijd meer waard is?

'Hier blijven, jij.' Derek slaat opnieuw zijn arm om haar heen. Hij wordt rood. 'Ik had het al eerder tegen je willen zeggen, Nadine – dat ik zelf niet begrijp hoe het kan dat zo'n stom rund als ik hier nog levend rondloopt. Je hebt me de afgelopen dagen vast willen villen. Het spijt me allemaal zo. Ik neem de volle verantwoordelijkheid en alle schuld op me. Jij hebt hier geen enkel aandeel in gehad. Ik zal ervoor zorgen dat je er niet in wordt meegesleept.' Hij buigt zijn hoofd.

Had hij die grijzen haren al? Haar keel knijpt dicht. Ze legt haar hand op zijn schouder. 'Ach, schatje toch. Samen uit, samen thuis.'

Hij wendt zich hoekig af, gaat zitten in een van de fleurde-lisfauteuils en slaat zijn benen over elkaar. 'Ik meen het, Nadine. Jij blijft buiten schot. Maar ik beloof je ook dat ik voorlopig zal doorvechten. Ik ga alles op alles zetten om jou hier weer een solide toekomst te bezorgen.'

Van schrik slaan de vlammen haar uit. Is hij voor háár zo zijn best aan het doen? Voor zijn kleine Haas, die als gastvrouw zo in haar element is en die zo houdt van redderen en regelen en het iedereen naar de zin maken? O, Derek, het geeft niet als we ermee moeten stoppen, heus niet, ik ben klaar met het William Banting, met de zwijnen en met het ophouden van de schone schijn. Behoedzaam vraagt ze: 'Heb jij nou nooit het gevoel dat we hier onze langste tijd hebben gehad? Het teruglopen van de boekingen was toch al een teken aan de wand?'

Hij heft zijn handen op borsthoogte. 'Ho eens even.'

Over twintig minuten moet ze de thee serveren. Slechte timing.

Hij zegt: 'Wees reëel. De mensen worden alleen maar gekker als het om voedsel en gezondheid gaat. Toen ik, eh, op Schiphol zat, heb ik wel drie televisieprogramma's gezien over je eigen groenten verbouwen, dan weet je tenminste dat je gegarandeerd gifvrij eet. Misschien zijn we een beetje laat met het oppikken van die trend, maar we kunnen best alsnog een moestuin aanleggen. We hebben ruimte zat. En tuinieren brengt variatie in het trainingsprogramma.' Hij kijkt alsof hij zichzelf al samen met de gasten in de weer ziet tussen de biologisch geteelde rabarber. 'Lijkt dat je wat?'

'Ik zie er geen gat meer in,' flapt ze eruit. 'Het is trekken aan een dood paard.'

'Nadientje toch. Niet de moed verliezen. Je had het zelf laatst ook al over ons imago opfrissen, een nieuwe brochure maken. Je hebt gelijk, we moeten met de tijd mee. Van de week noemde je obese jongeren als een mogelijke nieuwe markt. Wil je dát soms graag proberen? Dat is echt iets voor jou, daar ben jij voor geknipt. Alleen moeten we dan aan de poort goed selecteren, hè? Puur obesitas en geen andere eetstoornissen. Afvallen is en blijft nu eenmaal ons terrein van expertise.'

In het nauw gedreven zegt ze: 'Afvallen is passé.' Ze denkt: zelfs Hedwig Voetemans beweert dat ze er niet meer aan doet.

'Hoe kom je daar nou bij? Dan kunnen we het William Banting net zo goed meteen opdoeken.'

'Ja.' Ze voelt haar schedel bijna kraken van spanning. 'Toen jij eh, op reis was, moest ik in verband met Hedwig wat informatie opzoeken en dat bracht me van het een op het ander. Nee, luister nou even. Ik begon bij anorexia en beelden van schoonheidsidealen en toen stuitte ik op YouTube opeens op een Amerikaanse televisiedocumentaire over iets wat de *fat acceptance movement* heet. Je weet niet wat je ziet, Derek. Er bestaan in de Verenigde Staten allerlei actiegroepen vóór zwaarlijvigheid! Dat is daar blijkbaar al een tijdje aan de gang.'

'Hm,' zegt hij terwijl hij aan zijn oorlel begint te trekken.

Nadine raakt op dreef. 'Die lui willen afrekenen met de opvatting dat *fat* hetzelfde is als *failure*. Ze vinden dat er te weinig bij wordt stilgestaan dat er een dieetindustrie met een jaarlijkse miljardenomzet bestaat die er belang bij heeft om mensen met overgewicht af te schilderen als slappelingen die het allemaal aan zichzelf te danken hebben.'

'Moeten wij ons dat persoonlijk aantrekken dan?' vraagt Derek.

'Alles wat in Amerika speelt, komt vroeg of laat toch ook deze kant op? Dít is pas een trend waarmee we rekening moeten houden.' Ze gaat steeds sneller praten. Alle argumenten blijken klaar voor het grijpen in haar geheugen te liggen. 'Die antislanklobby pakt het heel slim aan, hoor. Ze promoten corpulentie als welbewuste rebellie tegen het ideaal van dun en slank. Te zwaar zijn is volgens hen een daad van verzet tegen dominante en stereotype modebeelden, het is brutaal en controversieel, je onderscheidt je ermee van de domme massa. Willen afvallen, zeggen zij, is helemaal geen deugd. Wie zo gek is zich vrijwillig voedsel te ontzeggen, doet dat uit onvrede met zichzelf, in de hoop iemand anders te worden en een beter, succesvoller leven te krijgen. Dikkerds hebben een veel gezonder zelfbeeld. Die geven zichzelf de vrije teugel omdat ze zó tevreden over zichzelf zijn dat ze denken: hoe meer er van mij is, hoe beter. Overgewicht wordt weer glamourous, Derek. Een teken dat je jezelf de moeite waard vindt. Dat je sterk genoeg in je schoenen staat om ruimte in te durven nemen en dat je je niet laat aanpraten dat je je constant schuldig moet voelen over iedere hap of slok. Dik gaat het nieuwe dun worden.'

Om hem de gelegenheid te geven haar woorden op zich in te laten werken, loopt ze naar de schouw en verschikt iets aan het boeket van zijden rozen dat zo'n bijzonder kleuraccent aan de salon toevoegt.

Haar man zwijgt. Dan zegt hij: 'Hoe heette die documentaire?'

Ze weet het niet meer. 'Je moet maar even googlen. Er is ontzettend veel over die beweging te vinden. En het barst op internet trouwens ook van de sites voor extreem zware mensen. Er zijn zelfs types die zich voor de webcam vol zitten te stouwen en die door hun volgers worden gesponsord. Echt waar.'

'Dat lijkt me meer een seksuele fetisj.'

Ze kan niet voorkomen dat ze bloost bij de herinnering aan hoe het haar altijd heeft opgewonden om gevoed te worden, door wie dan ook.

Derek zegt: 'Maar meen je nou serieus dat we...'

'Goedemiddag,' zegt Gomperts terwijl hij de salon binnenkomt. 'Ben ik de eerste voor de thee?'

'Meneer Gomperts!' Derek springt op. 'U lijkt me beslist een man van de techniek. Zou u zo vriendelijk willen zijn om naar onze beamer te kijken?'

'Ik ga de thee verzorgen,' zegt Nadine. Laat Derek maar even sudderen op haar verhaal. Hij zal vast niet in één klap rijp zijn voor de gedachte dat doorgaan met het William Banting zinloos is. Maar het helpt hopelijk wel dat zijn eigen vrouw hem een legitieme reden om te stoppen heeft aangereikt, met een glashelder betoog over veranderde maatschappelijke trends, zodat zijn eigen eer niet in het geding is. Goed werk, Nadine. En straks, als hij niet meer louter focust op het voortbestaan van het William Banting, kunnen ze hun krachten weer bundelen en opereren als het team dat ze altijd zijn geweest. Wanneer zij de koppen bij elkaar steken, komt er altijd iets tot stand. Ze zou nu nog niet weten wat, maar precies daarom kan ze ook niet zonder hem. Teamgenoot. Bondgenoot. Partner.

Maar nu eerst thee, uiteraard.

Als ze de keuken binnenkomt, botst ze bijna tegen de massieve gestalte van aannemer Sand. Ze ziet nog net hoe hij een van de hulpen iets in de hand stopt. 'Meneer Sand!' zegt ze scherp. 'Wat doet u hier?'

Hij is niet in het minst uit het veld geslagen. 'Mevrouw Ravendorp.'

Ze kijkt van hem naar het meisje, dat een kop als een boei krijgt. 'Wat moet dit voorstellen?'

'Wat bent u toch op het oorlogspad,' zegt Sand. 'Vanmiddag bij de lunch ook al. Het lijkt wel of u ons allemaal kwijt wilt.'

Hij zou een fortuin kunnen verdienen door thuis voor zijn webcam hele rollades in zijn hoofd te schuiven. In plaats daarvan verkiest hij het om haar het leven zuur te maken. 'Ik sta niet toe dat u ons personeel lastigvalt.'

Minzaam zegt hij: 'Uw Emma was alleen maar zo vriendelijk mij een paar uur haar telefoon te lenen.'

'Dan hebt u willens en wetens onze regels overtreden. Onze gasten moeten hun telefoon niet voor niets inleveren.

U bent hier om aan uw doelen te werken en niet om andere belangen te behartigen.'

Hij begint te lachen. 'Kom kom, doet u niet zo kinderachtig. Ik had u pittiger ingeschat.'

Hier snakt ze nu al dagen naar: een kans om korte metten met die patser te maken. 'U weet niet half hoe pittig ik kan zijn. Ik ga u verzoeken ons te verlaten.'

'Misschien moet u even gaan zitten, u trilt helemaal. Emmaatje, geef jij mevrouw Ravendorp eens een glas water, wil je?'

Nadine blijft staan. 'Dames, gaan jullie maar theezetten.'

Schichtig slaan de meisjes bij het aanrecht aan het redderen.

'U hoorde me, meneer Sand. U hebt een voorwaarde van ons contract geschonden. U zult uw koffers moeten pakken.'

'Mijn beste mevrouw Ravendorp,' zegt Sand op zijn gemak. 'U hebt toch zeker geen liquiditeitsproblemen, dat u mij voortijdig wilt wegsturen om zo'n onbenulligheid?'

Ze verslikt zich zowat in een hap lucht. 'Uw brutaliteit slaat echt alles.'

'Even als ondernemers onder elkaar: ik tel gewoon één en één bij elkaar op, begrijpt u wel? Volgens mij heeft uw bezettingsgraad een historisch dieptepunt bereikt. Denk om uw break-evenpoint, mevrouw Ravendorp. Of gaat u niet over de financiën?'

Haar bloed wordt nog kouder. 'Wat bedoelt u?'

'Misschien kunt u uw man er even bij roepen. Dat praat wat prettiger. Vindt u ook niet?'

Paniek stuwt naar haar hoofd. Met wie heeft Sand vanmiddag gebeld, wie kan hem informatie over hun heikele situatie hebben verschaft, liggen de beschamende feiten nu al op straat? Maar ze zal echt niet toestaan dat ze juist door die zelfingenomen pad aan de schandpaal worden genageld.

Iedereen weet dat ongelukken in een keuken in een klein hoekje zitten. Je glijdt zó uit over de spekgladde vloer en smakt dan met je hoofd tegen de rand van het aanrecht. Ik waarschuwde u nog, meneer Sand, dat u hier niets te zoeken had. Waar gekookt wordt, wordt nu eenmaal ook gehakt, gekliefd en gepureerd. Het lijkt zo'n onschuldige bezigheid, koken, maar het begint al met het slachten van onschuldige levende wezens. Waarom anders zijn hele volksstammen ogenschijnlijk brave burgers zo massaal aan koken verslingerd? Omdat er iets is wat nog onbeheersbaarder is dan alle zeven soorten honger bij elkaar. Bloeddorst, meneer Sand. Het verlangen om iets of iemand in de pan te hakken.

'O, kijk uit, mevrouw!' Een van de hulpen schiet op haar af en trekt de gietijzeren pan uit haar handen. Het is Emma, die natuurlijk voor haar baantje vreest. IJverig vraagt het meisje: 'Moeten we trouwens ginsengthee maken of is het vandaag munt?'

'Munt graag, lieverd,' zegt Sand. 'En zullen we dan nu uw man maar eens opzoeken, mevrouw Ravendorp?'

Vijf

'Er zijn zo van die momenten,' zegt Sand op filosofische toon, 'dat je ondernemersinstinct je een kraakhelder signaal geeft. U kent dat wel.'

Derek en hij zitten tegenover elkaar aan de vergadertafel, Nadine staat tegen de archiefkast geleund. Het is alsof ze kan voelen hoe hun boekhouding achter de dunne stalen deur ligt te smeulen.

Derek wiegt op de punt van zijn stoel heen en weer. 'Waarover wilt u ons spreken, meneer Sand?' De zenuwtic bij zijn oog speelt op.

'Ik ben niet blind, meneer Ravendorp. Vanwege mijn opmerkzaamheid stond uw vrouw zojuist zelfs op het punt een soeppan over mijn oren te trekken, als ik me niet vergis.' Hij blaat kort.

Nadine ziet haar kans schoon om de rollen pijlsnel om te keren. 'Wij hebben onze ogen ook niet in onze zak. Vanochtend hebt u in de tuin staan smoezen met potentiële nieuwe gasten, met als gevolg dat die er meteen vandoor gingen. U bent ons een verklaring schuldig.'

'Welnee,' zegt Sand, terwijl hij zijn handen over zijn maag vouwt. 'Die lui waren helemaal niet geïnteresseerd in een behandeling hier. Die kwamen poolshoogte nemen omdat ze een foto van uw prachtvilla in de krant hadden zien staan. Ze dachten: misschien willen de eigenaren wel verkopen. Wie niet waagt, wie niet wint. Van die proactieve mensen, weet u wel, die her en der briefjes met hun telefoonnummer in brievenbussen stoppen, voordat een pand op Funda komt.'

'Pardon?' zegt Derek. Hij begint ongelovig te lachen. 'En

dat hebt u eigenmachtig maar even afgehandeld?'

'Vanzelfsprekend. Ik heb tegen die lui gezegd: "De Ravendorpjes doen hier schitterend werk, die willen beslist niet van hun toko af. Dit huis is hun broodwinning."'

Nadine is te verbijsterd om te kunnen spreken. Ze hadden in één klap uit de brand kunnen zijn! Wat een uitgelezen kans was dit geweest, nu het voortbestaan van hun instituut niet langer een heilig doel is. Een onderhandse verkoop nog wel. Als Derek en zij het huis alsnog op de markt zetten krijgen ze er veel minder voor, en bovendien, hoeveel gegadigden voor zo'n kapitale villa lopen er nou helemaal rond, hoe courant kan een huis in deze prijsklasse zijn? Ze kunnen zich geen weken van bezichtigingen en onderhandelingen veroorloven, laat staan maanden: Van Zaanen is bijna op zijn streefgewicht en Staffijn zet er ook de sokken in. Ze krijgen het nooit meer op tijd rond.

Ze stikt bijna van woede. 'Wat een hondsbrutale actie. U hebt ons deze mogelijkheid alleen maar door de neus geboord omdat u anders op eigen kracht uw vet zou moeten zien kwijt te raken.'

Sands wenkbrauwen komen omhoog. 'O, u wilt wél van het pand af?'

Derek staat abrupt op en gaat voor het raam staan, de handen in de zakken. Hij is er misschien nog niet uit of ze wel of niet met het William Banting door moeten gaan.

'Welnu,' zegt Sand minzaam, 'dat vermoedde ik eigenlijk ook al. Iemand die in haar bedrijf gelooft, bejegent haar gasten niet zo extreem lomp, mevrouw Ravendorp. Ik gok erop dat u geen zin meer heeft in uw instituut. En als de loop er dan ook nog uit begint te raken, tja, dan wil je er natuurlijk van af, voordat je met je nek in de strop belandt.'

'Als dat uw indruk is, is het helemaal grof dat u die mensen vanochtend achter onze rug om hebt afgepoeierd.'

'Ach, grof.' Sand maakt een wegwuivend gebaar, terwijl

hij zijn blik onbeweeglijk op haar gericht houdt. Ineens bekruipt haar het gevoel dat dit een persoonlijke krachtmeting tussen hun tweeën is. 'Waar bent u op uit?' vraagt ze zo koelbloedig als ze kan.

Hij glimlacht zijn hele gebit bloot. 'Erkent u nou eerst maar eens ruiterlijk dat er niets mis is met mijn instincten, mevrouw Ravendorp. Heb ik dwars door u heen gekeken of niet?'

Hij heeft recht in haar ziel gekeken. Het is niet te verkroppen. Ze slaat haar ogen neer.

'Nou, mevrouw Ravendorp?'

Derek draait zich om. 'Weet u wat het is, meneer Sand? Als ondernemer moet je met je tijd meegaan. Trends veranderen. Hypes komen en gaan. Daar heeft mijn vrouw nu eenmaal een voortreffelijke neus voor.'

Haar hart gaat zo naar hem uit dat ze bijna lijfelijk naar hem toe wordt gelanceerd. Maar ze slaagt erin haar rug tegen de deur van de archiefkast gedrukt te houden, alsof ze daarmee kan verhinderen dat Sand nog meer over het William Banting te weten komt.

'Hm,' doet Sand, zichtbaar niet content over de manier waarop Derek hem de pas heeft afgesneden. Hij kijkt naar zijn dikke handen alsof hij hoopt dat hij daarin nog een troef vastheeft. Maar hij is alleen nog maar een veel te zware man in een joggingpak, zoals er hier honderden zijn gepasseerd, mannen ontdaan van hun waardigheid en van hun praatjes, mannen die dachten dat ze de hele wereld bestierden totdat ze hun toevlucht tot het William Banting moesten nemen.

'Alles bij elkaar,' zegt Derek, 'lijkt het erop dat u ons welbewust een hak hebt willen zetten.'

Sand leeft op. 'Integendeel. U mag me dankbaar zijn.'

'Zeker,' sneert Nadine. 'Als er iemand is voor wie ik op dit moment op mijn knieën wil gaan liggen, dan bent u dat.'

'Juist, dan heb ik u precies waar ik u hebben wil. Dus zullen we nu eindelijk tot het doel van dit samenzijn komen?'

Hij moet kunnen horen dat Derek en zij gelijktijdig naar adem happen, want hij glimlacht opnieuw. 'Kort en goed,' zegt hij, 'vastgoed in uw categorie, zo'n fraaie hut op een triple-A-locatie, is tricky business. Dit gaan we niet aan amateurs overlaten, dacht ik toen ik dat echtpaar hier vanochtend op uw terrein zag rondscharrelen. Dat kunnen we zelf stukken beter. Dus ik ben er in uw belang meteen tussen gesprongen. Ik heb de hele middag zitten bellen met vrindjes van me, voelt u wel, projectontwikkelaars die belangstelling hebben voor dit soort objecten. O, mevrouw Ravendorp, voordat u gaat protesteren: waarom zou u twijfelen aan mijn vermogen tot een beetje medemenselijkheid? Natuurlijk speelt eigenbelang ook mee, maar dat is alleen maar gezond. Grote verbouwingen in dit soort luxe panden zijn de firma Sand op het lijf geschreven, dat is een van onze nieuwe aandachtsgebieden, wij proberen óók met de tijd mee te gaan.'

Er trekt een koude rilling langs haar rug. Nee, denkt ze, nee, laat deze braaklap niet de juiste man op het juiste moment zijn. Ze wil niet de rest van haar leven ontwaken met de wetenschap dat uitgerekend Sand hun bestaan heeft gered en haar van het William Banting heeft verlost. Ze zal dag in dag uit zijn stem in haar hoofd horen. Zo, mevrouw Ravendorp. U beweerde altijd dat u zo gehecht was aan uw glanzende trappenhuis en uw statige bordes, uw open haarden, uw sierplafonds, uw magnolia en uw krentenboompjes. Maar kijk toch eens hoe harteloos u uw allerliefste bezit ten gelde hebt gemaakt. Tja, als het erop aankomt, is alles handel en heeft alles z'n prijs. De wereld draait om geld en zelfbehoud, en om niets anders, mevrouw. Uw wereld niet minder dan de mijne. U ziet: u bent geen haar beter dan ik.

Hij maakt een afrondend gebaar. 'Ik heb een serieus geïnteresseerde partij voor uw heerlijke huis gevonden.'

'Nee,' zegt ze.

'Koppig, koppig,' gnuift Sand. 'Daarom wilde ik uw man graag bij dit gesprek hebben.'

Derek zwijgt een moment. Hij is bleek geworden. Dan zegt hij: 'U hoorde wat mijn vrouw zei.'

'Een geboren gentleman,' knikt Sand. Hij lijkt zich opnieuw kostelijk te amuseren.

De deur kiert open. Ze kijken alle drie op.

'Ik heb een paar keer geklopt, maar u hoorde me niet.'

'Later, Hedwig,' antwoordt ze automatisch.

'Ik wilde alleen maar even vragen of de winkels hier op zondag open zijn. Ik zou nog een cadeautje voor u kopen.' Het meisje houdt een glimmend plastic portemonneetje omhoog, waardoor haar mouw naar beneden glijdt. Haar pols lijkt dunner dan Sands duimen zijn.

Schielijk komt de aannemer overeind en mompelt met afgewend gezicht: 'Kom, ik geef u wat tijd om samen mijn voorstel te bespreken.'

Zes

Met de telefoon tegen haar oor gedrukt knipt ze een voor een de lampen in het donkere appartement aan. 'Ik wilde het je meteen vertellen,' zegt ze, terwijl ze weer op de bank gaat zitten.

'Ik ben nog steeds sprakeloos,' zegt Marise. 'Maar ik ben ontzettend blij voor je. Wat verstandig dat je geen tel hebt getwijfeld.'

O, het waren wel meer dan een paar tellen geweest, totdat ze met een schok besefte dat Sand niet alleen over haar gelijk had, maar ook over Derek. Haar echtgenoot, de gentleman.

Je lijkt wel een paard, Derek.

Ik trek de kar, Nadine.

'En nu?' vraagt Marise.

'Eerst even bijkomen. Ik ben gewoon bekaf. We zijn uren met die koper bezig geweest, die wilde meteen komen kijken en... O, daar is Derek, met een fles. Om het te vieren. Ik bel je morgen.'

Ze legt de telefoon neer en gaat rechtop zitten.

Derek houdt de fles omhoog. 'Ik dacht: jij hoeft vanavond toch niet meer te rijden.'

'Heel leuk. Oké, ik ben ook niet perfect.'

'Maar wel zo goed als. Volgens mij heb jij vanmiddag manmoedig je trots weten in te slikken, Haasje.'

Ze kijkt naar zijn gebogen hoofd terwijl hij twee glazen inschenkt. Hoe had ze haar trots niet kunnen inslikken? Het zou zíjn ontmaskering zijn geworden als zij Sand zijn misselijke triomf niet had gegund. Haar man was van plan om in zijn eentje op te draaien voor de consequenties van zijn transacties. Zijn schuldgevoel moet wel immens zijn, aangezien hij niet eens protesteerde toen zij niet meteen toehapte op Sands voorstel. Was ze zo halsstarrig gebleven, dan had dat hem de kop gekost.

'O, hou op,' zegt ze. 'Dat deed ik alleen maar omdat ik niet weet hoe je een cake met een vijl erin moet bakken.'

Even trekt hij onzeker met zijn mond. 'Door het oog van de naald,' zegt hij dan. 'Op onze toekomst, kleine Haas. We hebben er tenminste weer een.'

'Op onze toekomst.'

Ze hebben nog maar merkwaardig weinig woorden gewisseld over het plotselinge einde van hun gezamenlijke levenswerk. Ze durft hem er ook niet goed naar te vragen. Nostalgische herinneringen zullen vast ooit de kop opsteken, als de pijn en de schaamte ervan af zijn. Ook bij haar.

'Ik heb de planning er even bij gepakt.' Hij zet zijn glas neer en legt een uitdraai op haar schoot. De handen uit de mouwen, zo is Derek. 'Kijk, alle streefdata. Over acht weken is de laatste gast vertrokken. Volgens schema is dat Sand.'

Nog twee maanden die man over de vloer om dagelijks te moeten beseffen dat het aan hem te danken is dat iedere gast zijn borgsom zonder problemen terug zal krijgen, want met een verkoopcontract als onderpand zal de bank morgen zeker een royale lening verschaffen. Maar nog veel gênanter is het dat ze nooit met zekerheid zal weten of Sand zelf niet donders goed doorhad dat er veel meer op het spel stond, waardoor Derek en zij nog extra bij hem in het krijt staan. Uw weldoener en verlosser, aannemer Sand.

'En verder...'

Ze trekt Dereks arm over haar schouder en kruipt tegen hem aan.

Hij geeft haar een vluchtige kus op haar kruin. '...heb ik even naar de arbeidsvoorwaarden gekeken. Laten we het personeel morgen maar meteen op de hoogte brengen.'

Ze reikt naar haar glas. 'Op het einde van het William Banting Instituut dan maar. Gaat het je aan het hart?' Het ontvalt haar toch.

'Het was een briljante formule. Maar we moeten realistisch zijn. De tijden zijn helaas veranderd.'

Plagerig zegt ze: 'Als je terugverlangt naar vroeger, weet je zeker dat je een ouwe lul begint te worden.'

'Ouwe lullen zijn de nieuwe trend.'

'Ja, en wat zullen ze het hier heerlijk krijgen.' Met het zwembad. De tennisbaan. En het strand op loopafstand. Een luxe zorgresidentie voor senioren. Even een lift in het pand en nog wat andere aanpassingen, maar met dat bijltje hakt Sand wel vaker. In het hele land zijn projectontwikkelaars en bouwbedrijven in de weer om deze nieuwe doelgroep te bedienen: de almaar aanwassende massa ouderen.

Tja, dat krijg je van decennialang bewust omgaan met voedsel en gezond leven. Dat creëert weer een volgend probleem. Niemand belandt meer bijtijds in de kist. De wereld zal helemaal niet ten onder gaan aan intensieve veeteelt of gif in het landbouwareaal, de wereld zal bezwijken onder al die burgers die het eenvoudig vertikken om dood te gaan en die maar zelfstandig willen blijven wonen, liefst in een comfortabele en veilige omgeving met inpandige hulp.

Derek zegt: 'Senioren. We hadden het zelf kunnen bedenken. Enfin. We sluiten dit hoofdstuk. Op naar het volgende.'

Ze kijkt hem aan.

'Er is vast wel iets wat je je leven lang graag hebt gewild, Nadine, maar wat er nooit van is gekomen. Er zijn genoeg dingen waarover jij nooit met je eigen man praat.'

Ze zet haar glas neer. 'Hoe weet je dat zo zeker?'

'Ik hoef maar naar je te kijken.'

Je ziet helemaal niet wat je denkt te zien, Derek. Je ziet alleen maar wat je wilt zien. Neef Helmut zou het meteen beamen.

'Zullen we iets gaan doen met kinderen, Haasje? Iets met weeskinderen, of met...'

Ze wil haar handen voor haar oren slaan. Alles heeft zijn prijs, mevrouw Ravendorp. En past u vooral op met rekeningen die te lang zijn blijven openstaan, die hebben de neiging om u op hoogst ongemakkelijke momenten in te halen. Ze begint bijna te schreeuwen: 'Over acht weken hebben we niet eens meer een pand! En we hebben ook echt geen tijd van leven meer om nog een keer zoiets groots op te tuigen. En trouwens, wat is met wezen je verdienmodel?'

'Dat dokteren we nog wel uit. Dat wisten we ook niet toen we met leefstijl begonnen.'

'Er bestaan volgens mij niet eens wezen meer. Dat is iets van vroeger, toen vrouwen in het kraambed overleden. Hoe denk je vandaag de dag aan minderjarige wezen te komen?'

'Ik dacht dat ik je hier een groot plezier mee zou doen,' zegt Derek onthand. 'Door mij ligt je leven in puin, en ik hoopte...'

Plotseling beginnen haar ogen te prikken om wat ze gedurende bijna hun hele huwelijk voor hem heeft verzwegen. 'Wezen, het idee!' roept ze uit. Ze neemt een grote slok wijn. En dan nog een, om moed te verzamelen. Want is het inderdaad niet de hoogste tijd om ook dit hoofdstuk eindelijk af te sluiten? 'Derek,' zegt ze stoutmoedig, 'luister, ik moet je iets vertellen.'

'Dat weet ik toch al.' Hij pakt haar hand en vouwt zijn vingers zorgvuldig een voor een om de hare.

Een nieuwe levensfase hoor je niet in te gaan met oude bagage, nee. Maar schoon schip willen maken doe je doorgaans hoofdzakelijk voor jezelf, om je geweten te ontlasten. Is het eigenlijk verkeerd dat haar man in haar een verbeterde versie van haarzelf ziet? Tot hier zijn ze samen gekomen. Tot hier heeft hij in haar geloofd.

'Je houdt onsterfelijk veel van me,' zegt hij. 'Niet dat ik

dat begrijp, maar dat wilde je toch zeggen?'

Na een moment stilte zegt ze: 'Je bent een uitzonderlijk verwaande man, Derek. Maar ik moet toegeven: je kent me van haver tot gort.'

'Bon!' roept hij uit. 'En dan nu ter zake. We hebben nog niet eens gegeten. Zal ik een pizza bestellen? Die smokkel ik wel voor je naar binnen. Of heb je zin in iets anders? Thais? Mexicaans?'

Hij zal moeten leven met de last van de financiële fouten die hij heeft gemaakt, net zoals zij met haar geheim leeft. En wellicht zal aan het einde van de rit alles op wonderbaarlijke wijze en met gesloten beurzen toch vereffend blijken te zijn. Als er onderweg tenminste niets tussen komt.

'Libanees,' zegt ze. 'Laten we dat doen. Wat is dat lang geleden, Derek.'

Van Renate Dorrestein verschenen eerder:

Buitenstaanders (roman, 1983)
Vreemde streken (roman, 1984)
Noorderzon (roman, 1986)
Een nacht om te vliegeren (roman, 1987)
Korte metten (columns, 1988)
Het perpetuum mobile van de liefde (autobiografie, 1988)
Vóór alles een dame (almanak, 1989)
Het hemelse gerecht (roman, 1991)
Ontaarde moeders (roman, 1992)
Heden ik (ziektegeschiedenis, 1993)
Een sterke man (roman, 1994)
Verborgen gebreken (roman, 1996)
Want dit is mijn lichaam (Boekenweekgeschenk, 1997)
Een hart van steen (roman, 1998)
Voor liefde: klik op F (novelle, 1999)
Het geheim van de schrijver (handboek, 2000)
Zonder genade (roman, 2001)
Het duister dat ons scheidt (roman, 2003)
Zolang er leven is (roman, 2004)
Mijn zoon heeft een seksleven en ik lees mijn moeder Roodkapje voor (roman, 2006)
Echt sexy (roman, 2007)
Laat me niet alleen (Boekenweekessay, 2008)
Heiligenlevens en bananenpitten (essay, 2009)
Is er hoop (roman, 2009)
De leesclub (anti-roman, 2010)
Pas goed op jezelf (novelle, 2011)
De stiefmoeder (roman, 2011)
De zondagmiddagauto (novelle, 2012)
De blokkade (verslag van een zoektocht, 2013)
Liever horen we onszelf (Luistergeschenk, 2014)
Weerwater (roman, 2015)
Penvriendin in China (longread, 2015)